我们从沙场归来

不为人知的老兵传奇

萨苏 著

人民东方出版传媒
東方出版社

Con目录tents

第三章

战场记忆 / 99

第四章

漂洋拾遗 / 179

第一章

海上传奇

一、北洋水师曾有轻松歼灭日本海军机会

人们常常因为甲午战争中的失利而用黯淡的目光去审视北洋水师，然而到历史的长河中寻觅，会发现这支中国海防舰队曾经充分地发挥过自己的作用。发生在1882年的“壬午兵变”和随后中国陆海军在朝鲜的行动，在近代史上常被人忽略，但这却是一起对中国海军而言不应该忘记的事件。北洋水师在这次行动中的表现，证明了中国进行海军建设的价值。

(1)

从1882年开始，中国和日本围绕朝鲜半岛先后展开了三次交锋，在1882年和1884年，中国曾两次挫败日本尝试控制朝鲜半岛的企图。

特别是1882年的“壬午兵变”中，刚刚建立、主力仅有两艘巡洋舰的北洋水师，不仅曾有力地阻止了日本第一次对“征韩论”的全面实践，而且有机会轻松歼灭日本海军几乎整个舰队。

“壬午兵变”是由朝鲜内部变革派与保守派，亲日派与亲清派的矛盾而产生的。7月23日，在保守派支持下，部分朝鲜军队发动兵变，虽一度控制政府，但因为实力和时机的问题无法完全控制局面，朝鲜半岛一时陷入混乱。日本乘机介入，借口朝鲜方面的暴动目的反日，调动舰队前往汉城（今韩国首都首尔），试图火中取栗。而中国闻讯反应也十分迅速，立即调动北洋水师组成编队开赴朝鲜平叛，稳定局势。8月16日，日本原驻朝公使花房义质率先遣支队一千五百余人到达汉城，17日，清军庆字六营淮军

北洋水师丁汝昌

19 世纪晚期的中国海军军官，在英国的北洋水师接舰官兵的形象很可能与他们相差无几

朝鲜古都汉城，“壬午兵变”的发生地

共计三千余人从驻地登州上船，在名将吴长庆率领下亦开赴朝鲜平乱。北洋水师提督丁汝昌率“超勇”、“扬威”、“威远”三舰护航，随即在汉城口外仁川与来犯日本舰队对峙，为陆军的行动提供了充分有效的屏障。

这次中日在朝鲜的争端中，日本海军计划向朝鲜水域出动的舰只分为三批，8 月 8 日，第一艘出动的日舰“金刚”号进抵仁川港，12 日，“比睿”、“天城”、“磐城”、“清辉”、“日进”、“孟春”及花房义质的座舰“迅鲸”号共七舰到达朝鲜外海。同时，日本海军战斗力最强的装甲舰“扶桑”号已经在日本品川港枕戈待命，随时准备作为第三梯队开赴朝鲜参战。

与它当时的主要对手日本海军相比，只有三艘军舰的北洋水师舰队无论数量还是吨位，都处于相当的劣势。然而，这次争端的结果却是吴长庆部顺利平定兵变，确立了以闵妃为首的亲清政权，逼迫日方将其阴谋活动匆匆叫停，并在随后的谈判中取得了在朝鲜驻军，建立租界以及控制其海关、电信等实际利益。这也是清王朝与朝鲜的宗藩关系第一次从礼仪性的朝贡走向事实的保护国形式。日本虽也在侵朝方面取得驻兵等一定进展，但因清军的直接介入，日本在朝鲜的威慑能力反不如兵变之前。此后直到 1894 年，中国在朝鲜半岛对日本始终保持着战略优势。

“天城”号

尤其值得一提的是，壬午兵变中，眼看全面控制朝鲜半岛已经不可能，日方曾借口部分人员被杀，要求朝鲜割让巨济、郁陵二岛，以为登陆大陆的跳板。对此，中方以实力为后盾，协助朝鲜与日方斗智斗勇，最终仅以朝方赔付慰问金了事，完全粉碎了日方的企图。

日韩双方争夺激烈的独岛（日本称竹岛），正是郁陵岛的属岛。因此，可以说今天韩国能够与日本在这一领土问题上据理力争，还得益于这场一百多年前中国协助进行的谈判呢。

船台上的“超勇”号，其炮房外侧的装甲盖板可以翻起

这其中，北洋水师以三舰对八舰，吨位不到对方的1/2，但与日本舰队对峙四十余日，丝毫不落下风，日军最终不敢进击，海军功不可没。

在清军平定汉城兵乱的整个过程中，日军坐视中国陆海军增援朝鲜，竟然没敢向中国舰只发射一枪一弹。这次较成功的干涉行动，史家传统认为其关键在于当时北洋舰队有两艘十分先进的战舰，被日军认为一对一的战斗力远超在朝日舰，所以不敢一战。

这两艘战舰便是1881年加入北洋水师的巡洋舰“超勇”号和“扬威”号。

在云集仁川的中日战舰中，仅仅从外形上，也可以看出“超勇”和“扬威”的鹤立鸡群。无论是日本的“金刚”号和“天城”号，还是中国的“威远”号，其外观都和大型帆舰十分相似。它们两舷的木质舷墙上开有一

“扬威”号的重炮

个一个炮门，甲板平坦，除了桅杆和细小的烟囱外几乎没有上层建筑，舰首通常为了防止上浪设计得高高翘起，很多舰只甚至装有中世纪战舰典型的牙樯。它们高大的桅杆引人注目，上面经常挂满风帆——尽管安装了蒸汽机，但那个时代很多船长和设计师还是觉得一条船如果没有帆就像人不穿衣服一样不可思议。

“超勇”号和“扬威”号就完全不同了，尽管理论上仍然保有可以悬挂风帆的功能，但在所有流传于世的照片上，“超勇”、“扬威”两舰从无挂帆的留影，它们的形象更接近于今天的战舰。黑色涂装下的全钢铁舰身低矮而凶悍，其上层建筑集中于舰体中部，有着高大的烟囱和巨大的通风筒，桅杆却退化而简洁，主要用于悬挂旗号，而首尾的两门 25 吨新型线膛炮足以击穿 1882 年日本任何一艘战舰的装甲。在一群仍然没有摆脱风帆时代格局的中日舰艇中，1882 年仲夏出现在仁川的这两艘战舰仿佛草食兽群中的两头肉食猛兽一般令人生畏。

从作战理念和装备角度来看，“超勇”和“扬威”号都有着革命性的突破。不同不仅仅是在外观上，在前文中曾经多次提到这两艘战舰在当时的先进之处。事实上这两艘战舰的地位如同今天的概念车，它们可称是所有现代海军巡洋舰的鼻祖。

从作战理念而言，“超勇”号和“扬威”号构成了一个新的舰种——“撞击巡洋舰”。它们主要的对手是当时各国流行的主力装甲舰，比如日本海军的“扶桑”号，而仁川的“金刚”号、“比睿”号也可以勉强列入这一级别。在设想中，这型军舰应该可以远距离击穿装甲舰的护甲，并能够迅速靠近对方，以撞击的方式摧毁对手。为了达到这一目的，“超勇”号和“扬威”号的设计者乔治 · 伦道尔给自己的爱舰安装了强大的武器装备，并设计得十分低矮。

“超勇”、“扬威”二舰在设计上装备了五件法宝来实现设计目标。这五件法宝若是按照中国传统评书的方式来叙述，均可赋予不同的谐称。

第一件法宝可以称作“隐身铠”——超扬二舰有着独特的防护体系。要攻击甚至撞击对方的装甲舰，肯定会遭到敌舰猛烈的炮火拦阻，二舰保护自己的关键手段是低矮的舰型，它们的外形简洁流畅，舰首舰尾几乎贴近水面，甚至有几分“类似于今天的隐形军舰”。这种舰型使敌舰难以瞄准，命中率低，也能够在海浪中尽可能隐蔽自己，是一种极有特色的设计。同时，伦道尔还绞尽脑汁增强两舰的防护能力。为了舰艇的轻捷灵敏，尽管“超勇”、“扬威”采用全金属舰体，其装甲防护并不出色，钢板外壳厚20毫米（内部还有一层硬木护板），水线下另有一层9.5毫米厚的水平装甲保护机舱和弹药库，这种厚度的防护只能说聊胜于无。为了增强防护能力，伦道尔使用了一种特别的设计——将煤舱设置在军舰的侧舷和机舱上方，借助其中的煤增强防护能力。这一设计后来被其他军舰所效仿，并在大东沟海战[1]中被证实是一种有效的防护手段。

第二件法宝是两舰的“钢铁心”——只安装简单的直杆桅杆以减少中弹几率，却装设了强劲的心脏。二舰使用豪森公司的平卧往复式蒸汽机，动力达到2500马力（实测“超勇”号为2700马力，“扬威”号为2800马力），航速16节。与之相对比，素称机动性好的“威远”号练习舰动力只有750马力，日本海军的“金刚”号算是当时动力出色的代表，其总输出功率达到2035马力，与超扬相比也只能甘拜下风。随着“超勇”、“扬威”的出现，各国新造舰只的功率也越来越大，机动性越来越强。

第三件法宝是暗藏在船首下方的“破船锥”——两舰均在水下3.35米处装有用于撞击敌舰的大型钢质撞角。1866年，奥匈帝国与意大利的舰队在亚得里亚海利萨岛附近发生海战，激战中奥匈舰队指挥官特格特霍夫指挥旗舰“马克西米兰”号猛扑意大利舰队旗舰“意大利”号并将其当场撞沉。撞击战术一时引起各国海军的重视，“超勇”、“扬威”被称作“撞击巡洋舰”便是因为其拥有这种足以将对手开膛破腹的水下利刃，它们的撞角用一个整体舰艏包覆着，以增强其适航性。值得一提的是特格特霍夫在利萨海战中的战绩对北洋水师影响深远，无论是大东沟海战中丁汝昌摆出的

1　大东沟海战：中日甲午战争中双方海军主力在黄海北部海域进行的海战，此役北洋水师失利，自此退入威海卫，使黄海制海权落入日本联合舰队之手，决定了甲午战争中方的战败。

舰首对敌阵容，还是邓世昌[1]试图“撞沉‘吉野’”的决死冲击，都有着利萨海战的影子。

第四件法宝可称作“流星锤”——李鸿章反复强调两舰必须装备的鱼雷武器。鱼雷，实际上是一艘自行航进、带有炸药的特殊小艇，也是直到今日仍十分重要的水中兵器。世界上第一枚鱼雷出现于 1866 年，由工程师怀特黑德研制成功。而第一艘鱼雷艇美国的“闪电”号则出现于 1877 年。应该说李鸿章要求 1879 年订造的超扬二舰装设鱼雷是十分超前的设想。“超勇”、“扬威”二舰各装备 3 具鱼雷发射管，并且英方在李中堂的雷霆之怒下还不得不按照招标时的夸口为其安装了舰载雷艇。只是因为船体尺度的原因，把原设计的鱼雷艇换成了装设在艇体前部的“杆雷艇”，这算是一点不足。

第五件法宝是超扬二舰最令日军畏惧之处——两舰均在首尾各装有一门口径 254 毫米的 26 倍径阿姆斯特朗后膛重炮，这种重炮可以将 400 磅重的炮弹打到 12000 米开外，在 3000 米距离上可以击穿 356 毫米的装甲，可谓名副其实的“洞甲炮”。在 1882 年，世界上没有任何一艘军舰会有这样厚的装甲。

“超勇”、“扬威”的重炮能具有如此威力，不仅得益于其口径，而且得益于其炮管内部拥有完善的螺旋膛线。膛线在开炮时可以使弹头在飞行中绕自己的轴线快速旋转，从而获得更高的准确度和更远的射程。早在 15 世纪，人们已经发现了膛线的作用，但一直到 19 世纪中叶，大多数舰上的火炮仍然是滑膛的。这一方面由于膛线加工对技术要求很高，另一方面则因为很长时间里海军舰炮的主力都是滑膛炮，炮管内有膛线会造成炮弹无法装填的问题。

线膛炮没法装弹，滑膛炮打不远，应该说人们也想了很多办法来解决这一矛盾。在平定“壬午兵乱”时从南洋水师赶来的“登瀛洲”号炮舰上，便有一门奇怪的主炮，反映了设计师试图调和这一矛盾的努力。

---

1 邓世昌（1849—1894）：原籍广东番禺县龙导尾乡（广州市海珠区）清末海军杰出爱国将领、民族英雄，中日甲午战争时为“致远”号巡洋舰管带，在黄海海战中壮烈牺牲。

“登瀛洲”号炮舰1876年下水，可能出于对刚刚结束的日本侵台事件记忆犹新，船政大臣沈葆桢给它取了这样一个寓意深刻的名字。该舰的主要武器是一门威斯窝斯70磅六角炮。说来可能让人觉得不可思议，这种火炮的炮口居然是六角形的。这并不是演绎，20世纪中叶，厦门的胡里山炮台曾出土过六角形炮弹，在炮弹上倾斜地切削出了六个棱面。令驻军百思不得其解。而且威斯窝斯火炮今天还有保留的实物，证明记载非虚。这种怪异的火炮是从滑膛炮到线膛炮，前膛到后膛转变中的过渡产品，其六角形的炮膛其实就是一种原始的膛线，炮弹从中发射时会受到倾斜棱面的影响而旋转，达到提高命中率且可以从前膛装填的效果，这种设计据说是受到了螺丝钉的启发。

而“超勇”号和“扬威”号上的阿姆斯特朗大炮，采用了不折不扣的后膛炮设计，完全不必考虑从炮口装填的问题，因此可以应用完美的膛线。

这种大炮另一个独特之处是采用了“旋转炮台”的安装方式。如果粗粗一看“超勇”号的线图，会认为它是一座采用船腰炮房布局八角型炮台的军舰，其舰体中部也如同一个拉长的方饼干桶，而且也切去了四个角，和“扶桑”号一样形成了八角形的造型，甚至，这个“饼干桶”的四个角也各装了一门大炮。不过，“超勇”、“扬威”二舰在这里安装的仅仅是120毫米副炮，两门主炮则安装在舰体前后的两个大型旋转平台上，形成一座前主炮，一座后主炮的格局。这两门火炮可以利用水压动力旋转，指向任何一个方向进行射击。两炮可以同时指向一舷侧射击，已经很像一战或者二战时期的军舰了。这种先进的火炮布置方法，后来成为世界各国军舰的经典布局。

不过，“超勇”号和“扬威”号的主炮还有自己的独到之处——由于观念和重量的双重问题，两门大炮没有设置可以随着大炮一起旋转的炮塔，却被放在了两座固定的炮房之中。

关在房子里的大炮，怎么能旋转发射呢？伦道尔的设计可以说令人拍案叫绝——他在炮房的两侧设置了开放式的大型炮窗，平时用一块块镶嵌在炮房外侧的护板盖住，战斗开始后，大炮要朝哪个方向开炮，便把哪个方向的护板拉起来，炮管便可从此处伸出射击了。

这种设计，使“超勇”、“扬威”二舰的主炮炮房酷似今天披挂了防护装甲的新式坦克。

写到此处忍不住掩卷浩叹：北洋水师在此时的西太平洋上，显然代表着先进技术和果敢的战斗作风，因此才能够在第一次大规模出动中便圆满完成震慑日军、兵不血刃定汉城这样艰巨的任务。

（2）

然而，近年来在日本发现的史料却对这次争端的过程给出了一个更新的答案——原来日本海军 1882 年在朝鲜不但对北洋水师的战斗力深感畏怯，而且遇到了极大的问题，一个恶魔在日军官兵的头顶徘徊，几乎给他们带来灭顶之灾。13 年后兵败自尽的北洋水师提督丁汝昌对此可能会扼腕终生——在 1882 年的这次对峙中，清军如果情报工作更好一些，完全可能轻松全歼到达朝鲜的日本舰队！

这次争端中，日军中并非没有可与“超勇”号、“扬威”号一战之舰。日本海军从英国进口了带有水线装甲的装甲舰“扶桑”号，铁肋巡洋舰“金刚”号和“比睿”号。虽然从设计理念上来说略为落后，但都有不逊于“超勇”号和“扬威”号的火力。特别是“扶桑”号装甲舰，拥有最厚 231 毫米的优质装甲，面对船壳厚度仅有 26 毫米的超扬二舰，在防御能力上颇具优势。“扶桑”号和“比睿”号都参加了大东沟海战，并成功扛过了这场苦战，显示了其强大的生命力。因此，仅凭这三艘战舰，日本海军在仁川也未必不能和北洋水师扳扳手腕。何况它们还有一群虽然落后些但仍颇有战斗力的僚舰呢。

然而，尽管从朝鲜发生危机时，“扶桑”号便已经在品川军港内待命，但直到危机结束它也没有到达仁川。没有了这艘当时“亚洲最强大的战舰”，日军在朝鲜的战力顿时变得可疑起来，这让日军指挥官丧失了主动与北洋水师交战的信心。

日舰“扶桑”号

是什么原因让“扶桑”号裹足不前呢？

最近在日本发现的历史文献显示，“扶桑”号未能赶到朝鲜是因为该舰1882年夏季正处于伤病满船的状态，根本无法出击。让“扶桑”号动弹不得的，便是在海军史上曾令人谈虎色变的“脚气病”。

这种“脚气病”并不是常见的皮肤病“香港脚”，而是一种全身性疾病，又名“脚气冲心”。患病者足踝、膝盖、大腿至全身有水肿及浆液渗出，严重者丧失运动能力，甚至引发心脏病危及生命。在海军中，脚气病是15世纪坏血病之后又一个舰上军人的大敌。日本是脚气病的重灾区，德川幕府倒数第二代将军德川家茂夫妇都死于这种病。

日本海军档案中有大量关于“扶桑”号舰员在此期间患脚气病进行治疗乃至死亡的记录，例如，1882年8月“扶桑”舰曾提出移送脚气病患者到岸上治疗的报告。实际上，此时该舰病员已经超过一半以上。在提倡意志和忍耐的日本海军中，能被称作“病员”必然是已经症状严重的患者。在当时留下来的医疗记录中，“扶桑”号的病员大多已经没有了膝跳反应，几乎无法自主行动了。

这应该就是“扶桑”号不能出动的原因，而正因缺少了这艘主力舰，仁川的日舰自认没有必胜的把握，故对动手开打颇为犹豫。

如果仅仅如此还罢了，接下来发现的文档令人触目惊心，才明白这一犹豫之后，日军的困境不断加深，远非仅此而已。

在日本的《历史俱乐部丛书》中，有一篇描述日本名医高木兼宽的文章《高木兼宽为日本海军消除脚气病尽力的最早医学博士》，其中有一句值得深思的描述："1882 年左右，海军的脚气病患者每 1000 人中达到了 400 人，成为国防上的大问题。"

什么是"国防上的大问题"呢？从严重程度和时间上，我们猜测日本海军在应对"壬午兵变"期间遇到了脚气病的严重困扰。但还有更可靠的证据，证明当时在朝鲜的日舰上的确出了大问题，那就是高木兼宽自己的描述。

高木毕业于英国圣托马斯医学院，是日本最早的医学博士之一。1906 年，他重返母校的时候，曾作题为《日本陆海军的卫生》的演讲，以下内容便是摘自他的这次演讲。

1882 年，因与朝鲜关系恶化，三艘军舰被紧急派往仁川和济物浦（这指的是"壬午兵变"前，可见日方对于这次危机早有准备，但由于脚气病的影响，事变发生时已经无能为力）。但是，仅仅因为在这里滞留了约四十天的时间，水兵中间脚气病便蔓延开来，苦不堪言，下士官兵以下看来已经完全失去了战斗力。因为承担着这方面的责任，（我）陷入了极度的忧惧之中。例如，其中一艘军舰（推测为东号装甲舰，"扶桑"服役前日本海军排名第一的战舰）上 330 人中便有 195 人因脚气病病倒。尽管还不是战争状态，但这三艘军舰实际上已经处于根本无法作战的状态。6 月 27 日，我向海军医务局长递交了报告，汇报当地实际情况。这种问题还在继续。1882 年 8 月，"扶桑"号军舰停泊于品川湾的时候，舰上半数乘员患脚气病，为了治疗不得不让他们陆续上岸……

由此，可以看出日本海军当时的窘境。但是，从日方资料来看，当时的日本海军仍然对其采取无视态度，在事变发生后仍将尚有战斗力的 8 艘战舰派赴朝鲜，结果引来了更大灾难。

日本《海阳杂记》一书，是研究日本海军早期历史的权威性文献之一，在这本书的《脚气与麦饭》一节中，明确地讲述了中日海军在仁川对峙时日方的状态：

1882年7月，面对在朝鲜半岛发生的骚乱，以救助侨民和对朝鲜政府示威为目的，派遣“金刚”等五艘军舰出击（译者注：推测“迅鲸”等三舰因战斗力较弱未列入）。由于当时清政府抱着对朝鲜拥有宗主权的立场，在朝鲜半岛中日双方的对立尖锐起来，发展到中日两国舰队在济物浦紧张对峙的局面。仅仅经过一个多月，出动各舰上便出现了占1/3至一半的大量脚气患者。几乎所有的军舰都陷入无法战斗甚至航行的危难状态，各舰舰长为了隐匿这一事态而煞费苦心。

《海阳杂记》并非这时日军窘境的孤证。在日本防卫厅保留的旧海军档案中，也有类似的记录：

陆海军官兵随同花房公使行动超过一个月，很多人瘰病，其中18人死亡，死因为霍乱和脚气。

众所周知，由于补给原因，舰上人员的配置多各司其职，极少闲人。所以一艘军舰减员1/3，其作战能力已经连自卫都很勉强，如果减员一半，那么连航行都会有困难，更不要说作战了。从这些新发现的资料中可以看出，当丁汝昌率“超勇”、“扬威”二舰冒死与日舰对峙于仁川的时候，其实在那里的日本舰队已经因为脚气病丧失了战斗力，各舰舰长都在忙于设法瞒过北洋水师的耳目，避免被发现其真实的情况。假如正在朝气之中的北洋舰队突袭仁川的日军舰队，日军不但难以抵挡，连逃跑的能力都很值得怀疑。大东沟海战如果早发生12年，结果可能是一边倒的屠杀

令人扼腕的是，日军的瞒天过海竟然真的成功了。这不能不说是北洋水师的一大遗憾。

也许有人会质疑这种看法过于片面——假如日军已经被脚气病折磨得

战力全无，都是同时代的海军，北洋水师又能好到哪儿去呢？

事实恰恰令人惊讶，令日军百思不得其解的是在仁川只有日本军舰上脚气病猖獗，无论是对阵的北洋水师，还是在一旁观察的英国舰队，都几乎没有脚气病的患者。

还是高木的研究得出了正确的结论：脚气病的蔓延是和日本海军的饮食习惯有关的。原来，作为重点发展的兵种，当时日本海军待遇很好，许多普通士兵都能以精白米为食。然而，这种精白米却缺乏人体所必需的维生素 B1。粮米中维生素 B1 绝大部分存在于麸皮中，但米麸在加工精白米的过程中被当作垃圾抛弃了，所以日本海军成为脚气病的重点打击对象。而中国和英国的海军不以精白米为主食，所以自然也就不会有那么多的脚气病患者了。

1884 年以后，日本海军下令部队改以普通麦饭为食物，脚气病才渐渐从日军中减少乃至消失。可惜的是，直到北洋水师 1895 年覆亡于威海卫，始终没有人注意到，在仁川我们曾有一个歼灭日本海军于摇篮之中的绝好机会。

二、兵进黑水——第一次世界大战中国政府在北方的军事行动

1919 年，中国居然成了“列强”之一，陆海军杀出国门去教训老外，这让人觉得恍若穿越。然而，这确是历史事实，第一次世界大战之后，中国在远东的确曾经作为“列强”参加了一次类似联合国维持和平部队的行动，并且在行动中为自己争回了部分主权。只是这次行动罕为人知。

（1）中国出兵西伯利亚

第一次世界大战中，中国曾经有一次鲜为人知的国际军事行动，那就是北洋军阀政府出兵西伯利亚。

一战进行到 1917 年，十月革命爆发，沙皇俄国被推翻。由于远东红军在初期尚无决定性军事力量，当地呈现红白两军拉锯状态，地方上匪帮横行，西伯利亚地区陷入一片混乱。1918 年 6 月，英美日等协约国列强出兵登陆海参崴，开始了在远东干涉苏俄的军事行动。令人意外的是，中国的北洋政府居然也在“列强”之列，海陆军齐发，参加了这次军事行动。

这次出兵行动列强可谓各怀心事，英美等国着重于遏制苏维埃政权和防止革命的蔓延，日本则想借机在远东吞并更多领土。不过，中国这次与西方各国不同，其行动带有一丝正义性。

这是因为西伯利亚地区有大量的华人华侨存在，他们在战乱中遭受了巨大的痛苦。一战中沙俄曾大量征集华工前往服役，十月革命后，大量华工被困。根据中国驻伊尔库茨克领事魏渤报告，至少二十万华工滞留在西

在西伯利亚的各国军人，正中为中国军人

伯利亚一带，受尽压榨。当地华人通过阿穆尔省华侨总会等机构不断向祖国请求支援。同时，自清末以来，中国在东北地区的主权就屡遭沙俄侵害，在这种情况下中国政府决定出兵西伯利亚，其目的大致有三：其一，作为第一次世界大战协约国一方参战，“此次若协商各国公共出兵，我国对于参战应尽之义务，自应一致派遣一二千人以保护领馆、侨商”，其作用类似于联合国维持和平部队，稳定当地局势，恢复地方治安，借此提高国际地位，防止在自己缺席的情况下，列强达成任何损害中国的协议；其二，护侨，掩护华人华侨后撤回国，脱离战乱；其三，借机恢复包括黑龙江航行权在内的若干国家主权。中国方面在行动中甚至还带有一丝对苏维埃红色政权的同情。

为了达到以上目的，北洋政府分兵两路：一方面以陆海军参加联合干涉军，登陆和驻扎于海参崴；另一方面组建黑龙江江防舰队，兵进黑水，屏护三江并切实恢复在黑龙江的航行权。

出兵海参崴的军队一路进展最快。1918 年 3 月，中国海军调动林建章海军上校（后升代将，节制驻海参崴陆海军）率领的“海容”号巡洋舰从上海北上，4 月 29 日即抵达海参崴。

“海容”号是一艘中国在甲午战败后重建海军过程中购买的德国轻型巡洋舰，满载排水量 1950 吨，装备有三门 150 毫米 40 倍径克虏伯速射炮作为主炮，功率可达 7500 匹马力，航速 20.75 节。它也是当时北洋政府吨位最大且唯一装有长波无线电台的军舰。有意思的是尽管该舰是曾经为中国建造定远、镇远两舰的德国伏尔铿厂所制，但参照的却是英国的设计方案。事实上，该舰无论从布局还是装备特点，都和日本海军“吉野”号巡洋舰颇为相似。显然，这是受到甲午海战中该舰表现的影响。不过，因为“吉野”号的设计又是从中国北洋水师致远舰发展而来，故此订造“海容”号的中国驻德公使许景澄一见此舰的设计图就感到似曾相识。

英国设计，德国制造，这让“海容”号同时具备了优越的技术配置和严谨精致的工艺。故该舰性能极佳，使用寿命很长，直到 1937 年抗日战争爆发还参加了江阴的海空大战，最终自沉阻塞航道，以自己的身躯作为保卫国家的最后防线。

干涉军通过海参崴市街

林建章

海参崴炮台的重炮

从现在留下的照片看，尽管海参崴构筑有类似马其诺防线的坚固要塞炮台，但是当地俄国残存势力对“海容”号的到来却未敢干涉。“海容”号受到先期抵达的协约国军队欢迎。随后，北洋陆军第六师先遣部队官兵在团长宋焕章带领下，7 月 18 日从北京出发开赴西伯利亚，此时，德军在西线展开的最大进攻“德皇攻势”正拉开序幕。24 日，营长苏炳文带官兵 667 人搭乘海军军舰开往海参崴。至 10 月 26 日，先后共有六批两千多名官兵，包括步兵、骑兵、炮兵、工兵、辎重兵乘火车经哈尔滨赴海参崴，参加对苏俄干涉。陆军宋焕章支队分驻于海参崴和远东铁路沿线各地。中国军队随即在海参崴举行了阅兵式，并参与各国的共同军事行动。

一张留下来的照片反映了当时参加干涉军的各国军人，其中就有宋焕章的支队。当时的军队甚至包括捷克等国的士兵，那是当时被俄国俘虏的捷克人组成的捷克军团。在远东的捷克军团军官一百余名，士兵四千余名，指挥官叫盖达，《好兵帅克》的作者哈谢克就是他的部下。

当地记载中对各国军队的评价是：军纪最差的是日军；供应最好的是美军；军容最整、战绩最好的是华军。

前两项不难理解，对中国军队的评价也有道理。这是因为宋焕章的部队出身非常奇特。宋支队由第九师三十三团配属炮兵两连、骑兵机枪各一连组成，由三十三团长宋焕章任支队长。第九师的前身是袁世凯的第二期模范团，装备最好，在当时世界上也可算是一流的精兵。从留下的史料来看，西伯利亚一带的战争中，俄军各派别投入过包括装甲列车、轮式铁甲战车等先进兵器，中国当时也只有这支精兵具备在当地执行任务的能力。

这支部队的诞生，要追溯到民国两位名将徐树铮和蒋百里的恩怨了。徐树铮在一战后曾率军收复外蒙，蒋百里是后来抗战持久战的提出者之一。蒋和徐都是国家栋梁，而且都风度翩翩，才华横溢，可惜不能相容。这是因为蒋百里和段祺瑞有宿仇，而徐树铮是段祺瑞的头号大将。蒋在日本陆军士官学校独占鳌头，从日本毕业生手中夺去日本天皇赐剑，日本人引以为奇耻大辱，因此他回国的时候极受重视。袁世凯对段祺瑞逐渐做大不满，正好新归国的蒋百里意气风发，锐意革新，袁就按照蒋的意见办模范团，

中国军队出现在海参崴街头并举行阅兵式（首次披露）

在海参崴的“海容”号巡洋舰（首次披露）

并罢免了段陆军部长的职务，大有用蒋代之的准备。那是段一生最为凄惶的时刻，段徐一体，皖系上台后对蒋极为压制，蒋准备通过模范团中心开花建设新式国防军的努力最终付诸东流。但是，经过严格训练的模范团确实精锐。此时中国难得有派兵出国露脸的机会，故段政府派了这支仪仗队式的部队出国，军容整齐并不奇怪。至于战绩，苏俄忙于内战，不想和干涉军发生冲突，在远东只有游击队进行牵制。俄人素恨日人，常有零散日军小分队遭苏俄红军游击队消灭之事。而苏俄红军和华军关系却不错，从无冲突，最多只是朝天放枪应付一下。所以华军基本上没什么战斗损失，是以“战绩最好”。

应该说林建章、宋焕章部队的到达可算十分及时，“海容”舰官兵刚刚登陆不久，捷克军团便发动了叛乱，当地陷入一片战火。在驻俄部队的支持下，中国外交官员不畏艰险，努力工作，以全程护送的方式从 1918 年到 1919 年先后抢救出 30000 名被困华工。

（2）庙街事件

1919 年，“海容”号返回国内维修，其姊妹舰“海筹”号接替它继续执行任务，1920 年“海容”号二赴海参崴。其间“海容”号派出水兵（包括建安、建威二舰提供的陆战队）与各国军舰共同组成联合巡逻队，轮班在海参崴各处巡视。中国海陆军多次参加在海参崴市内维持秩序、打击乱兵的武装行动。宋焕章支队曾与骚扰华侨的“白卫军”激烈交火，在伯力、双城子、海兰泡等地成功地完成了武装护侨的使命，直到 1921 年全军回国。应该说中国海陆军在近代史上第一次出任“维持和平部队”的任务中表现出色。

与此同时，另一支中国海军舰队也在积极地完成着自己的使命。这就是由陈世英海军少将率领的黑龙江江防舰队。他的旗舰是原来属于长江舰队的“江亨”号海防炮舰，其任务是进入中俄界河黑龙江和乌苏里江，恢复中国在清末被沙俄强夺的界河航行权，永久性驻扎在黑龙江上。

江防舰队的北上实际关系到了中国北部领土的完整，因为日本正对那里虎视眈眈。尽管第一次世界大战已经在 1918 年 11 月结束，但他们不但不肯撤兵，反而增兵。略谓："日本处境，与美国不同。就俄国过激派现势观察，实足危及日本安全，故日政府决定增派 5000 补充队，驻防西伯利亚东端。"

日本甚至二次宣言："西伯利亚的政局，影响波及满洲、朝鲜，危及日本侨民，所以不便撤兵。""必待满洲、朝鲜脱除危险，日侨生命财产可得安全，并由俄政府担保交通自由，方好撤回西伯利亚屯兵。"已视满洲为朝鲜第二了！

此时，正值直皖大战，中国政府在内乱之中，自知在东北能够投入的力量有限，但依然针锋相对，决议克服困难，坚决派遣舰队北上。针对日本声明，北洋政府严正抗议："贵国关于西伯利亚撤退之时机，有满洲、朝鲜并称之名词，查朝鲜系与日合邦者，本国不应过问，而满洲系东三省，系吾国行省之一部，岂容有此连续之记载？实属蔑视吾国主权，特此抗议！"1919 年初，北洋政府决定，由海军部派出王崇文为吉黑江防筹办处处长，并任海军总司令，命令陈世英指挥调驶军舰，由沪北往松黑二江驻防。

至此，中国海军各舰统称"辽吉黑江防舰队"，再次北上西伯利亚，进入黑龙江的咽喉庙街。

江防舰队包括旗舰"江亨"号江防炮舰，浅水炮舰"利捷"号、"利绥"号，以及"靖安"号运输舰，因为"利捷"号等舰为浅水炮舰，不耐航海，故此由该舰拖带行驶，前往北方。除了"江亨"号外，其他各舰都是原来德国海军在华舰艇，第一次世界大战中国参战后被中国海军缴获，这也是中国海军历史上的第一批战利舰艇。

"江亨"号是这支舰队的绝对主力。这是一艘清末从日本川崎船厂订造的江元级江防炮舰，主要用于长江防务。"江亨"号排水量 550 吨，用软钢制造，无附加装甲。设计上参考日本的长江炮舰"宇治"号，最大航速 13 节，装备 120 毫米主炮，在长江上不失为一种优秀的军舰。但该舰毕竟吨位太小，虽然北洋政府在其出发前特别购置了无线电台等先进设备，但其战斗力与横行远东的日本及俄国舰只相比，仍十分有限。

日本和白俄地方政权都对中国海军渗透到黑龙江内很不高兴，故此百般阻挠。但在华侨的支持下，陈世英的舰队排除了日俄的阻碍，仍然进驻庙街。就在这时，苏俄红军也来到了这里，日军对其敌意更大，结果引发了一场颇为严重的冲突。

那时候的红军装备也是挺简陋的，没有后来那样气派。这一段历史的记述有些令人啼笑皆非，比如海军在当时的报告中记载："越数日，有红军自北边来，皆骑'四不像兽'……"实在令人哭笑不得。红军都是姜子牙吗?! 这可不是野史，是陈世英给政府正式报告里的原话。这个记载应该是有一定历史真实性的，20 世纪 80 年代初鄂伦春猎人仍然大量使用麋鹿作交通工具，运货、载人兼生产鹿茸。麋鹿就是古书里传说的"四不像"。冰天雪地里麋鹿应该比马更实用。

苏俄红军的到来，使试图长期占领西伯利亚的日军极为恼怒，双方武

被攻占的日军庙街守备队

庙街事件中的红军方面指挥官尼那（正中）作战勇敢但滥杀无辜，最后被判决枪决

庙街战斗中被摧毁的日本领事馆，苏俄红军就是利用向中国海军借严的炮将其攻占的

装冲突不断爆发。1920年2月初，庙街当地居民与日侨发生殴斗，日俄“庙街事件”[1]爆发，红军和日干涉军发生激战。苏俄红军作战勇敢，很快将日军封锁在据点之中，但红军的确武器低劣，围困了日军据守的领事馆和邮电局，却无法攻进去，于是，红军一名政委亲自找陈世英，登舰访问，要求借炮轰击日军。

陈世英是林则徐的表侄，著名爱国将领，对甲午战争中国海军的战败一直耿耿于怀。他当即同意借炮给红军，把“江亨”号舰侧部的47毫米炮和格林炮(实际是一种大口径机枪)借出，甚至提供炮手参与攻击。

红军得到重型武器，当即猛攻，日军“尼港守备队”全军崩溃，击毙被俘者数百人。日军领事馆中弹起火，邮电局被炮摧毁，红军一举控制庙街。

当时的中国海军大多属于闽系，是北洋舰队的直接后人，因此甲午之仇刻骨铭心。在日本领事馆被攻破后，有逃来的日本兵接近中国军舰，遭到机枪攒射，几乎全被击毙。一说有幸存者被丢进冰窖里活活冻死。

但日军毕竟兵力雄厚，增援部队赶来后将红军击败。在红军撤离之前，陈世英在苏俄的帮助下，设法将5000名中国侨民撤退过江，使他们避免了一场血火之灾。

糟糕的是，中国军队借炮给红军的消息泄露，一说是当地朝鲜商人向日军通风报信，一说是被中国军队冻死的日军在冻毙前留下文字，被日军后续部队发现。中日顿起冲突，陈一方面抵死不承认，一方面指挥舰队在黑龙江中生火亮械，和日军舰队炮口对峙，毫不示弱。日军见中国舰队准备充分，不敢贸然动手，转而采用围困手段，封锁江口，隔断陈的舰队达半年之久。陈部粮弹断绝，所属都是南方人，在北方海区生活极为不便，但是为了国家大计，皆冒死坚持，严阵以待，每日在甲板擦洗炮弹，豪不示弱，当地华侨也想方设法接济祖国军队。日军终不敢动手。

这时，北洋政府正疲于国内军阀混战，而欧美各国于第一次世界大战

---

1 俄国称庙街为尼古拉耶夫斯克，简称尼港，故“庙街事件”又称“尼港事件”。

之后也无余力他顾。中国方面只能设法通过法律手段解决这一争端。中国海军后来的名将沈鸿烈和外交家王鸿年奉命北上，和日军谈判。沈是留学日本的东洋通，王则以巧于外交应对闻名。王鸿年到达庙街后，先做好当地居民的工作。而沈鸿烈则密会陈世英，令其做出相应补救措施。于是在会审中，各方提供的证词都有利于我。

这场谈判的结果，中国海军史研究会会长陈悦先生在《清末海军舰船志》中如此记录：

经历近半年的调查，中日双方根据查证结果做出了一份结论性判决，但事实上仍然存在着诸多疑点。关于军舰开火击毙日方人员的问题，经确认，3月12日在与红军的战斗中失利后，有一部分日本士兵和日本侨民由冰上逃向江中的江亨等军舰，遭中国军舰机枪扫射，事后中国海军在冰面上凿洞丢弃了尸体。对此中方的解释是，因当时正值天色未明，瞭望员判断失误所致。有关借武器给红军的问题，报告称江亨舰长陈世英曾借出三门火炮给原驻庙街的白军，其中一门五管机关炮被红军获得用来进攻日军。中方对此只认可没有能从红军手中收回武器的过错，而不承认是直接借给红军武器。至于另有所谓中国水兵参加了对日战斗的密报，中方的解释是恰好当时有一部中国水兵正在庙街的街市，出于自卫等原因，或曾有对日军误射的情形，且其中一名水兵走散，受胁迫曾教导红军使用机关炮。对这种中方全然是出于误会、过失的调查结果，日方自然极不满意，经反复外交施压，最终中国政府接受了日方提出的部分解决方案，包括由驻日公使向日本公开致歉，革去江亨舰长陈世英的职务，对曾直接射击日军和教导红军使用机关炮的中国水兵，分别判处六个月至一年的监禁，赔偿遇难日本人每名3万银元抚恤金等，就此草草了局。

其实，陈世英早在和沈鸿烈会面的时候就已经说明了事实：“陈谓日人确实可恶，恨不能悉予歼灭。”有意思的是，陈世英并未因此中断自己的海军生涯，而是用其字“季良”继续在中国海军服役，后升至中国海军部常

1919 年中国海军名将陈世英（中）在庙街借炮给红军打日军，土肥原贤二少佐（右）在对此事进行调查

民国海军部次长陈季良，以督战江阴防线而著称，他就是在庙街生事的那位陈世英

日本《历史写真》杂志上陈季良（右二）登上日本战舰“拜访”的照片，日本人不知道这位就是仇深似海的陈世英

务次长，还曾经用新的名字到日本军舰上访问。日方惘然不觉，竟然将其照片刊登在日本《历史写真》杂志上。

“庙街事件”后，江防舰队进入黑龙江内河驻扎，开始执行对北方界河的巡逻和保卫任务。从此，在东北的白山黑水之间，出现了蒸汽铁甲的中国海军舰艇。

北洋政府在第一次世界大战结束前后出兵西伯利亚，不能算是一次完全成功的军事行动，但应该看到，20 世纪初期积贫积弱的中国确实为保卫国家主权，维护国际地位做出了相当大的努力。那时的中国，内战不休，但是面对国家大义，依然不乏一腔热血的爱国志士。他们的功绩和历史地位，是应该被后人所纪念。

三、中日猫鼠战——国民党海军制止日本偷渔始末

春末的阳光下，蓝天碧海，两条日本渔船却在这如画的海景中疯狂逃窜，一艘小山一样的军舰在后面紧紧追赶。眼看对方不理睬自己的喊话，舰桥上的指挥官“蛮横”地下达了开火的命令，战舰上的火炮迅速旋转，炮管“惨无人道”地迅速指向奔逃中的日本渔船……

（1）

这不是电影或电视剧中的镜头，而是发生在中国东海上的真实一幕，时间在 1948 年 5 月 28 日，这艘“穷凶极恶”的中国军舰便是国民党海军的“中建”号登陆舰。

“中建”号，原为美国二战中使用的 LST416 号坦克登陆舰，战后编入国民党海军服役。由于中国海军与美方不同的使用特点，这种在美国被称作“大型（Large）慢速（Slow）靶标（Target）”的军舰被国民党海军接收后装上了大量小口径炮，变成了刺猬一样的海上巨无霸。这些火炮可不单是对付共军快艇的，打起日本偷渔船也十分给力。

近来，中国周边地区的渔业纠纷不断，甚至发生了菲律宾军事人员打死台湾地区渔民的恶性案件。实际上，早在六十多年前，这种纠纷就在我国海域不断发生，主要作案人则是日本渔民。

其实中国人对日本渔民可谓仁至义尽。

1947 年 7 月出版的《中国海军》月刊上，发表了一篇署名为寿生的文

章，名为《制止日本侵鱼及保护近海鱼权》，叙述了日本渔船来我国领海（含专有经济区）偷鱼的事情经过。

该文提到，在甲午战争之后，中国海权逐渐丧失，日本渔民开始肆无忌惮地进入我国渔场实施捕捞作业，最多在海上将渔获物转卖给中国船只而已。而我国渔民的旧式定置张网木帆船竞争不过日本的铁壳渔轮，大多生存艰难。到了抗日战争前夕，700 万中国渔民几乎都处于破产边缘。

抗日战争的胜利，终于将曾横行于中国渔场的日本渔轮一并赶了出去，盟军一度下令日本渔民只能在日本领海内捕捉鱼虾。

然而此时的日本民生凋敝，粮食非常紧张。为了能够帮助日本恢复经济，驻日盟军总司令麦克阿瑟 1946 年初向中国提出，希望允许日本每年派

20 世纪 50 年代前期由于我国渔民只有木制帆船，捕捞能力有限，日本渔船乘机利用铁壳渔轮盗捕我国渔业资源

遣四十艘渔船到中国、琉球群岛和朝鲜水域打鱼。2 月 27 日，鉴于“亚洲的食品匮乏问题”，当时的国民政府外交、农林两部批准了这一请求，但是也提出日本船只不得进入北纬 29 度到 32 度之间，东经 123 度以西地区，或中国海岸线 12 海里内捕鱼。但是日本的一些渔民贪得无厌，经常无视双方协定，私自进入中国海域滥捕滥捞，以至于仅 1946 年国民政府就向日本的“太上皇”麦克阿瑟提出过八次抗议。

这篇文章比较准确地描述了当时的历史。日本战败之后，该国渔民确曾很长一段时间经常到中国海域偷渔，甚至是由公司组织有计划地作案。原因呢，是当时中国沿海渔业资源，特别是东海的渔业资源太丰富了，令日本渔民垂涎三尺，甚至有到中国的海里打一网鱼，一个月就不用再出海的说法。

想想今天舟山渔场的带鱼只有筷子长的状况，实在让人慨叹“三十年河东，三十年河西”。

当然也不是我们这边儿的鱼多得抓不完。被抓获的日本船长下村和十在供词中承认:“本来北边鱼多，但是那里危险，经常有苏联船只在北纬 38 度线以北巡逻，所以到南边来。”

言下之意，中国是个软柿子……

很快日本人就会发现他们的看法错得多么离谱，从 20 世纪 40 年代到 60 年代，这些日本渔民在偷渔的时候始终面对着一个强劲而“凶恶”的对手，那就是中国海军的护渔舰艇。从现在掌握的情况来看，抓日本人偷渔的事儿，国共两党都干得不含糊。国民政府驻上海的海军第一司令部干过，共产党的东海舰队也干过。从维护国家权益的角度来说，两党都是比较坚决的。只是因为当时国人对海洋权益关注不够，所以这些事才没有为大众所知。

20 世纪 50 年代在舟山附近海域，经常有日本渔船到我国领海偷偷捕鱼，舟山基地曾派出八条巡逻艇专门进行抓捕。曾在人民海军东海舰队巡防大队工作过的老干部王晓峰回忆:“这些渔轮大规模来偷捕，船上放置一箱箱用于为鱼保鲜的冰块，正准备在我们的领海大干一场。我们乘巡逻艇想要抓住这些偷渔者，但日本渔民很狡猾，他们发现后迅速向四面分散逃去。当时艇上装有三七炮，我们就朝天开炮，把日本渔船吓住了。战士们带着冲锋枪跳到他们的渔船上，把人抓住，最终抓获了八条船，大约七十多个日本渔民。”王晓峰等这些海军战士把日本渔民集中到一起，找来日语翻译对他们进行教育，还教他们唱《东方红》。教育工作结束后，就将这些日本人集中到一条船上遣回日本。至于那些渔船嘛，有的后来被送到了水产公司，有的甚至被装上大炮交给了海军。追杀国民党海军海狼艇的战斗英雄、东海舰队巡逻艇大队长陈雪江还用过这些日本造的“炮艇”呢。

把扣押的日本偷渔船改成炮艇的人民海军指挥员陈雪江

刊载扣押日本偷渔船消息的《中国海军》

（2）

老萨偶然想到一个问题：那位在《中国海军》杂志上撰文探讨制止日本渔船偷渔问题的“寿生”是何许人也？一查之下的确吓了一大跳。

寿生，真名郭寿生，1916 年考入烟台海军学校，当时担任上海国民党海军总司令部新闻处上校专员，专职负责新闻编译工作，曾担任《海军月刊》社社长。他给《中国海军》撰稿，应该是颇给该刊面子的一件事情，也显示了他在海权方面深刻的认识。

然而，这位“寿生”还有一个身份——中共地下党员，而且资格老得吓人。郭寿生 1923 年经中国共产党早期青年运动领导人之一恽代英介绍加入中国共产党，是中山舰事件中那位共产党籍海军局局长李之龙的同学。他在海军中干得最有声有色的事情并不是办杂志和写文章，而是策反——1949 年 4 月，他策反了青岛海校同学、国民党海防第二舰队司令林遵，使其率部起义，这次起义的 25 艘舰艇，1200 名官兵成为人民海军创始阶段的奠基力量之一。

言归正传，国民党海军在追杀日本偷渔船时比较“野蛮”，因为他们真敢开火，而且一开火就往死里打，不怕把事情闹大。

或者说，干脆希望把事情闹大才好。

1948 年初，驻日盟军总司令麦克阿瑟对中国抗议日本渔船偷渔一事做出回应，称空口无凭，查无实据，故此无法对日方进行处罚。这一轻描淡写的回答让中国方面颇感不满，成为中方想把事情闹大的重要原因——你麦帅不是觉得偷几筐鱼不值得大惊小怪吗？那抓几艘日本船你总该知道我们是认真的吧？

恰好，此时的中国海军正经历一次大规模的人事变动——由于原海军部长陈绍宽不属于蒋介石的嫡系，而且抗战中海军基本被打光，所以抗日战争胜利后蒋便裁撤海军部，用自己的得意门生、陆军出身的桂永清出任海军总司令。这一变革中，从清末便掌握中国海军的闽系军人开始渐渐离开自己的舞台。

这肯定不是一个和平的过程，桂永清的压力也很大，尤其是一个陆军将领如何在海军中立威，显然是个大问题。

日本渔船偷渔事件对这位外号“睡虎”的将军来说，简直是瞌睡送上枕头来。何况桂永清还曾经带教导总队打过南京会战，损失惨重，其对日本人的感情可想而知。

根据郭寿生所记，针对此事桂永清下令“沿海海军如再发现日本渔轮侵入我渔区时，即行拿捕”。

国军一向不像共军那样令行禁止，几乎没有哪条命令贯彻到基层不走样的。于是，桂总司令这个“拿捕”的命令，到执行的时候烈度就完全不是那么回事儿了。

在文章开头描述的那一幕，便是国民党海军追杀日本偷渔船的一次交火。《上海渔业志》记载，引发此事的是上海渔管处所属的“渔皖”号渔轮，1948 年 5 月 26 日，该船在佘山附近又发现四艘日本渔轮正在偷渔，于是向在上海的海军第一军区司令部报告。海军方面核实属实之后，当即派出“中建”号坦克登陆舰前往处理。

“中建”号是美国在青岛移交给中国的第一批 LST 型坦克登陆舰之一，接舰官兵的体会是该舰设备先进，生活条件尤其优越。曾在“中建”号舰上服役的炊事兵范祥麟回忆自己的工作：“不像我国‘捣锅底’，‘淘米洗菜’，只是将冰箱内猪肉取出，用刀子割成一块块，放在电火铁板上烤，其余，面包只要放置在机器刀上，它便自己一片片地削成功……最感辛苦的要算晚上做面包，当别人在甲板上看着玉腿如林、全身曲线的美女跳舞电

参与护渔的“中建”舰至今仍在我国台湾海军中服役，图为其停泊于新滨营区

影，听着悦耳的音乐时，做面包的却在电火炉旁满头流着大汗呢。”

如此生活，但在当时显然会让大多数中国人感到羡慕。

“中建”号此时刚从南海执行收复西沙群岛任务返回不久，正在修理汽笛烟囱，但仍迅速出航，前去抓捕。

派出“中建”号执行这一任务，一方面是因为其吃水浅但吨位大（满载排水量 4080 吨），不但不怕日本渔船朝浅水逃，而且一旦抓住日本偷渔船只有足够能力扣押船员拖运船只；另一方面则是因为其属于美援舰只，设备比较先进，有着较好的通讯、作战和后勤条件。

“中建”号很快发现了目标，由于日本渔轮不听警告试图逃窜，该舰当即开炮拦截，击中一艘日本渔轮，迫使另一艘停船投降。关于这次任务，《上海渔业志》有这样的记载:“‘中建’舰前往缉捕，当即将日轮‘云仙丸 22 号’扣留，另 1 艘‘云仙丸 21 号’企图逃跑，被击沉，船员 12 人落海被救，连同‘云仙丸 22 号’船员 13 人，共俘获 25 人。”

这样的记载未免不够准确，实际上，“中建”号的炮火直接命中日本渔轮的舰桥，偷渔的两名日本渔民被当场击毙！

桂总司令只让你抓船，没让你打死人嘛。这些无法无天的国民党海军啊……

(3)

对于“中建”号击沉日本渔船的始末,《中国海军》月刊中这样描述:

日方野心未灭,依然胆大妄为,自由自在地驶入中国领海捕鱼。于5月29日,被我“中建”军舰击沉一艘,俘获一艘。被打沉的渔轮是第21号“云仙丸”,船员14人中两人已被击毙,12人则用救生船救起,连同第22号之13名船员,一起被俘,共25名,由该舰押回上海。据林舰长等称,日渔船之发现处,已进入我领海内约150海里,另尚发现十多艘渔船,以相距较远,未予追稽。

尽管做出了炮毙日本渔民这种相当刺激的事情,但中国海军此后表现淡定,忙的是对扣押的日本偷渔人员进行审问。

《上海渔业志》记载,从5月31日起,我国由海军第一司令部军法室主任李有签亲自操刀,对被俘日方人员连续三天突审,录口供五十余件,确认此事件属日轮有计划侵渔,侵犯中国主权。

《中国海军》月刊对这次审问进行了详细的记录:

这25名日本船员是:下村和十(第21“云仙丸”船长)、中野龟司(第22“云仙丸”船长)、松尾未吉、小田孝、川崎芳久、荒木弘幸、中村藤男、松尾、中野实、西岛广作、大偎英敏、熊浦敏久、山口宇衡次、岸本弥一(以上12人是第22号“云仙丸”船员),中村竹康、冈木晴夫、饭田茂、小川满男、新道铁上助、兼种一、山下广喜、川口忠勇、石谷增吉、藤尾、樱井(以上12人是第21号“云仙丸”船员)。经过详密的审讯,综合各种口供,已可断定日本渔船侵犯我国渔权,并非偶然事件,而是一有计划的行动。(一)被击沉之“云仙丸”第21号船长下村和十供认。(二)小川满男与石谷增吉诸俘皆供认,在彼等被俘之处(即我领海内)捕鱼已非一次,且位置差不多。(三)出动之渔船数字颇为可观,据熊浦敏久供:“公司一起有十组（每组两条船），先开出八组，我们是第九组开出。”（四）熊浦敏久并供：“云仙丸第22号船长中野龟司在出发时曾说：现在我们的船要到中国内海去。”而查日本渔船各项航海设施均甚完善，其来我国领海捕鱼，绝不致受潮流的影响，故足证彼等在开船时已决定来中国。

得理不让人，中方随即经江浙区海洋渔业督导处会同海军第一军区司令部、警察局等有关机关对此案开庭审讯，并通过舆论揭露日本偷渔罪行。

老实说在抄写《中国海军》月刊的记录时，老萨深感头疼——民国时代的文献一大特点就是不负责任。哪怕是《中国海军》这样的官方刊物，也经常因为粗心出现“明目张胆”的错误，常常可见同一事件同时标注民国年份和公元年份但二者却不能统一的低级错误。在上面的文字中，首先没有说明白“领海”的概念，所谓日本渔船“进入我领海内约150海里”，正确的概念应该是“进入我专属经济区内约150海里”，这已经足够说明日方的犯罪行为了，说成“领海”固然有强调海权之意，这个宽度也太“浩瀚”了，实在不是海军专业人士应该写出的错误。此外这里面日方人员到底抓了25个还是26个，用数数和加减的方式可以得出不同的结果，更令人抓狂。

不奇怪吧，二十九军副军长佟凌阁[1]中将阵亡后，民国政府发出的“荣哀状”（相当于后来的烈士证书）和报纸刊登的报道上，一律错称“佟麟阁”，并且坚决不改，以至于今天在北京纪念这位将军的道路仍然只能叫“佟麟阁路”，家属也只好捏着鼻子忍了……

尽管在处理和宣传的过程中存在种种缺陷，但中方的应对仍不能不说高明，日本偷渔人员的供词，成为中国方面在对美日交涉时的重要依据。人赃俱获，新败的日本没有底气对中国采取强硬立场，麦克阿瑟占领当局也没有理由偏袒日本。故此次事件以中方占据全面上风告终。

不久，中国政府公布《日本渔船越界捕鱼处理办法》，规定：

1 编者注：因“佟麟阁”为目前通用的版本，故本书后文中均以“佟麟阁”呈现，特此说明。

（1）日本捕鱼区域在《对日和约》未签订前，应以驻日盟军总部所规定的范围为标准，其逾越该项范围而向中国方向捕鱼，以越界捕鱼论；

（2）凡越界捕鱼的日本渔船、渔具、渔获物应予没收，其船长、船员驱逐出境；

（3）越界捕鱼的日本渔船经缉捕后，由当地最高渔业主管官署会同缉捕机关调查询明后，应做成处分书，处分书应予宣布后交付越界的日本渔船船长，并报农林部备案。

从这以后，日本船又试探着来过几回，中方毫不客气，上手就抓，处置十分严厉。例如1948年10月28日，日本渔轮“蛭子丸”偷入舟山洋面进行捕捞，当即被上海渔管处“渔平”轮抓获，判了个船货没收，人员驱逐出境。

如此一来，日本偷渔的船只就不大敢来了，直到国共双方的战斗转到沿海，似乎一时无暇顾及，日本渔船又开始偷偷进入中国水域捕鱼。

四、中国“水鬼”轶事

“水鬼”，是对军中潜水员的“昵称”，盖因这个兵种出动必着潜水服、金属盔，形状古怪而得名。个人认为，中国的潜水员默默无闻，但如果从专业水平来说，应该能在世界上排得一席之地。或许因为这个职业比较特别，我国文献中关于“水鬼”的公开内容所见不多，写写这个话题，其实也不会有多么新奇，略叙潜水员的甘苦和传奇而已。

（1）隐形的“水鬼”

说来“水鬼”亮相少，多少也和运气有点儿关系。有朋友对我讲，1998 特大洪水期间，驻武汉的海军“水鬼”教导部队曾经起了很大作用。那时候大坝最怕的就是发生管涌，这种水下的险情很难及时发现，常常是等报告出现管涌时大坝也到癌症晚期了。管涌的克星，就是水鬼，他们只要下水一看，就能让险情原形毕露。因此这支部队那段时间常驻大堤，一接到报告某处大坝附近水面有漩涡就下水勘察，不知道多少次收拾了管涌这种水下魔鬼，可称功勋卓著。

据潜水员们说，这种工作危险性很大，外行可能会被吸进管涌，那出来的时候会变成几块儿就不好说了。幸好中国人聪明，人躲在安全地方，拿把大扫帚当探头，往可疑处一举，若扫帚被“吃掉”牺牲，危险地段也就探明了。

功勋卓著自然就名声大，名声大到中央领导去武汉视察都点名要见这个部队。当时各路兵马都在大堤上接受检阅，一色陆军绿中海军蓝那叫抢眼。眼看着一个大大的风头，忽然附近一段大堤报险，那只好去了，别人没这个专长啊。等该堵的堵好，“水鬼”们赶回来，该走的，也都走光了……

“水鬼”是个隐藏在水下的行当，或许就因为这个，露脸的机会常常和他们擦肩而过。

这就是命吧。

萨和“水鬼”开始搭界，是因为家中长辈参加相关工作，与海军的朋友多有交往，其中有几位就是“水鬼”。但萨和他们直接交往很少，到了20世纪80年代，水鬼们陆续退役，偶有来北京出差的，也是来去匆匆。直到20世纪90年代中期，萨在青岛做一个项目，这项目多少有点儿涉及军方，青岛方面有一位状貌平凡、一身便衣的老大，居然也是水鬼出身，这不由人不惊，当然那时他已经退役了。过后提起家中的几个老朋友，不料这位老兄肃然起敬，竟然是他们行里的老前辈，而且有的还颇为传奇呢。

就我所结识的这位老兄来说，此人的潜水生涯我并不了解，隐约知道他在部队的时候做过教官之类的职务，倒是他认识的一位老水鬼教官的事情听了一些，按照老兄的说法，那是参加过打捞“阿波丸”[1]的老手，而且，还在打捞中有过相当惊险的经历。

那么，我们就从这位老“水鬼”X教官那儿开始说起吧，如果给他在打捞“阿波丸”中的经历加个标题，就应该叫作“水鬼遇鬼”。

（2）“水鬼”遇鬼

直入话题，摸清“阿波丸”的水下位置后，需要派潜水员进入“阿波丸”船体进行勘探。大家都知道打捞“阿波丸”是在平潭海区，对面就是

1　阿波丸：二战后期，日本万吨巨轮“阿波丸”在中国台湾海峡的牛山海域遭美军潜艇袭击后沉没，船上2008人葬身大海。与“阿波丸”一起沉入海底的据说还有40吨黄金、12吨白金以及大批工业钻石，其中更有无价之宝北京人头盖骨。

台湾，所以当时海军方面很紧张，担心台湾方面有所举动。除了派护卫舰编队进行警戒，下水之前潜水员们也做过多种紧急情况的推演，比如台湾方面预先在“阿波丸”上挂了炸药破坏怎么办，预先派了水鬼潜伏其中怎么办等等。同时，由于“阿波丸”所载日军2000余人尽数随船毙命，有船民说此处夜有鬼哭，还对潜水员做了破除封建迷信的教育。

于是第一个潜水员就下水了，可是他刚一进入船体就猛拽信号绳，拉上来以后脸色煞白，语无伦次。半天才说明白，说是一进船体，就有人在他肩头拍了一下。

打扮奇特的潜水员，故称“水鬼”

船上的人都大惊，要知道这个水区只有这一个潜水员下潜，“阿波丸”里面的日本兵都死了多少年怎么会拍人肩膀？

难道真是对面已经有人在里面了？

说实话，这一点X教官不太相信，对面的“水鬼”已经好久没来叫板了，难道……

有人问潜水员：“是不是沉船的舱壁或者突出的设备碰到了你？”

“不是，我反手打了一拳，打中了是软的，而且还会躲我的拳头……”

“会不会是什么大型海洋生物？”

但是再问，这位潜水员也说不出什么来了。

X教官一咬牙：“不入虎穴，焉得虎子，准备装具，我下去。”

他这次是做好了准备，一下水就把潜水刀握在手中。他的想法很简单，管你是人是鬼，反正这儿没有战友，你敢拍我肩膀，我就给你一刀。

果然没让他失望……

X教官是在给学员讲授危急情况进行处理的课题时谈起打捞“阿波丸”的，但是说到在“阿波丸”里“被人拍肩膀”就下课了。用现在话说，把坑挖完，他喝水去了。其实，这是为了让学员加深印象，果然，我那位青岛老兄一直记得此事。

进入“阿波丸”的第一个潜水员是上海救捞局的，既然出了事，就决定换海军的人员先下。X教官技术好，经验丰富，而且在部队打过仗，让他下应该是一个不错的选择。X教官下潜的时候，也是有一定精神准备的，他琢磨过那位拍肩膀的是谁：水下动物或者水母都有可能造成潜水员的错觉。他觉得不太像敌方的潜水员，因为“阿波丸”的上面缠绕大量渔网，几天来一直在进行清除作业，如果是敌方的潜水员早就应该吓跑，不会在里面等着的。第一位下水的潜水员干这行也七八年了，但上海救捞局的船员常在江中行动，对海洋生物不熟悉，这也可能。

无论如何不能掉以轻心，X教官入水后小心翼翼地接近“阿波丸”。

水下的“阿波丸”实际上已经不是一艘完整的沉船，剧烈的爆炸把它从船体前部的三分之一处扭断，两截船体呈T字形舱面朝上躺在40米深的海床上。也正是因为这个原因，拆除挂在上面的渔网后，从它的断面上可以轻易地进入船体。

一切安然无恙，除了他自己呼出的气泡声，海底世界一片宁静，看不出有不正常的地方。“阿波丸”沉没的海区水下能见度比较好，后来拍了不少水下照片。就是游近了那沉船断裂处的入口处，显得有些阴森。

青岛老哥告诉过我说从工作角度，潜水员是很不愿意钻进沉船的，一说是那里边“不干净”，是真正“水鬼”的坟墓，这假的“水鬼”去招惹真的“水鬼”，是不是有点儿不智？一说是沉船里面确实危险重重。不说里面可能是海洋生物的老家，沉船本身结构就很不稳定，如果一不留神碰动了某处，沉船就可能大翻身或者垮塌，即便不被砸死，给封在里面也凶多吉少。“阿波丸”打捞因为急于确定船体内情况，潜水员进去属于迫不得已。

于是，X 教官就选择了“阿波丸”货舱甲板下方的断口，谨慎地进入了船体。货舱多半比上面的客舱大一些，管路导线之类的少一些，万一出事有更多回旋的机会。

一切都很平静，没人。

他拧亮头灯，可以看到“阿波丸”侧舷朝上一面的舷窗已经没有玻璃了，这个舱室因为暴露在外，内部早已空无一物。艺高人胆大，X 教官向前摸索，发现一扇舱门大开，便游过舱门，进入里面的一舱。

就在他小心翼翼地穿过舱门，当心着不让气瓶被门框碰坏的时候，忽然一道黑影腾起，直朝他的面门撞来。X 教官早有准备，迅速一闪，同时脚蹼一蹬，斜刺向上急速游开。头灯下一闪，原来是一条大海鳗，看来是舱里的老住客了。X 教官吁一口气，身体继续向上升去，他左手伸到头上，以免撞到舱顶，右手把潜水刀向外撇开，以免不小心刺破自己的潜水衣。

就在这时，他忽然觉得不对：左手没有按到舱顶，却按到了一个软绵绵的东西，而且一触手就避开。是另一个潜水员，还是尸体？ X 教官心头一紧头皮发麻，与此同时，又不知是谁在他背上一拍。这还得了？他顾不得多想，反手就是一刀！

X 教官的军事技术绝对不错，这一刀刺得稳、准、狠，他自信在格斗训练中从来刺不出如此出色的一刀。

做梦也想不到的是，那一刀居然被对方“一口咬住”，而且再不松口。

X 教官猛翻身拔刀，头灯一闪之下只见对方一身黝黑，尚未看清之时他用力过猛，头灯撞在舱顶上顿时熄灭。

这时，他感到自己的身边又多了几个这样的家伙，或扑或撞，纷纷缠上身来。X 教官形容说：“我们的人都是穿黄色、红色、白色醒目颜色的潜水服，只有那边的水鬼才穿黑的作掩护呢，我就一个念头，不能当俘虏啊！”

X 教官的故事给了学员极大的悬念，学员们课间破天荒地用了投票方式来进行选择，看教官到底碰上什么怪物——这大概是国内第一次“公投”了。最后“大章鱼”名列榜首，高出“国民党‘水鬼’”十多票。不过教官下次上课的时候“嘿嘿”一笑，把两个答案都划掉了。

真正的答案让人啼笑皆非。

X 教官在水下和怪物搏斗，最让他吃惊的一瞬间是一刀刺去竟然被一口咬住，用力一夺，刀没拔出来那怪物却跟了上来！这个是章鱼一类的动物绝对不会的本事。

这一下吓得X教官丹田发热几乎出了洋相，用力一蹿，脑袋撞了舱顶，把挂在头盔上的头灯都撞坏掉下来，可见用了多大的劲儿。不过他毕竟是经验丰富的老潜水员，吃惊之下很快就发现周围的怪物虽然在对他撞击，但动作很“轻柔”，并没有要把他置于死地的意思，而且凭他的经验，这些怪物不像是有生命的东西，而像是被他游动的水流带过来的。

冷静下来他再次拔刀，发现那咬住刀的怪物并不反抗却死不撒嘴，用手一摸，又硬又软，也说不清是什么感觉，想想万一是个半腐烂的死鬼子，X 教官只觉得牙根发酸。是非之地不可久留，一咬牙，X 教官拖着这个怪物游出舱门，上浮了。

X 教官说，要真带上来个鬼子木乃伊什么的算他倒霉，要是别的什么咱起码活捉了一个。

这上浮不能一蹬就上去，四十多米呢，那找着得减压病。X 教官拖着怪物，拉着带节的通讯绳，升一段，停一停，升一段，停一停，还生怕那怪物突然反噬，紧张得不得了。

还好怪物老实得很，这段难熬的功夫总算过去了。

到底是什么东西呢？

上到水面一看，众人哭笑不得，吓坏一个潜水员，害X教官一场恶斗的，居然是一大块黑色的天然橡胶。就是“阿波丸”上装载的天然橡胶块，造汽车轮胎的原料。

橡胶这玩意儿当时还没有人造产品，全部来自南洋，抗战时期重庆有“一滴汽油一滴血，一只轮胎一条命”的说法，言其极珍贵，没了它飞机不能上天，汽车不能跑路，中国抗战前期幸亏有老将陈策[1]经营的粤洋走私网，否则闹不好就会栽到这个东西上。对于战败前夕的日本，橡胶属于珍贵战略物资，“阿波丸”上日本人的私货最占地方的就是橡胶和锡锭。

橡胶的比重比水略低，因此“阿波丸”沉没后纷纷挣脱束缚向上飘起，有的漂出海面，把美军“皇后鱼”号潜艇的水兵吓了一跳，有的则被封在舱内，一封数十年，直到中国潜水员来打搅它的安宁。被长期浸泡的橡胶近乎零浮力，潜水员进入船体游动，引起水流变动，它也随着水流漂过来，不免和潜水员“亲密接触”，结果就被人家误认为是水下黑手了。至于X教官那一刀，生生地刺入橡胶块里，如何拔得出来？

真相大白以后，大家松了一口气，打捞顺利进行。

关于“阿波丸”有着种种神秘的传说，潜水员倒有自己的看法。由于打捞“阿波丸”是我国潜水界相当经典的一次行动，所以对它比较了解的并不在少数。对于这些传说，潜水员普遍的看法是夸张居多。

首先谈谈所谓的鱼雷击沉阴谋说，有这种看法的主要是一些历史研究人员，认为“阿波丸”万吨巨轮，被三枚鱼雷迅速击沉未免有些可疑，于是引出或者美军采用了特殊的鱼雷来攻击“阿波丸”以达到某种目的，或者日本方面在中雷后启动了自爆装置，将“阿波丸”迅速摧毁以便掩盖某

1　陈策（1893—1949）：广东（今属海南）文昌人，中华民国海军中将，曾协助孙中山在广州对抗广东军政领袖陈炯明，抗战时负伤截断一腿，有“独脚将军”之称。

种秘密。

从潜水员的看法，这里面本来没有太多神秘的地方。“阿波丸”之所以被迅速击沉，看看它的残体就一目了然。它不是被炸破进水沉没的，而是在鱼雷的攻击下，从舰桥前端一折两段，任何一条船在这种破坏之下都难以保持长时间的漂浮。

那么，会不会是自爆将其摧毁呢？根据潜水观察，“阿波丸”船首、船腹可以辨认出各有一个鱼雷破孔，而所有报告都表明它沉没前中了三枚鱼雷，从间隔看，舰桥前方应该是第三枚鱼雷爆炸后的结果。“阿波丸”的折断应该是鱼雷造成的。

一枚鱼雷可以把“阿波丸”这样一艘大船炸成两截吗？当年带着这个问题我曾经采访过在国家专利局工作的船舶专家谢亮先生。谢先生解释，这毫不奇怪，很多人在讨论船的时候，都把它当成水面上漂的一根木头，或者一个实心的物体，或者一个铁盒子，实际上这都比较外行。船更像一栋房子。再富丽堂皇的大厦，你只要把它的承重墙和柱子斩断，它马上就会崩塌，这是一个结构问题。船和人一样，有一条纵贯前后的“脊骨”，称为龙骨，船身的所有重量，最终都要落实在龙骨上。假如把龙骨打断，再

日本运输船“阿波丸”，二战中被盟军击沉，其上物资为新中国潜水员打捞

好的船也要一命呜呼，船体自身的重量就会把它压断。

美国在二战中建造的万吨自由轮，航行在海面上特别是北太平洋地区的海面时经常无缘无故就折断沉没，先后自己沉了一百多艘。研究结果发现，原来自由轮的长度恰好等于北太平洋常见大涌浪的波长。这样，经常就会出现下面两种现象：或者一个浪的浪头恰好顶在自由轮中央，它的头尾则在浪谷出现悬空，两头往下坠；或者两个浪头恰好在自由轮一头一尾把它举起来，而中央悬空，两头往上翘。如此时间一长，轮船自身的重量反复正反施压于龙骨中段，如同我们掰断一根铁丝时要反复折弯它一样，最终自由轮的龙骨吃不消断掉，自由轮就自己折断成两截了。

从“阿波丸”船体的破坏看，应该是一枚鱼雷炸断了它的龙骨，其沉重的货物又进一步加快了它的折断和沉没，这是一个很正常的过程。还有一点谢先生提醒注意的是，“阿波丸”是一艘很快的船，没有任何一艘潜艇可以追上它，这一点很值得玩味。在发动机没有多少花样可玩的情况下，这只能说明“阿波丸”或者船体比同吨位的船轻（强度也就比较差），或者船体更细长，这都可以进一步解释它为何一击即折。

也许，这里面根本就没有秘密。

“阿波丸”还有一个被称为神秘的事情，就是据说它带有大量的黄金，甚至文物，这些却没有被潜水员找到。“阿波丸”的部分船体在泥沙之下，因此黄金还可能在那里。不过，或许这笔黄金根本就不存在，即便它存在，也有可能早就不在船上了。

对此，有潜水员提供了一些线索，他们进入“阿波丸”的时候，发现船长室后部的保险箱已经被割开，如果有珍贵物品存在其中，无疑早已经被人先下手为强。而潜水员更在“阿波丸”的船体内发现带有英文字母的潜水气瓶，由此证明至少已经有人先光顾了“阿波丸”。

从遗弃的潜水气瓶看，这些先来的“观光客”更像是一些业余水平的寻宝潜水员，可是考虑到“阿波丸”的位置，业余潜水员能够到达那里多少有些不可思议。这件事如果当事人不出来说明，只怕要变成千古之谜了。

关于“阿波丸”上可能载有北京人头盖骨，找到它的希望应该说微乎其微。“阿波丸”内曾经打捞上来若干日本乘员的遗骸（为了减小此事的影响，最初中日双方都采取低调措施，只提打捞上带有日本乘员姓名的木牌，未提遗骨，实际当时已经归还日本方面，在日本还有这些遗骨的合葬墓），其中骨骼残缺不全的很多，一方面是海洋生物的破坏，一方面是温带海水的腐蚀。假如北京人头盖骨真在其中，是否还安然无恙是很难说的。

另外寻宝潜水的人员素质良莠不齐，我国南海沉没的某宝船是国际考古界公认的珍品之船，国家文物局都不敢动准备留给后代的宝物，潜水盗宝人员为了省钱竟然开动抓斗打捞船，用一吨重的大抓斗向沉船处狂抓，希望打捞出值钱的金银器皿。结果保存数百年完好无损的珍贵瓷器大部分被砸碎抓碎，成为国际考古界欲哭无泪的一大憾事。可以想象如果寻宝人员历尽辛苦打开“阿波丸”保险箱，却捞上来一堆“老骨头”，其结果将是怎样的了。

不管怎样，打捞“阿波丸”充分显示了中国潜水员的实力。

实力不是从天上掉下来的，是要一点一点发展起来的。海军的潜水部队大体执行两个任务：一个是作战，就是所谓的“蛙人”，两栖侦察部队，突击，破袭；另一个则是打捞，这一点中国的潜水作业能力甚至在解放前也颇有基础。然而说到飞跃，那就要讲 1963 年周总理亲自指导的打捞“跃进”号，从那以后海军救捞能力受到极大重视，建造了一大批优秀的打捞救生船只，至今是军中之宝。不过，打捞“跃进”号的时候，这些宝贝还没有下水，拼凑设备之外，就只能靠发挥潜水员的主观能动性了。

萨还有一位相识的潜水员老捞，当年第一次执行打捞任务就是参加打捞“跃进”轮，包括他在内的潜水员，出发前曾接受过周总理的亲自接见。

也就是这次亲自接见，老捞说他非常难得地看到，素以严谨干练著称的周恩来总理，面对潜水员们居然也外行地犯了一次官僚主义。

（3）鲨鱼吃玉米

这也是我头一次听说周总理会犯官僚主义，多少有些不大相信。等老捞讲完，我也只好承认总理这官僚主义还真犯得让人没法置辩。

1963年5月，中国万吨轮“跃进”号首航日本，不幸中途遇难，沉没于苏岩礁海区，震惊中外。

因为这件事影响太大，中国政府在第一时间组织全力，周恩来总理亲自牵头，严令搞清“跃进”号沉没的真相。调查“跃进”号失事动用了十艘舰船，出动一千余人，堪称一次名副其实的水中战役。参与其间的潜水员无不因此带有几分骄矜，老捞也不例外，只是后来慢慢才了解到，其实老捞那一次并没有下水。

为什么呢？他当时去做水下救捞有些文不对题。老捞当时的身份是中国人民解放军海军某侦察部队的两栖侦察员——正宗的一号“水鬼”。你让他过海去弄个国军的手榴弹或者耳朵什么的比较拿手（老捞自己倒是从来没承认干过这个，不过看他剁排骨那个利索劲可以想象一下），你让他去捞船，就有点儿头大。当然这也不是不能干，这就跟让厨子当外科大夫一样，也许也能做手术，碰上庖丁那号的，可能连麻醉药都省了。可虽说都是剁肉剁骨头，工作性质毕竟有些不一样。

“跃进”号出事之后，海军还是派出老捞一班人马作为第二梯队准备下水参战。没办法，1963年在那个深度能下水干活的太少，“跃进”号事件暴露了中国潜水员的严重不足，当时任务交给了国内实力最强的上海打捞救生局，掌印大将是张智魁局长，田松支队的剿匪悍将。张能力出众而且身先士卒，自己就是一名出色的潜水员，直到1983年打捞“爪哇海”号都是亲自挂帅，圆满完工。无奈“跃进”号打捞任务有很多特殊的地方，比如地点在远海，需要潜

新中国第一艘万吨轮“跃进”号

水深度为 60 米，超过潜水员训练深度，可以说当时中国的潜水员还从没有潜得这样远过，潜得这样深过。时间要求又万分火急，1963 年让他干这样大的一件活计，局里的人力实在有些捉襟见肘。

把打捞“跃进”号的任务交给上海局，应该说和当时的国际形势有关。“跃进”号沉没在中日韩三国领海交界处，地点敏感，用上海局实施打捞，可以让这一行动带有更多的民间色彩，避免刺激各方引发不必要的军事问题。但是这副担子给张智魁未免有些沉重。但也就是张智魁了，在新中国的潜水作业史上，他认了第二，大概也没人敢当第一，对人员、业务的熟悉，外加那份魄力，张无人可及。5 月上旬，周恩来亲自接见张智魁，讨论打捞“跃进”号的问题。张智魁不紧不慢，娓娓道来，一套打捞方案，从船只到人员，需要什么人、什么船，怎样做，清楚明白，无懈可击。

其实大家都明白这件任务十分艰巨，张智魁身经百战，熟悉情况，加上面子大调人方便，也只能用“接军令状”的悲壮情绪接令。老捞说张智魁这个人什么都不错，就是傲得厉害，红脸汉子，很有点唯我独尊的劲头，上下关系处得不是很好。这个人有困难也不轻易开口，动不动就是“咱丢不起那个人”。可是这次他一点儿也不客气，直截了当地提出来：“我们局的力量勉强，如果可能请海军为我们配备后备人员。”

海军当时主要是轻装潜水员，胶皮潜水服，潜水深度在 25 米以内，相对来说，他们和民用潜水员各有长处。

也许就因为各有所长，海军潜水员这次是担任预备队，实际上没有机会下潜。用老捞的说法，那是因为调查进展顺利，张智魁好吃独食的原因。

言归正传，刚才不是说到周恩来犯了官僚主义吗？老捞没下水还有机会见到周恩来总理吗？当然有了！周恩来这个人可不是甩手掌柜，他既然牵头负责这件事，就不是挂个名的，这个人事必躬亲。出发前，周恩来一再强调的就是潜水员的安全，很自然地就接见了所有的潜水员。不过，老捞还有更好的机会和周恩来接近。

原因是当时论潜水能力，上海局的确出色，但从保障上看，海军在减压病防治方面则远远走在前面。这是因为海军 1958 年出了一次潜艇事故，只活了一个人，其他逃生艇员都因为过快减压而肺部破裂死亡，促使海军在这方面成立了专门的研究所。周恩来关心潜水员的安全，这个人又特别细致，所以专门带东海舰队司令陶勇去研究所，要了解减压病到底是怎么回事。

既然这样，海军除了布置有关人员进行介绍外，还要派出潜水员实地汇报。老捞的优点是口齿伶俐反应迅速，于是就被派来担任了这个汇报的角色。

原定老捞汇报十分钟，谁知总理一谈就谈了半个多小时，大家都站着，周恩来不但听他的汇报，还特别让他从潜水员的角度介绍自己的实际经验，不时取出个小本来问一些问题。原来小本上是这几天别人汇报中提到的潜水术语，来不及问的总理都很认真地让老捞作解释。老捞那天的反应堪称出色，虽然有些他也不能从专业角度解释，但总能找到比较通俗的说法。比如说到快速上浮中人体血液中的氮沸腾现象，他用了开汽水瓶子冒气泡来打比方，周恩来听了连连点头，笑着说："我懂了，你这个比喻很生动。"

大概因为看到总理平易近人，老捞就多了一句嘴："总理，您不用懂那么细，到时候我们可以随时汇报。"总理说："我想多知道一点总不能外行领导内行吧。"

老捞点点头，过了好久他才恍然大悟，周恩来和他交谈的时候，几位和这次打捞行动有关的大员比如陶勇都在旁边，总理这个人一向注意不浪费自己的时间也不浪费别人的时间，怎么会让别人站半天听自己问这些问题呢？几天以后陶勇很不客气地纠正了汇报中的一个提法，大家正在惊讶的时候，陶勇对老捞挤挤眼睛说："我原来也不懂，那天不是你和总理汇报过么。"

什么叫润物细无声呢？

光顾和总理说话，老捞无意中一转头，忽然发现海军这边的人里有一位满脸紧张，而且随着时间的推移，越来越紧张，看这意思都快休克了。

谁呢？

老捞认识，是当时潜水减压病的权威王大夫。

周恩来总理与参与调查“跃进”号事件的官兵合影

调查“跃进”号事故的海军舰队

王大夫一向沉稳，今天怎么了？老捞忽然恍然大悟——自己介绍完了，应该是王大夫接着给总理表演减压病的抢救，患者早就在那儿准备好了，深度减压综合症。如果耽误了时间，就抢救不过来了啊！

老捞赶紧收住话题，立正，请总理参观减压病的抢救实况。

还是晚了……

听到这里，萨不免紧张，问道："那患者呢？"

"死了……王大夫一辈子没这么丢手艺过。"

"啊！死了?! 总理犯的就是这个官僚主义?!"

不是，讨论工作上的问题，这怎么能算官僚主义呢？总理犯官僚主义在后面呢。

可……无论这算不算官僚主义，我觉得这样轻易就耽误了一位患者的治疗以至死亡，和周总理的一贯形象也太不相符了。同时，萨不免有一丝狐疑，因为如此轻松地谈论这样一场"惨剧"，和老捞同志平时的风格也不太符合……

果然，老捞"扑哧"一笑："死了就死了呗，你急什么？"

弄死患者为什么除了王大夫没人紧张呢？

这一点儿不奇怪，因为那患者根本就不是人，而是一只肥硕的——兔子。把好端端几只兔子往潜水笼里一装，"咚"一下扔到深水里，过一会儿猛地往上一拉，没当场给折腾死的兔子准得严重的减压病。

"跃进"号事件暴露了潜水员的缺乏，也暴露了他们的职业何等艰险。周恩来在"跃进"号事件后直接促成了两件事情：第一，批准上海救捞局在全国范围大规模招收三年制潜水学员，招收对象为应届初中毕业生、水上运动退役运动员、部队退役人员等，其审查标准和培训要求一直使用到20世纪90年代，初步解决了潜水人员青黄不接的问题；第二，为保障潜水员的身体条件，为潜水员提供职业津贴和伙食标准，大大改善了潜水员的生活条件，但从延长了潜水员工作寿命的角度，其实受益的也是国家。

这次因为被老捞耽误了时间，王大夫使尽浑身解数兔子先生还是魂归天国，瞑目手术台了。周恩来对此并没有加以责备，反而对王大夫颇有鼓励。但在总理面前丢了面子，王大夫十分窘迫，几十年后依然耿耿于怀。

虽然没有责备王大夫，但耽误了几十分钟兔子先生就翘了辫子，这件事无疑给总理留下了相当深刻的印象，所以在“跃进”号调查问题上，周恩来对潜水员的安全特别重视，过问得极细致，甚至有些不厌其烦的感觉。

这件事甚至弄得张智魁有一次都不自觉地露出了些不耐烦的神态。

对此很多人都认为周恩来的工作方法未免过细，但一位老部长曾回忆，张智魁走后，总理看出在座人的情绪，笑笑说：“这才能放心呢。我这么大

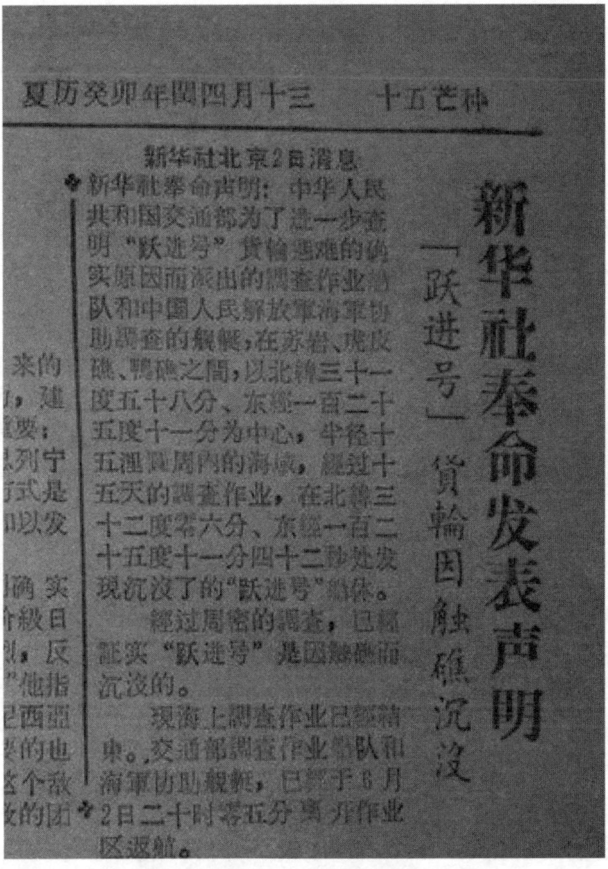

夏历癸卯年閏四月十三 十五芒种

新华社奉命发表声明

「跃进号」貨輪因触礁沉沒

新华社北京2日消息

新华社奉命声明：中华人民共和国交通部为了进一步查明“跃进号”貨輪遇难的确实原因而派出的調查作业船队和中國人民解放軍海軍协助調查的艦艇，在苏岩、虎皮礁、鴨礁之間，以北緯三十一度五十八分、东經一百二十五度十一分为中心，半徑十五浬範圍內的海域，經过十五天的調查作业，在北緯三十二度零六分、东經一百二十五度十一分四十二秒处发現沉沒了的“跃进号”船体。

經过周密的調查，已經証实“跃进号”是因触礁而沉沒的。

現海上調查作业已經結束。交通部調查作业船队和海軍协助艦艇，已經于6月2日二十时零五分离开作业区返航。

经过周密调查后，新华社奉命发表结论声明

的一个总理，他没有把握敢跟我闹情绪么？”

原来他有他的目的。

但周恩来的思维可能确实太细致了些，官僚主义就是这时候犯的。

那是所有准备都已就绪，出发前最后一次汇报的时候，

因为是最后一次汇报，怕出纰漏，陶勇特地带上了老捞，作为海军方面的技术代表。汇报一切顺利，快结束的时候周恩来忽然问：“你们说那里不是鲨鱼的活动区，但沉船会不会把鲨鱼招来？”

大家都一愣，心想鲨鱼怎么会对沉船有兴趣？

看出大家的疑惑，周恩来一本正经地问出了一个令大家哭笑不得的问题：“‘跃进’号上装的是玉米，这东西鲨鱼爱吃吧？”

这个问题可太难回答了。玉米长在田里，鲨鱼住在海里，如果不是正好沉船，这两样东西永远没有见面的机会，谁见过鲨鱼啃老玉米？

别人不开腔可以，但总理是对着陶勇司令问的，他不能不答，说道：“可能吧……”

周恩来接着问起来：“那潜水员到舱里工作，遇上鲨鱼怎么办？”

众人立即分析措施，准备，落实。

汇报完毕上了车，老捞突然心里灵光一闪，一句话冒到了嘴边又咽了回去——总理这问题不对啊！那鲨鱼是吃肉的啊，怎么会喜欢吃玉米？总理也官僚……

下车的时候看陶勇，陶司令的表情也十分丰富。

“陶司令的脑子快着呢，我能想到的，他会想不到？”老捞如是说。

这事儿多年以后老捞曾经小范围地在朋友圈子里说过，不过听的人多发出一阵善意的笑声，总理这个人啊，官僚主义都犯得这样让人觉得亲切。

实际上“跃进”号调查的过程中，并没有和鲨鱼打交道，工作进展很顺利。关于“跃进”号沉船的调查结果，老捞的嘴很紧，没说过更多的东西。只提到两件与此关系不太大的事情，算作对这一事件的一点侧面注解吧。

一件是大家都知道“跃进”号出发前换了一批政治可靠，但连礁石在

海面上边还是海面下边都分不清的二百五船员，直接导致了“跃进”号的触礁。老捞说这里面还有背景，“跃进”号的原船长有“历史问题”，所以政治运动中不能过关，但他的政委也是一位经验丰富的老海员，而且根正苗红，有他在也不应该出事。这位政委和船长关系极好，为人仗义敢言，见到老伙计挨整便出来打抱不平，结果惹了不该惹的人，连他也被撤，而且被上面认为他们两人在船上搞小集团，于是将所有认为不可靠的人员大换血。

第二件是调查“跃进”号的报告认为其焊缝没有开裂，无质量问题，但老捞不以为然，他认为质量问题并不应该仅仅指焊缝。“跃进”号使用的是苏联图纸，是一个什么“高尔基奖”的设计，可苏联人自己并没有造过这样的船。其原因在于这个设计为了追求美观，船体过分外倾，在苏联的寒冷海区航行一旦甲板结冰很容易导致横倾。中国这样的温带海区没有结冰问题，装货以后该船也是头重脚轻。这个缺陷使“跃进”号触礁后因为进水很快发生横倾而难以自行纠正。老捞大概因为多年反修防修，对北方的邻居有点儿天然的警惕，这件事上，他的看法是：老毛子把这样的图纸给我们，居心何在？

这件事到此按说可以告一段落，然而和萨爹说起，才知道后来还发生了一件与此相关的花絮。

那是20世纪90年代年代了，老捞早已离休。但这个人性格活跃，老而不休，身体也很好，不甘寂寞，总是想“发挥余热”。他倒不是为了钱，是闲得难受。好在老捞有很多徒弟，这时多半都成了相关部门的骨干，有的还当了头头，知道师傅的脾气，免不了经常请他来给作个指导什么的。有位伶俐的徒弟给老头找了件好活——给某大城市的水族馆潜水员做教练。水族馆要潜水员擦洗水箱内部，给鱼喂食什么的，技术很简单，工作之余看看企鹅海龟的还蛮有意思。老头对这份活挺高兴。

有一天，老头没事站在鲨鱼池子旁边，心中忽然一动，就奔了厨房，要了几个老玉米。

老捞把一个玉米剥了皮，一扬手，扔进了鲨鱼池子。

鲨鱼懒洋洋地游着，理都不理他。

老头乐了，又扔了一个。

还是一样。

馆长看见他如此举动，觉得有趣，就走来问问。

老捞就把总理怎么犯官僚主义，原原本本对馆长叙述了一番。

馆长听得直笑，笑完了若有所思，说："你等等。"说完，馆长也拿了一个玉米，但是他没有剥皮，一抬手，像小孩子打水漂一样甩进了鲨鱼池。

怪异的事情发生了，只见鲨鱼忽然转身，掀起一股水浪，猛扑过去，一口将玉米吞了下去！

老捞目瞪口呆。

馆长又拿了一个玉米，如法炮制，鲨鱼又是一个漂亮的俯冲，照样一口吞下。

馆长拍拍手，笑嘻嘻地看着两眼发直的老捞道："鲨鱼这东西，吃东西第一靠闻，有一点儿血腥味就发疯；第二靠眼睛看，你的玉米剥了皮，黄的，鲨鱼没反应，我的玉米没剥皮，颜色和鱼肚子差不多，在水面上一滑，鲨鱼以为是小鱼，当然就上来吃了。这东西没味觉，你就是扔个塑料娃娃它也一样的吃。"

老捞大叫一声，往外就走。

萨爹说他给自己打电话的时候还有点儿没缓过来似的，一个劲儿说："总理神了，总理真神了……"

其实，老捞这也是矫枉过正，馆长的实验和总理那件事毫无关系，"跃进"号的货物都是剥下来的老玉米粒。萨觉得，无论如何，鲨鱼吃玉米，周恩来犯了一次官僚主义，那是没法翻案的事情了。

第二章 炮火往事

一、红军时代聂荣臻的专机“马克思”号

红军时代，担任中国工农红军第一军团政委的聂荣臻，居然有一架自己的专机，这也太奢侈了吧？

原中国人民解放军代总参谋长杨成武，1991年曾在接受记者采访时回忆红军攻打漳州的经过，他提到在打下漳州之后，红军一军团政委聂荣臻是乘飞机从漳州飞回中央苏区首府瑞金汇报战况的。当时杨成武还对他说：“你怎么冒冒失失的，也不知道那个飞行员技术可靠不可靠就飞回去了？”

红军时代军团参谋长坐飞机回瑞金？！难道是杨成武老爷子忽悠？

胡说！人家杨老爷子何许人也，炮毙阿部规秀[1]的主儿，用炮弹说话的主儿，人家会忽悠？

再说了，忽悠谁敢忽悠聂帅啊？上将忽悠元帅，天下没有这个道理。

实际上这段描述虽然让人惊奇，但是事实，还有照片为证：聂荣臻在飞往瑞金前曾在飞机前照相留影，画面右侧的是这位后来的科技元帅，左边的那位也是赫赫有名的人物——当时红一军团军团长林彪。

可是，“红米饭、南瓜汤”的红军哪儿来的飞机呢？

当然是缴获来的。

1　阿部规秀（1886—1939）：日本陆军中将，擅长运用“新战术”和“山地战”，有“名将之花”的称号。

林彪（左）和聂荣臻在“马克思”号前合影

聂荣臻元帅

1922 年在比利时沙洛瓦劳动大学化学系学习期间的聂荣臻

“列宁”号机身

红军第一名飞行员龙文光

红军在漳州缴获飞机后的照片

国民党空军可赛轰炸机机群，红军的“列宁”号就是这种飞机

实际上红军早在 1930 年就开始拥有飞机。当年 3 月，鄂豫皖红军在罗山县缴获因故障迫降的国民党空军飞机一架，飞行员龙文光被俘加入红军。这架飞机修复后被命名为“列宁”号，是红军的第一架飞机，曾参加过攻打黄安等战斗。

“列宁”号在红军长征时被迫掩埋在大别山区，后机身被国民党军队发现并摧毁，当时还拍过照片。飞行员龙文光也在不久后被捕牺牲。“列宁”号飞机有一架复制品，现陈列在北京军事博物馆中。

然而，鄂豫皖和福建远隔千里，聂荣臻乘坐的飞机显然并非这架“列宁”号。事实上这架飞机是被命名为“马克思”号的另一架教练轰炸机，它是红军在漳州作战中缴获的。

对比“列宁”号，“马克思”号名声不彰，然而，它短暂的一生却颇为传奇，其中还有几个难解之谜。

第一个谜，国民党军队天上飞的飞机怎么会被地上跑的红军缴获了呢？

根据记载，攻打漳州之战发生在 1932 年 4 月 12 日，红军攻克漳州外围龙岩。由于红军行动神速，国民党军队的一架飞机飞来侦察。当该机飞经红三十三团宿营地上空时，副团长陈冬生架起机枪打了一梭子弹，飞机中弹摇摇晃晃地飞走了。有趣的是，20 日红军占领漳州，陈冬生带领部队进入桥南机场的时候，发现被他击伤的这架飞机正停在那里，机身有弹孔，座舱里还有血迹！

高兴的红军官兵将这架飞机命名为“马克思”号。

根据当地老百姓的说法，这架飞机的飞行员被红军击伤送到医院去了，据说已经死了。看来，因为没有驾驶员，国民党军溃散时又没有来得及破坏，这架飞机才完整地落入了红军之手。

那么，国民党方面的记载是不是与此相符呢？

这就是有关“马克思”号飞机的第二个谜：在国民党空军的序列中，找不到这架飞机被俘的纪录。它是属于国民党哪个部队的，为何被放弃呢？

原来，这架飞机的确不属于国民党空军，而是福建军阀张贞部使用的。

张贞，诏安县人，福建军阀，北伐战争中投入国民党阵营。红军进攻漳州时担任福建省“剿匪”司令部司令兼四十九师师长。

张贞所部均为地方武装甚至土匪，在漳州之战中抵挡不住红军的攻势弃城而逃。虽然战斗力不强，但张贞却是民国军阀中少数有眼光的人物，他还兼任一个职务——闽南航空处处长。他看好飞机在战斗中的作用，因此在闽南辖区征收飞机税 70 万元，先后从国外买进五架飞机。这架“马克思”号就是其一。这位福建军阀张贞本人籍籍无名，手下有个少校副官后来却大名鼎鼎，他就是曾为毛泽东做秘书的陈伯达。

瞧，别说红军穷，飞机已经可以编号了。

根据国民党方面的记载，这架飞机 4 月 10 日由闽南航空处飞行员周琪驾驶前往龙岩确认红军行踪，飞机上还有一人是四十九师特别党部主任吴光星。可能由于被陈冬生击伤，该机返航途中被迫迫降，挂在了一棵大树上，飞机上的两人都受重伤，但没有死。幸好航空处副官汤涛闻讯前去救援，才把人机运回漳州。红军打来时人跑掉了，飞机却落入了红军手中。

不过，根据资料，红军在桥南机场缴获的飞机却有两架。

的确是两架，有一张当时红军在漳州和另一架被俘飞机拍摄的合影，虽然不够清晰，但可以明显看出与林、聂合影那张不是同一架飞机。

“马克思”号的第三个谜就是：它到底是其中哪一架呢？是否存在两架飞机都被命名为“马克思”号的可能呢？

《聂荣臻传》中提到，漳州两架被俘的飞机，一架能飞，一架不能飞，红军只把能飞的那架飞机带走了，另一架命运不详，估计是撤离时被破坏。

根据台湾航空史名家黄孝慈先生考证，国民党军记载这架红军中的“马克思”号飞机是一架德·哈维兰 DH-60“蛾”式教练 / 轰炸机，后来曾经轰炸过赣州的国民党军阵地。

德·哈维兰 DH-60“蛾”式飞机，是英国生产的双座双翼教练 / 轰炸机，装有一台 120 马力发动机。1925 年 2 月 22 日首飞，其性能优异，操

和“马克思”号同型的“蛾”式教练机

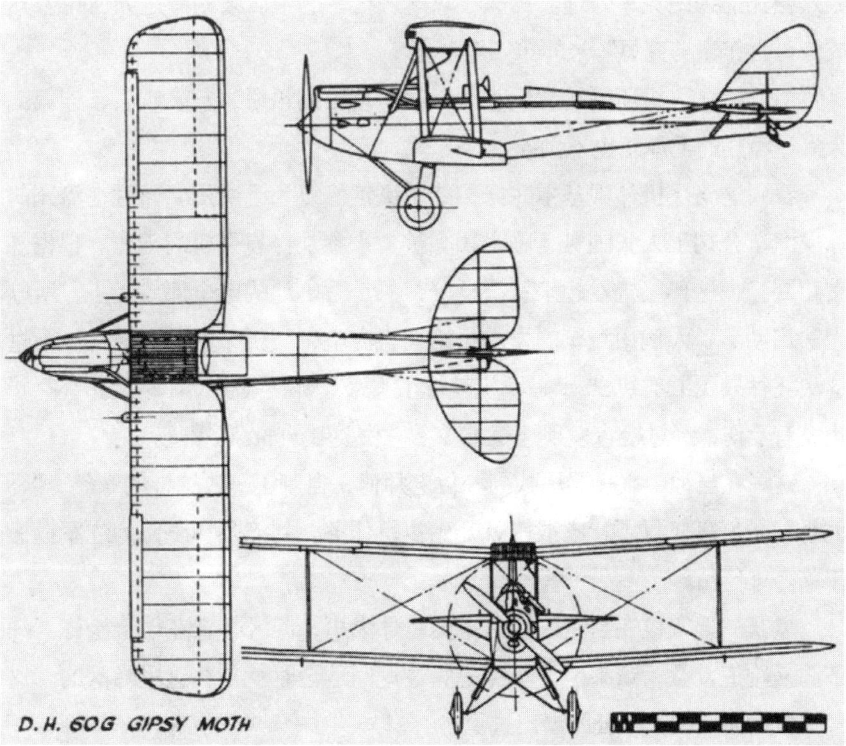

“蛾”式飞机三视图

作维护简单，而价格颇为便宜，因此深受客户欢迎，曾被美国、加拿大、芬兰等国空军采用，主要担任教练工作，有时也执行通讯和轰炸任务。至今，这种飞机仍有生产，作为初级教练机使用，可谓长寿。1930 年，爱国华侨曾向国内捐赠六架 DH-60 飞机，因使用效果很好，此后各地陆续购买数十架，大部分在 1937 年抗日战争爆发前退役。张贞所部的 DH-60，应该也是这时候买进的。

林彪和聂荣臻合影上的那架飞机正是 DH-60 “蛾” 式教练 / 轰炸机，当为 “马克思” 号无疑。而另一张照片上的，看来似乎是一架 O-2M 道格拉斯轰炸 / 运输机。

根据黄孝慈先生的资料，落入红军之手的 “马克思” 号竟然还能起飞轰炸赣州的国民党军阵地。那么，它落入红军之手后来的命运如何呢？这或许可看作 “马克思” 号的第四个谜。

当时缴获飞机还是稀罕玩意儿，红军官兵闻讯纷纷赶来观看，连第二天到达漳州的毛泽东也不例外。

看到这架飞机外观基本完好，红军决定修复为己所用。当时在漳州的漳龙汽车公司工人张国材、陈文川等被请来参加修复飞机的工作。根据陈文川回忆，这架飞机看起来状况良好，只是蓄电池的电全部放光了，所以无法启动。工人们用汽车的发电机给飞机充电，飞机果然起飞成功。不过这次飞行只飞了不到 50 米，飞机就掉了下来。好在飞机损坏不大，飞行员也没有受伤，经过检查发现飞机上少了一枚关键的 36 码螺丝。

红军在当地中兴机器厂找到一位老师傅，自制了一枚这样的螺丝，“马克思” 号就算修复了。它很快就开始执行任务，到漳州和厦门为红军抛撒传单等宣传品。

缴获一架飞机在当时的红军军中是件大事，苏区特意在瑞金抢修了一条简易跑道，聂荣臻乘坐 “马克思” 号返回瑞金时就是在这里降落的。这架飞机后来还在长汀公园展出过。

很遗憾的是，这架飞机的红军驾驶员至今没有资料说明，只知道他是一名朝鲜族技师出身的飞行员。

由于缺少备件，这架“马克思”号飞机在执行了一段时间任务后终于寿终正寝，为了避免它落入国民党军手中，红军不得不将其销毁。但作为红军中少见的高技术武器，“马克思”号短暂的生涯，亦堪称传奇了。

二、东海舰队鱼雷旅行记

咱们要出门旅行的时候可以坐高铁，印鱼要出门旅行的时候会找个大海龟吸在上面，那要是有枚鱼雷想出门旅行呢？

（1）

黑潮，是一道中国海上奇特的风景线，被称为“海中之河”。这道速度每秒一米的汹涌潮流让日本古代渔民望而生畏，难以顶着它到钓鱼岛等海区从事捕鱼作业。实际上黑潮不但让船只简陋的日本渔民头痛，而且连有国家力量支持的遣唐使也经常在它面前折戟沉沙，只有要钱不要命的海盗才能够跨过它。

有位在东海舰队工作过的老海军，曾对老萨讲过，黑潮让他好长时间提心吊胆。

这件事与中国海军曾经位列机密的一项技术试验有关，如今时过境迁，机密已不再是机密，其中的逸闻估计说一说也不再是问题了。

那就是中国海军某型声制导对舰鱼雷的试验。这种鱼雷的一大特色是发射后不用管，如果扔到敌军的运输船队里面去，有船的时候它一定去找最大的那条——它会分辨哪条船的噪音大，一般这也是最大的那一条；没船的时候，它会开始自己转圈，一旦附近有船进入其搜索圈立即飞奔过去同归于尽，生命不息，战斗不止；它还有相当强的抗干扰能力。实际上，这型我国科研人员综合有限技术自行设计的自导雷，其敏感度和命中率居

中国音响自导鱼雷

鱼雷实弹打靶试验即景

然超过了苏美主流鱼雷的水准，堪称中国军工事业的骄傲。

不过，有利就有弊。这是一条从概念上全新的鱼雷，其设计理念之先进，成为后来中国海军科研中多条鱼雷的“概念雷”。因此测试和使用上难免会出现一些令人意想不到的问题。黑潮那档子事儿就是其中之一，不过，我们还是先说说更离奇的一次。

在某次演习中，一艘扫雷舰已经结束演练，正在准备收工的时候，忽然值班水兵报告右舷发现鱼雷。

此时恰好有一条船横越舰首，船长的注意力不够集中，同时对于和平时期突然遭到鱼雷攻击感到意外，所以反应稍慢。他自述只来得及在右舷方向发现一条模糊的雷迹，本舰已经被击中。这位舰长有些犹豫，还因为这条雷迹特别模糊，速度也比正常的鱼雷慢得多。

他在十年后提起此事仍然耿耿于怀，坚决认为是和他进行对抗演练的对手误射鱼雷，让他吃了苦头。

其实，让他吃苦头的另有其人，因为这枚鱼雷本来不是冲着他去的。同样这次演习中，另外一个海区进行了另一操演——一艘潜艇发射鱼雷，准确穿越靶舰船底，圆满完成任务。正常情况下一次训练就打掉一条船太不经济，操雷的定深较大，可以从目标船的龙骨下穿过，以便重复使用靶舰。

演习很圆满，但这种鱼雷正是前面说过的那种“概念雷”，结果出了问题：

第一，该雷这次进行的是远程攻击演练，所以调定航速较低，以便加大它的航程。结果这条雷实际跑出的航程比设计的航程还要长，跑完全程之后仍有余力，竟然钻进了正在进行舰对舰对抗的邻近海区。

第二，该雷穿越第一目标的龙骨下方后，立即自动开始转圈寻找第二个目标，而那艘倒霉的扫雷舰恰好此时经过附近海域，当即被其锁定为目标。

第三，该雷的定深陀螺出了问题，竟然使其航行深度不断上升，最后几乎贴着水面飞向扫雷舰，所以结果是命中，而不是从扫雷舰船底穿过。

一条扫雷舰不过数百吨，被一枚可以重创航空母舰的鱼雷击中，后果会是怎样的呢？

(2)

应该说这条扫雷舰被自己的鱼雷命中属于计划外事件，这种新型鱼雷超灵敏的寻的能力和超长的射程都出乎设计者的预料。

实际上就连设计者本人也吃过它的苦头了。有位网友的老爹参加过此雷在南海的第一次试验，对那次吃苦头的经历有如是描述：

发射后按试验计划，首先奔第一个目标信号源，当接近目标到一定距离时打开第二个信号源，这时鱼雷应该不为所动继续向第一个目标前进，这也检查了抗干扰能力。当到达目标区域时，第一个信号源熄灭，这时雷失去目标做圆周搜索，应该找到第二个目标信号源，航迹转向它，这就检验了自导头的跟踪能力。在雷的预计航迹上要布上传感器监控雷的轨迹。

试验时雷顺利打出去了，很快，第一个目标附近的传感器发现了雷，跟踪正常。雷穿越目标航区，应该做圆周搜索了，可是第二个目标信号源附近的传感器总是无法发现目标。按时间推算雷的动力应该耗尽了，可还是找不到。最后判断雷失踪了。

怎么办？前面的试验完成了，相关人员都去庆功了。只有与这相关的人在苦闷。到底发生了什么事？

几个技术人员分析了半天，终于发现了些蛛丝马迹。他们发现第二个目标信号源开机时间有些问题，很可能鱼雷在驶过第一个目标后根本没有发现第二个信号源，那么这个鱼雷在做圆周搜索时就会……几个人眼神一对：射向发射艇本船！

天呐！鱼雷失去目标后搜索到了发射艇本身，那时这是唯一的信号源，于是回转180度向这个大目标开了过来。这边没有布传感器，所以找不到鱼雷。大家再分析了几回，越来越觉得可能就是这样，于是找艇长一问，艇长说还真的感到后来艇身有震动，但没有当回事。

猜测不等于证实，立即验证：派潜水员下水看艇身，果然：后面凹进去一块，还蹭了一大块漆。正是雷头的颜色！原来鱼雷确实将发射艇作为目标，并且准确地击中了它。万幸的是，这个雷是操雷[1]，撞上了发射艇并没有给艇造成多大伤害，反而把自己撞沉了。几个技术人员总算把心放下了。我们的雷没问题，瞧这探测距离和精度！

据说当时设计主任也在这条艇上，老头子算是稳重人，安排试验按部就班，如果狂热到第一次发射就来个实弹，只怕他本人已成为自己科研成果的牺牲品了……

这一次扫雷舰被这种鱼雷命中，首先是一件好事，因为这证明鱼雷的自导系统十分敏感而且准确。但是扫雷舰的舰长肯定不能接受这种观点。

虽说这是枚试验用的鱼雷，用懂行网友的描述，它应该是“红白相间的条纹颜色，里面装的是水”。但挨上这样一下还不是闹着玩的。全舰官兵只听到“砰”的一声，仿佛谁用大铁锤猛力敲打一只空箱，回音足有一分钟之久。

中雷之后，这位舰长当时头脑很清醒，立即下达了三条命令：关闭水密门（这可以避免因为进水蔓延沉船）；挂出“我舰操舵失灵”的信号旗（因为他随即停舰检查，不挂这个容易和别人撞上）；还有全员各就各位进入损管[2]。

那枚鱼雷撞中军舰后却不知去向。按理说它应该漂在附近，但是找了很久也没有看到。

这位舰长还是警惕性很高的，因为他知道过去有过小漏洞造成沉船的例子。

事后才知道，这个时候其实很关键，因为这条军舰已经负伤了，而且

1　操雷：鱼雷武器中的一种特有品种，一般在施放鱼雷训练时，均用操雷头代替战雷头，使鱼雷走完航程后能自动上浮，便于捞回再次使用。

2　损管：损管全称为舰艇损害管制，是舰艇为保持或恢复自身生命力所采取的预防、限制和消除损害的措施和行动。

这种伤情的后果很不好说。在鱼雷即将命中的最后时刻，舰长“左满舵”的舵令发挥了作用，急转舵的军舰身躯扭转，却不料给自己带来了更大的损伤。

（3）

在被鱼雷命中前的最后瞬间，船长下达了左满舵的舵令，就在舵令开始发挥作用的时候，鱼雷击中了该舰中部水线下的部位。这型扫雷舰并无装甲，因此船壳立即被击穿。事后，在破口附近找到一个铜环，是从鱼雷头上拧下来的。本来中雷应该只打一个洞，但由于中雷时军舰正在转向机动，这个铜环把舰体撕开了一个长破口，而雷头上的铜环也被拧掉。这个破口的进水速度是比较快的。

尽管该舰上的官兵进行了仔细检查，但三级舰没有配置潜水员，如果水下有破损，很难发现。所以，经过很长时间，依然无法弄清军舰的损坏情况。

正在全员焦急的时刻，一名有经验的水手长报告损坏部位找到了，大概在第三舱和第四舱之间。

原来中雷以后，这位水手长进到底舱，一个舱一个舱地俯耳到舱板上去听，结果在第三舱和第四舱之间听到舱板下有流水的声音。

舰长带人用消防斧刨开舱板，这才发现那里果然有一个 15×16 毫米的窟窿，底舱居然已经进了 50 吨水！

幸亏是在风平浪静的近岸水域，如果在波涛汹涌的大海里，50 吨可以自由流动的水足以造成这个级别的军舰沉没。

发现了问题就好办，一个堵漏垫就封住了破口，该舰顺利返航。

或许因为这个事故，该雷此后进行了一系列的改进，然而…… 解决了追着自己屁股转圈的问题，又出现了新问题。

某次测试之后，一切顺利之余，雷却不见了。在起浮区翘首等了很久的人们经过一番疯狂的寻找，仍然不见其踪影。

是不是漏水沉了？

大多数人都作了如是判断，直到三天以后，忽然有一条民船报告说在打靶海区北方航行的时候差点儿撞上一条鱼雷，说起其颜色形状，恰是我们丢的这一条啊。

事后判断这条雷在上浮的时候还是出了一点故障。鱼雷正常情况下是在水下规定深度航行的，专打对方舰艇的水下部分或者直接在其龙骨下方起爆，使敌舰一折两半。但操雷或者说试验用雷飞到航程尽头会自动上浮，并释放染色剂以便打捞回收。

看来，这枚雷是打到尽头上浮了，却因为故障没有释放出染色剂。于是，大海茫茫，也就没法找到它了。

民船发现鱼雷并不是事件的终结。因为这条民船是载客的，看到鱼雷以后吓了一跳。谁知道这玩意儿是个空壳呢？船长马上远远避开，随后通知海军，等海军的打捞艇赶过去，那条鱼雷早不知道又上哪儿玩去了。

问题是这个小家伙怎么会上北边去了？研究人员一琢磨不禁全身冷汗——试验海区正好在黑潮的边缘上，推测这枚鱼雷是被黑潮带到北边去了。北边，那可就是韩国啊。当时我们跟韩（那时候叫“南朝鲜”）关系可是不怎么好。

这黑潮跑得很快，等我们想明白了再要追，已经没希望追上了。

于是一屋子人提心吊胆，生怕这枚鱼雷漂到韩国去，被对方捡到，那可是既丢人又泄密的事情。

一连几天也没消息，但大家谁也不敢放心。因为鱼雷这个家族颇有些性格古怪的成员，有的能在海上一漂几十年。

比如著名的“日德兰鱼雷”。1916 年 5 月 31 日，在英德日德兰海战中英舰“普鲁斯”号发射了一枚世界上最富传奇色彩的鱼雷。它在被发射后并未击中目标，而是做了一个“大避闪似的游弋”，此后便开始了长达半个世纪的海上漫游。日德兰鱼雷离开日德兰海面后，于 1920 年到达法国加来海峡，当时曾引起人们的恐慌。1920 年 6 月，它进入北大西洋，美国的“克罗马林”号军舰发现了它。到 1928 年很多船员又在神奇的百慕大地区见到

在海滩上发现个把漂来的鱼雷常把人吓个半死

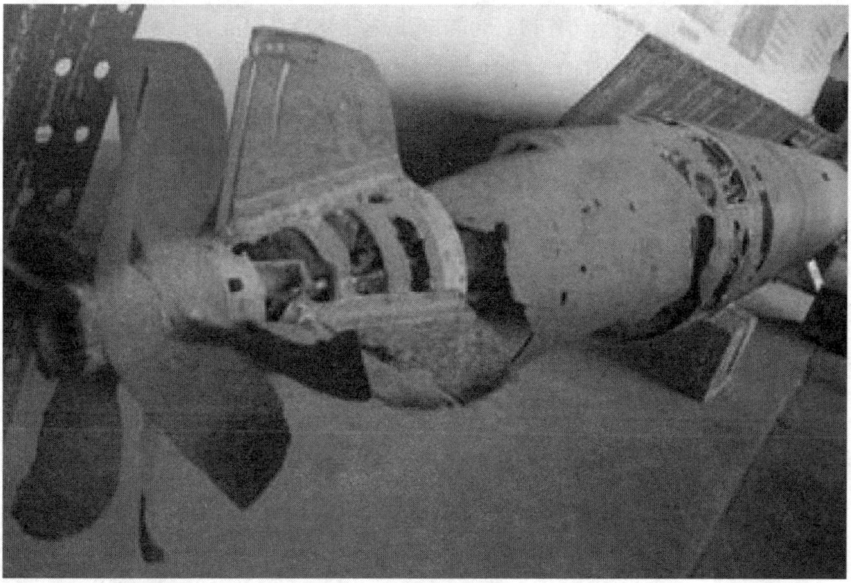

我国打捞上来的鱼雷五花八门，这一枚居然是清代的

了它。随后，它又多次出现在美国海面，美国的两艘军舰曾围堵并试图用反鱼雷武器打掉它，但当时天气极差围堵没有成功，神秘的日德兰鱼雷又消失了。不久，它又出现在委内瑞拉海面。1942 年 12 月 7 日，有人见过它游过巴拿马运河，进入太平洋。

1946 年 8 月，日德兰鱼雷穿过苏门答腊海峡时当地渔民发现它已锈得很厉害，表面附有很多海螺。美军闻讯迅速赶来，但它又不见踪影了。美国舰队几乎把太平洋搜遍了也没找到它。之后它又幽灵般地出现在非洲东海岸。20 世纪 50 年代，人们发现它进入了大西洋，一名瑞士医生曾在巴西的亚马孙河拍下它的照片。20 世纪 60 年代它又周游世界各大洋，继而游向内海，美国和加拿大交界处的尼亚加拉瀑布、刚果河口、法国卢瓦尔河源头等地，人们都曾见到过它。直到 1972 年它才销声匿迹。算起来，它已在世界各地的水面上遨游了 56 个年头。

我们这枚鱼雷会不会也变成亚洲的日德兰鱼雷呢？

这种提心吊胆的日子过了好几年，大家偶尔谈起来，认为这枚雷恐怕不是葬身海底，就是被一路北上的黑潮带到北冰洋去了。

突然有一天，某地渔民捡到一条锈迹斑斑的鱼雷，上缴以后检查编号，正是我们丢的那枚雷。令人惊讶的是这枚雷竟然是在海南岛被发现的！

往北去的黑潮怎么会把鱼雷带到南边去了呢？

最终大家翻海图翻出了结论——原来在我国贴近海岸的地方，还有一条和黑潮方向完全相反的微弱寒流，台湾渔民早就知道这条海流，经常追逐黑潮北上钓鱼岛一带打鱼，返回时向西走，便会进入这条海流，顺利南返。

这枚鱼雷，恐怕也和渔民走了同样的路线，只是不了解其从黑潮出来是主动的，还是正好遇到了什么奇怪的水文现象。

大家额手相庆，还好是海南岛把它截住了，不然一不留神就会飘到越南去，那也是一个大麻烦……

三、苏-27的德国脚丫子

苏-27，是中国人民解放军空军副司令员林虎从俄罗斯为中国弄来的一件空防利器。这位蓝眼睛的中国将军目光锐利，这桩买卖做得至今让他的北方同行大喊后悔。然而，再好的武器，换一个国家使用都免不了要改进来适应当地环境，到中国也一样，有时候即使一个小问题，也是需要超人智慧的。

这篇文章便是关于苏-27战斗机起落架——也就是“脚丫子”怎么适应中国国情的。

（1）

有朋友谈空军，说在俄罗斯的机库看到苏-27战斗机的起落架到处油痕，看到这里老萨莞尔一笑。

这叫液压油渗漏，中国的苏-27也曾经被它折磨得不轻，不过如今哪怕是在海南岛也不怕它了。可能有人想不到，现在驻海南的苏-27战斗机起落架都是国产的，是中国人自己解决了这个问题。当时也是因为考虑到要把这种新型战机部署到南海，但苏联原厂起落架在高温环境下不可靠这才立项，终于及时解决问题，算是一个比较成功的项目。这方面我们动作比较早，样机进来时，新起落架已经出厂。我在机场工作时的一个邻铺兄弟大高当时就参加了这个项目，应该是20世纪90年代初期的事情。

大高的专长是液压系统，当年给他们的任务是为苏-27战斗机提供热

决策引进苏 -27 战斗机的中国空军副司令员林虎将军

中国空军的苏 -27 涂装五星红旗

带使用的起落架。因为北边的要价太高，而且上边对“北极熊”造这类热带玩意儿的信心也不是很足，事情就交给了上海。

他们所在的这个所，在当时全国的液压领域算是权威，但是大家也同样缺乏信心。

这是因为他们刚刚做完了一个项目，给“中华第一舰”——“哈尔滨”号导弹驱逐舰配备液压系统。

海军在海港测试时十分激动，说“国际先进水平”。出海跑了趟赤道，回来时大高他们总工去迎接，人家舰长笑哈哈地说：“多亏了你们啊，这回出去可不寂寞了。”

一听就不是好话。

海军高级军官说话都很绅士的，怎么叫一听就不是好话呢？

因为当时港里刮着海风啊。顺着这风一听，哈尔滨舰上头动静不对啊，“哗啷”，“哗啷”，“哗啷”，怎么跟上甘岭美国鬼子来偷袭一个动静？

再一看，军舰的上层建筑周围，炮塔周围，有接缝的地方用铁丝拴着一溜罐头盒，风一吹，“哗啷”，“哗啷”，“哗啷”……

可不是一个动静么，上甘岭志愿军就是把罐头盒拴铁丝网上当警报器的，“哗啷”一响就是美国鬼子上来了。

敢情海军说不寂寞就是这个啊。

经过检查，问题很快就弄清楚了，毛病在液压传动系统的密封上，平时看着蛮好，赤道的太阳一晒，液压油就开始无孔不“出”了。开始，海军人员是修，修来修去看出来是系统本身有问题，就改为清扫，但液压油这玩意儿在高温下渗透性特强，稍一懈怠一夜之间汇聚起来，有个沟儿缝儿就到处流，弄得战舰上层建筑壁板上仿佛画了一条条虎斑。这种东西还不好清洗。无奈之下的海军官兵只好把罐头盒拴了铁丝挂在各个渗漏的地方接油，成了海上的风铃。

您说哈尔滨舰不是可以全封闭吗？空调干什么吃的？第一，军舰全封闭指的不是随时随地把所有人员都关在舱里，那是抗原子沾染时的作战状态；第二，赤道上晒十分钟，钢甲舱壁能烤白薯，一部分液压系统的设备和管线就贴着舱壁布置，那地方空调根本无法发挥威力。

既然有问题，就解决改进吧，要不然怎么办呢？

据说很难。我对液压这个专业不了解，根据大高的说法，好像关键是密封的设计，部件与部件之间的摩擦，膨胀系数等好多因素都要考虑，需要根据使用材料采用某种公式来进行设计。国际上虽然有七八个公式可用，但对我们来说都有点儿纸上谈兵，因为学派不同，每次用哪个吵得一塌糊涂，可是结果没有一次能让人完全满意。事实上这个问题国际上也不是解决得很好，美国 SR-71“黑鸟”侦察机的液压系统是一绝，高温下工作极佳，但正常温度下就是漏油大王，以至于得了个“油鸡”的外号。

所以，上海这边对于哈尔滨舰的问题也是头大得很，只能说尽力而为，其实就是准备靠多做几套设计，用试验解决问题。先报了个追加的预算，大约是几百万的数儿，时间起码半年……

海军方面比较为难，事情传到该舰总设计师那儿，老人家一乐，说不就是一个热带海区液压系统漏油吗？给我 30 万就解决了。

他又不是液压专家，怎么有那么大把握呢？

不过老头说了就有人信，后来真是 30 万解决的。

怎么解决的呢？很简单，老爷子给船上加了四台制冷风机，一台六万，加压冷风管拉出去，对着液压阀接头处和齿轮泵进行气冷降温就把问题解决了。温度不高的情况下，我们对液压油渗漏的控制还是不错的。

那战场上冷风机打坏了不是要影响战斗力吗？没事儿，液压系统旁储存干冰做紧急降温剂就可以，便宜得很，必要时还可以用来灭火。

液压的问题不用液压上的技术解决，老爷子说，军舰设计是系统工程。

这老爷子是学数学起家的。

液压系统上头直到过了几年发生了南斯拉夫那件事才有了钱，比预期给的还多，半年彻底解决问题。哈尔滨舰和后来的深圳舰都带有很强的实验色彩，所以最初使用中发现问题比较多，哈尔滨舰曾经趴了一年码头，才把该改装的都改装了，该加装的都加装了。其中也包括解决高温环境下液压油渗漏的问题。

您说 30 万元解决了的问题干嘛还要花 300 万再解决一次呢？

这叫技术积累。

老总这一招用在苏 –27 战斗机上可就不灵了。

引进苏 –27 战斗机的一大原因是我军当时没有能在南沙上空有效作战的战机。1988 年中越赤瓜礁海战，打胜了的中国舰队耀武扬威往回走。其间越军曾派出飞机接近中国舰队，只是大约慑于“鹰潭”号防空护卫舰的威力，才没敢靠近。可是，没有制空权的确是南海上中国所有军事行动的软肋。此战后海航曾派两架轰 –6 轰炸机前往南沙做出制空姿态，无奈由于航程限制，轰 –6 轰炸机在南沙上空只能停留五分钟。

所以，苏 –27 战斗机买进来，立即就要部署到海南的机场。然而，俄罗斯人也明确地说，以当地的气温，苏 –27 战斗机的有些系统难以正常工作，其中就包括起落架。于是，就有了大高他们奉命研制高温环境下苏 –27 战斗机起落架的事情。

苏 –27 战斗机这玩意儿上头可没地方给你加两台冷风机，只能硬碰硬了。

北边还算配合，苏 –27 战斗机过来之前，先送来几只“俄国脚丫子”供参考。一看样品，大家都觉得亲切——俄罗斯人的老风格，结构简单结实。不过工艺么，嘿嘿。苏 –27 战斗机高明的地方在肚子里头，这外头的玩意儿么，咱们还真瞧不大起。我们的工艺当时也比较差，不过有人说，哪怕是找个退休的老工人拿手敲，蒙皮[1]也不至于弄得那么寒碜吧……

研制进行很快。大高他们一行带着试制的两套起落架到海口的时候，却得着一个不太好的消息，北边没想到这边进展这么快，送来改装的样机还没出发呢。

那就只好在海口等着了。

1　蒙皮：维持飞机外形使之具有很好的空气动力特性的一层铝合金。

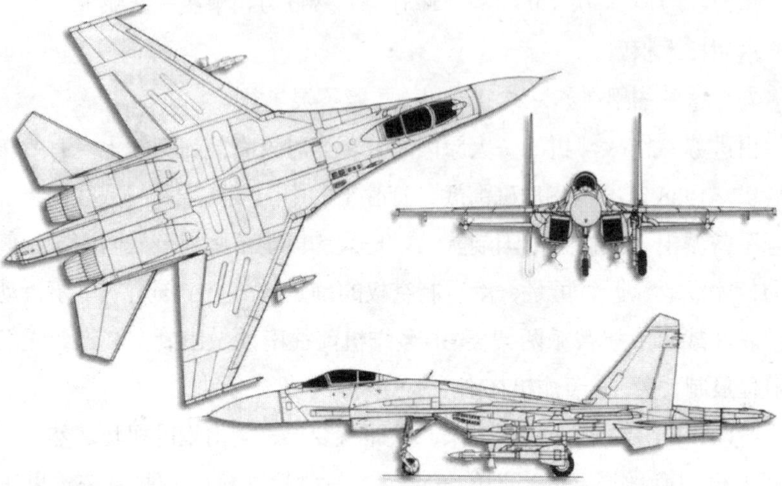

苏 -27 三视图

苏 -27 原型机，1976 年试飞的 T-10 试验机

(2)

第一眼看到苏 –27 战斗机的情景，大高几年以后回忆起来还是记忆犹新——震撼。

别说人家苏修工艺不好，那是局部，整架飞机看起来，感觉就完全不一样了。大高不是没见过世面的，刚毕业的时候，第一个项目是参加空军某型飞机牵引车的液压系统设计。

飞机牵引车是个小项目，但是军用的牵引车讲究很多，战斗机这东西其实很娇贵，这么说吧，某种意义上最好的战斗机牵引车就是战斗机自己，可是又损耗发动机的寿命，消耗过多油料，两难。很多空军部队都不愿意用飞机牵引车，其原因是有损战斗机的机体寿命。战斗机每一磅的重量都是为打仗准备的，受力考虑也只与飞行和离着陆状态有关。牵引车的拉伸受力方式与空中受力风马牛不相及，为了满足牵引要求增强机体结构要增加重量，是不合算的。所以，战斗机空中被炮弹打几个窟窿还能回来，老牵来拉去的，却会无形中造成金属疲劳裂痕，弄得好端端的飞机提前退役。这个设计与实际结合是很紧密的，于是设计飞机牵引车的整个小组，都进驻空军基地，测试的时候样车把各种飞机拖来拖去，再根据空军的要求进行修改。

他们设计的这种飞机牵引车性能不错，今天还在用，有个特点是发动机背在车顶上，因此驾驶席特别低，驾驶员的视野开阔，车的底盘很低，但极为沉重，拖拉不同的飞机还要增放不同重量的铅块压荷。

空军的飞机，大高也基本都见过了。当时，看到歼 –8II 是十分欣喜的，因为以前我们的战斗机除了强 –5 强击机都是机头进气，如同空中大粉笔，虽然实用但比起流线型机首的“大黄蜂”[1]、“雄猫”[2] 之流，总是有点儿不够帅气。

---

1 “大黄蜂”：F/A–18 美国海军双发超音速舰载战斗 / 攻击机的绰号，该机于 1980 年列装美国海军并服役至今。

2 “雄猫”：F–14 美国海军舰载型双座战斗机的绰号。

歼-8II 战斗机的服役曾令中国空军面貌焕然一新，但这种当时代表我国最高空防水平的战机与苏-27 相比，尺寸、航程等各个方面仍有很多不足

电镀的苏-27 新式起落架被证明在热带使用存在问题

无论性能如何，歼 –8II 显得漂亮多了，也现代化多了。

然而，和苏 –27 战斗机比，那根本就是两个时代的产物。苏 –27 战斗机的外观和尺寸，都是当时我国传统战斗机无法相比的。大高说尽管做工略显粗糙，但苏 –27 战斗机给人的感觉就是一头大兀鹰，从骨子里透出无言的凶悍之气。

曾经用尾翼给北约的巡逻机开膛，苏 –27 战斗机那是空中的恶霸。

然而，更换起落架的工作却颇为不顺利。

换装不难，上海生产的样品是电镀的外表，看来很漂亮，装上去鼓掌照相激动人心——这是我们在苏 –27 战斗机上改造的第一刀啊。

然而，在机场晒了一天，各位老大就挠起头来。

只见满地的液压油啊！

漏油也不是不可原谅的过错，“黑鸟”SR–71 怎么样？照样在地面上漏得稀里哗啦。然而，这苏 –27 战斗机的国产“脚丫子”漏得也太邪乎了点，第二天居然因为液压油漏得太多，无法正常运动了！

海南的阳光的确是过分，超出了设计预期。这个兄弟有过体验，中午出去游了一个小时的泳，回来后背奇痒难忍，用手一揭竟然揭下一层皮来……

出问题的是密封环与金属构件之间的结合，在高温之下，原本严丝合缝的两样东西分家了。从技术角度，这是个符合物理学的正常现象。不过，引进苏 –27 战斗机的一个目的就是震慑南海。西沙南沙都是暗云密布，要连海南岛都待不住，何谈巡逻南海呢？

没办法，就是晒成瘟鸡你也得站稳了，苏 –27 战斗机，南中国需要你！

那只好改进设计吧。

对此，负责设计的组长和副组长吵了起来。

我不懂液压，听大高解释，多少明白一点问题出在金属件的表面加工上。有很多国家都要考虑在热带地区使用战斗机，对这个液压系统在高温高湿环境下的密封问题，早有研究。我国旧有的做法存在缺陷，采用的是实践经验加华罗庚优选法，多少有点知其然而不知其所以然的凑合嫌疑，而且成本较高。美国这方面比较领先，具体怎么解决这个问题的我们无从知道，那是老美的军事机密。然而，美方权威专家为了解决这个问题，研究出的几个公式倒是知道的。

问题是，同样的问题在金属选材和加工工艺上却有两个似是而非的公式都可以用，偏巧正副组长还不是一个学派的，这就麻烦了。

试制采用的是正组长一派的意见，倒不是官大一级压死人，而是因为在验证方案的时候，正组长这个方案只有七个质疑无法过关，副组长那个呢？有 22 个。按说有一个质疑不能过关设计都要重做，问题是时间不等人，只能边做边改进。

现在的问题，似乎不是改进能够做到的，方案可能需要推翻重做。

然而，那位副组长的方案，更让人不放心，他自己都有点儿没自信。而正组长本来就看不起对方的学派，自然不断挑毛病“落井下石”。于是，设计组里每天鸡吵鹅斗，就是拿不出改进设计来。于是所里组织攻关。

别说，攻关这种做法确实是有效果，讨论的时候，救星来了。

谁呢？所里一位人称“糊涂老”的液压专家。

“糊涂老”姓胡，是一位副所长，在所里论技术是第一流的，但负责的

结实而灵活的苏 –27 曾用尾翼将一架北约侦察机开膛

项目常常被他玩死在襁褓之中，加上为人总有奇谈怪论，不合常理而得名。为什么总玩死项目还能当副所长？很简单，科研院所的朋友都知道，发现一个项目的不合理性并把它掐死在萌芽状态，不是一般水平和威望的人物可以做到的。

（3）

“糊涂老”是刚从北边回来的，为新坦克设计新液压悬挂系统，这个新坦克定型后叫作69II式，我们用，别人也用，很不错的东东。老爷子负责这部分秉承他一贯的风格无疾而终，69II式坦克用的悬挂系统没有大的改进。不过事后部队对这个部分也没有抗议过，可见，不改进有不改进的道理。

关于苏－27战斗机的起落架，攻关讨论打得热火朝天，“糊涂老”只管听。直到听完这个课题的所有种种，老爷子才说：“你们吵了半天，我也听不懂，不过我觉得你们根本没弄明白问题出在哪儿，所以一开始就走错了路。”

众人大哗。

老爷子不紧不慢地说：“这是个机械加工问题么，机械加工上面美国人不是长项，电子方面他们才厉害，机械加工方面的问题，不应该找美国人的东西参考的。美国的东西还不厉害，你说找谁？我说，得找德国人。”

一句话点醒梦中人啊。

改革开放十年间，美国的一切曾被看得近乎完美，特别是它科技方面的绝对领先地位，引发了上上下下相当一部分人强烈的崇美思潮。

其实，这个看法确实有些偏颇。客观说来，世界各国都有自己的长项弱项，美国人并不是十八般武艺样样皆精，这就是所谓的传统。比如说到艰苦作战条件下的实用设计，那要看前苏联，从AK－47突击步枪开始就是这个设计思想，直到今天，米格－29战斗机的进气口还有防沙石吸入的格栅，目的是在土石跑道上起降。要说到机械金属工艺，则要数德国人。德国的电子技术也出色，但它更是欧洲200年的机械中心。远在第一次世界大战，德国制造的巡洋舰“埃姆登”号就能在没有任何现代后勤维护的条件下，孤舰从青岛出发把整个太平洋和印度洋搅得天翻地覆。德国的机械制品，从来以质量上乘，经久耐用著称。这方面，无论是工业人才还是工业传统，它都是世界首屈一指的。

“糊涂老”的看法清醒，他说机械加工问题不该找美国人，应该找德国人。

这个道理最终被大家接受了，而且从资料上，也确实看到德国在解决热带地区液压设备的使用问题上有很多相当出色的先例。在液压件加工上似乎可以参考德国的经验，然而，事情并不是很顺利，按着这个路子走，很快就遇到些问题。什么问题呢？说来可笑，原来我们当时也没有德国解决热带液压设备问题的具体资料，有的只是公开发表的论文。他们在这方面的理论该采用怎样的参数系数，也有分歧。勉强根据有关资料做出设计，模拟上存在问题，并不能达到设计预期。“糊涂老”的建议有变成纸上谈兵的危险。

怎么办？通过几条路子吧：

一个是向国内多位有关专家，特别是几个留德的专家请教。

一个是通过中国驻德大使馆寻求技术帮助。

一个是继续从资料里面寻找线索。

……

据说，纯粹是据说，这个问题的大门，是在北京打开的。

线索是一位专家提供的。他说：“我虽然没有特别关注过这个课题，但以前在德国工作的时候，认识一个液压专家，他对这类课题很有研究。而且，他前两天和我联系，说他现在就在北京工作。要是他肯帮忙，估计这个问题不难解决，说不定咱们还可以学一手。”

这位德国朋友，就是当时在中国北京飞机维修工程有限公司（AMCEO）技术部工作的专家拉维奇，人称老拉。

（4）

老拉是汉莎公司派到北京工作的，当时汉莎在和中国方面运作北京飞机维修基地的合资问题，结果就是成立了一度中国最大的合资企业AMCEO。这个人，在我到AMCEO工作的时候还曾经见到。老拉有两撇八字胡，略驼背，小脑袋，看起来其貌不扬，在当时来北京工作的上百名专家中，并不是起眼的人物。然而，他的秘书小黄是基地的四大美女之一，和我们住对门。大多数兄弟们是向小黄行注目礼时才注意到她身边那个小脑袋老外的。

老拉当时刚和太太离婚不久，我们曾经提醒小黄的男朋友某人小心这老外吃窝边草。某人微微一笑，根本不当回事。

老萨心中有点儿奇怪，直到有一天，我在我们部门的经理达尔蒙特的办公室里汇报工作，谈完之后，起身时看到老拉怀里夹了一个大本子从楼下走过。这时，有两个漂亮的空乘谈笑着在老拉身后快步走来。老拉听到笑声，回头看看两个美女，表情立刻紧张起来，缩了缩脖子，脚下步伐明显加快，大步流星地拉开距离走掉了。

有趣。一回头，却发现达尔蒙特也在那儿看，两人相视一笑。老达说，我是他的老同学呢，拉维奇啊，从上学的时候就这样，这人看到漂亮女的说话就磕巴，走路顺拐，我们说他有“美女恐惧症”。

后来小黄讲跟老拉工作一天都说不上八句话，气闷得很。小黄虽然气闷，小黄的男朋友大可放心了。

然而这样一个人，却是知名的液压专家，说明德国人当时来合资，还是很有诚意的。

不过，再有诚意，要让老拉帮忙都有一个过不去的坎儿——我们和汉莎的合资，仅仅限于民用范围，这要是拉扯上军用的玩意儿，可就不仅仅是合资问题，还有政治问题了。闹不好这事儿捅大，德国的国会甚至欧盟都得开会辩论呢。

当大高陪同一位年长的工程师带着设计飞到北京的时候，AMCEO的中方领导虽然十分重视，但觉得这是个不可能完成的任务。

德国人的刻板是著名的，想让他绕开“组织原则”做点儿出格的事情，简直是门儿都没有。

那也只能硬着头皮去谈了，老拉当时回德国休假了，基地的领导就让小黄把这事儿写个外文材料，回头跟老拉摊牌。能帮忙那当然好，不能那也是没办法的事情。

小黄写材料的时候，让技术部的股长郑维剑看见了，一问是这么回事儿，郑维剑说：“不忙写，你等等。”

这个郑维剑，可是个人物。我到 AMCEO 公司工作的第一天，部秘书林娟带着我去各车间转悠，远远看见一个极像濮存昕的帅哥低头若有所思在前面的林荫路上走，林娟指着帅哥告诉我：“看见没有，那就是你的榜样，也是招聘进来的，人家三年多干到车间主任！”

林娟的意思是告诉我，机场这地方虽然重传统门第，但你要有本事，机会也一样大大的。

三年后老萨在海南岛玩沙子呢，想想还真辜负了林秘的一番期待。

郑维剑的确是招聘进来的，而且学历比较低，如果扛一辈子飞机轱辘也不奇怪。他三年干到车间主任，应该说老拉帮了他不少忙。

人说秦桧还有仨朋友呢，老拉不善交际，朋友也多不到哪儿去。然而如果老拉还能有仨朋友，那郑维剑绝对是其中之一。

老拉和郑维剑年龄差了二十多岁，资历背景也大相径庭，怎么交上朋友的呢？

因为郑维剑自告奋勇给老拉当了翻译。

当时对到基地工作的德国人都有一个要求——会英语。这是个妥协的要求，因为中国人里面会德语的太少了，而如果要求来的德国人都会中文，那还不如干脆把合同撕了算了。

不过，即便如此，一百多名德国专家突然到达，招聘翻译的事情也把中方折腾得半死。要知道那是 20 世纪 80 年代的中国，能够流利英语交流的，能上中央电视台了。“文革”过后百废待兴，中国的人才市场是典型的卖方市场。老萨到 AMCEO 工作的时候，聘任的职务是“Computer Expert”，也是经过中德人事部三审，认为属于“人才”才能够进门的。而老萨的水平如何呢？

上班以后达尔蒙特给了我一个任务，把一套新来的计算机的显示器、主机、打印机等部件接起来。就这一个活儿，萨忙活了一个多小时，一身大汗。不是因为累，纯粹是因为紧张——给计算机接电源这种活儿，我没干过。

达尔蒙特始终站在旁边给老萨壮胆。这件事让我后来很是感激。

这就是当时“人才”的写照。

现在忙着应聘的朋友看了，估计会有以头抢地的感觉——我们怎么没赶上这好时候呢？

对国家，这应该是好现象。

郑维剑自己找到的老拉，自荐给老拉当翻译。他自己承认，英语很不好，从小学的英语是“哑巴英语”，做翻译根本不称职。可是他对老拉说：“我有诚心，会和您一起努力，把工作干好。我还有在这里半年的工作经验，知道飞机维修的流程，也亲手干过很多工作。您如果从外面招聘一个不懂飞机的翻译来，也不见得比我做得更好。”

老拉同意了。

和郑维剑住过一个宿舍的同事说，那时候郑维剑每天只睡三四个小时，走在哪里手中都是一本英语书。

有人说，老拉赏识郑维剑，就像赏识自己的子侄一样，总说郑做翻译是耽误了他的前途。一年以后，小黄成了老拉的秘书兼翻译，老拉郑重推荐郑维剑担任了下属车间的股长。

老拉和郑维剑，就是这样“铁”的关系。

郑维剑跟小黄说完材料的事就出门找部领导去了，说这个事儿啊，别让小黄和老拉谈，那样肯定不行，他去找老拉说吧，成不成可是没准。

这位部领导没什么担待，嫌郑维剑多管闲事，没理他。

郑维剑在基地里当时正是有点儿“人嫌狗不待见”的意思，中方领导瞧他别扭，德国人也瞧他别扭，连老拉也已经一个多月不跟郑维剑说话了。

怎么回事儿呢？

因为核算合资资产，郑维剑把两边的人都得罪了。

(5)

合资这种事情，跟婚姻一样，有真有假，颇有不少合资企业是某些人为了骗取税务政策生造出来的，这就像假结婚拿绿卡一样，半是犯法，半是无奈。像 AMCEO 这种企业，那是真的合资，双方都有所投入，以求未来有更好的日子过。像德方一派一百多名专家，到当时晚上 8 点就一片黑灯瞎火、鬼都能找出几个的北京机场来工作，这样的合资对象还是满难找的。

德方带来的技术、资金、现代的管理思维让中方受益匪浅。

然而，也正是这样的一个企业，才让我领略到“阳光底下没有新鲜事”的含义。德国人大多认真、正直，但是在合资的过程中，一点不妨碍他们胳膊肘向慕尼黑拐。这在合资中的中方资产核算上面，充分表现出来。

中方的大量设备，德方都试图以压低的作价入账。

我们最初很难理解认真、正直的德国人，怎么能干出这样不够朋友的事情，可是他们确实是干了。很多年以后我们才能慢慢了解，在商业活动中，友谊只能建立在利益的基础上，正义永远不是无限。我们中国人和外国人打商业交道的时候，也不会正义到有便宜不占的地步。

然而，德国人压价太过分，一些老机场们联合起来反抗。他们引经据典，拿数字说话，自发和德方对账，据理力争，力图减少中方的损失。这中间，郑维剑作为少数外语优秀的中方基层干部，与德方讨论时针锋相对，寸步不让，起到了重要作用，甚至面对他的好朋友兼恩师老拉也丝毫不客气。

郑维剑还曾经私下找过老拉，他认为老拉是个正直的人，要他在双方的争论中为中方主持公道。

这就是幼稚了，友谊和立场根本不是一回事嘛。

老拉当然拒绝了。

郑维剑很失望，拂袖而去。

事情的结局不出意料，道理讲不过中方的德国人把矛盾上交，工作暂停。最终德方作了一定让步。

然而郑维剑这批人，却也没得到表扬，因为高层有人作了批评——延误合资进度，不顾大局。毕竟他们是自发的，没有尚方剑就去扮海青天，有些人胃里不免泛酸的。

这就叫里外不是人吧。

所以部领导对这个一脸苦大仇深的郑刺头是有点儿冷冻一下，磨炼磨炼的意思。

中国人对人才，是少不了“磨炼”二字的，问题是性格磨炼出来了，才华和棱角往往也就没了，这实在是个不好评价的习惯。但郑维剑这辈儿的，颇有些人根本不肯被磨。你不搭理我？好，我往上找，郑维剑就找到了基地的一位副总。一般来说，这种越级上访的主儿是不太受欢迎的，但这回郑维剑的运气太好了，这位副总是空军下来的。

空军下来的副总一听苏-27战斗机眼睛就直了，这好玩意儿要来了，咱们盼了多少年的好飞机啊！想想留在部队的小兄弟们真是百感交集啊。

副总拍板：“这个事儿交给你了，办成了提一级到我这儿译码站来。”——技术部的车间老头子管不着，译码站可是他说了算。

要搁正常情况，郑维剑这个地位的这时候就得说：“我个人没什么要求，只要解决了问题就好。”

郑维剑却没这么说，他说：“您说的话可别忘了啊。”

事成之后郑维剑确实到译码站干过一段，老头子没食言，真给他提了一级。

郑维剑请大高他们把图纸做了些手脚，带回了办公室。

（6）

几天以后，老拉休假回来，第一天来办公室就去车间看郑维剑，带的德国巧克力和咖啡。后来有人分析郑维剑接这个活儿也跟他知道老拉的心思有关。在资产核定的问题上，老拉是没有支持郑维剑，但是他欣赏郑的正直和责任感。而且，合资以后就是一家人，他还指望着这个“嫡系”帮着自己搞好技术部的工作呢。

没想到的是自从两个人意见不和以后，郑维剑咸淡不搭理老拉。老拉并不准备和年轻人一般见识，他知道德方有些理亏，但他也不认为德方这样做是错的，商业合作本来就是争取对自己最有利的合同嘛。中国年轻人要慢慢适应和成长来适应现代社会。

德国人是很固执的，所以老拉度假前每天都要追着自己这个嫡系弟子做思想灌输。我想他这样做，大概还有一个原因——他心里面对这件事还是有愧疚的，毕竟是欺负中国人体制上存在的漏洞么，这是个不公平的对抗。

但郑维剑就是不跟他说话，小伙子气还没消呢！

不过，这次回来，郑维剑不那么固执了，叹了口气，接过老拉的礼物还说了声谢谢。

郑维剑的和解表示可把老拉高兴坏了，推心置腹地对郑说了好久，总的意思是合资的时候两边是对头，现在呢，大家又是一条船上的了，要同舟共济，一起努力把事情做好。“我对你期望很高，就像期望我的儿子一样。”老拉说的话，确实让人蛮动感情的。

既然是一条船上的，郑维剑挠挠头，对老拉说：“有这么个事儿，技术问题，你能帮我找个德国专家看看吗？”

“什么事儿呢？”前些日子老拉也被郑维剑拿资金、器材这类事情弄得头疼，听说是技术问题，长吁一口气。技术问题，他是很愿意帮忙的。

郑维剑就把图纸拿了出来，但他只拿了有液压作动筒的部分（也是最关键的部分），说：“您看看，谁懂这个……液压系统，在广州用，老是漏油。”

他的意思是能瞒过去就瞒过去，最好老拉什么也不问。

可他忘了老拉是跟飞机打了几十年交道的，他怎么会看不明白！

老拉皱起眉头，看了一会儿图，狐疑地看看郑维剑：“不需要问别的专家，这个我就可以帮助你。不过，这个是起落架上用的吧，你们中国，好像没有这样的飞机吧？”

“我们是没有这样的飞机。”郑维剑无奈地叹了口气。

郑维剑面不改色，“当当”弹了两下图纸，摇头道：“这是我们ATC（航空培训中心的缩写）给广州分校做的教具，在北京用得好好的，到了广州一晒就漏油，干脆没法用，人家要退货。ATC的找我看看有什么问题，我也看不出来。”

“噢？”老拉的兴趣来了，广州那个分校他跟郑维剑一块儿去过，确实有这么个地方。ATC合资以后也是AMCEO的一部分，照刚才他教育郑维剑的说法，这正是一个表现同舟共济的典型机会。

眯着眼睛看了一阵子图，老拉摸着胡子笑了，和颜悦色地说道：“这个设计从一开始就错了啊。”

“怎么错了？”郑维剑很谦虚地问。

看到自己这个得意弟子恢复了对自己的尊重和交流，老拉老怀大慰，索性多指点一下：“广州很热的，这个东西不能电镀，原因么……（省略若干字）……得用铸造。”

“铸造？”郑维剑这回不是装傻，是真没反应过味儿来，在一般人的心目中，这铸造可属于出粗活的。

“我以前做过这种设计，在德国，我们都是用铸造解决这个问题的。”

郑维剑表面上在看图，其实心里在紧张地琢磨——他原来认为图纸上的设计就是某个参数用错了，老拉给纠正一下，很轻松简单的事情，这改铸造……设计上需要修改的地方就多了。“反正不是咱们部门的事儿，要不，我们不管了？”郑维剑这是有点儿想打退堂鼓了。

老拉摸摸胡子，又详细问了问广州（实际是海南）的气候特点、温度、湿度，轻轻卷起图纸，对郑维剑和气而坚决地说："不能不管，我们是在一条船上啊。这样吧，交给我，我来帮你吧。"老拉可不理解郑维剑的犹豫，他认为正是给小伙子树立表率的时候，另外，他可能觉得自己上次没帮忙毕竟有些理亏，这次帮小伙子解决个技术问题，算是一种变相的补偿。

老拉没怀疑这里面有坑？

他上哪儿怀疑去？那时候他又没见过苏 -27 战斗机！

这种中国没有飞机能用、外国又没见过的玩意儿，大概也就是当个教具比较合理了。

另外，从我个人理解，这种技术上富有挑战又正中下怀的事情，对工程师来说有犯大烟瘾一样的吸引力，老拉只怕也没有多少心思顾得上去多琢磨。

德国人还是比较单纯。

很多技术问题，其实就是一层窗户纸。第二天，老拉洋洋得意地拿了图纸来找郑维剑……

当晚，大高一行飞回上海。

本来还很担心德国人要用什么我们没有的"世界先进水平"的加工技术，结果根本不需要。别说，要是通过正规渠道，这事儿就算成了没准也得进口几台德国天价机床才能搞定——感冒可以用天价的进口药搞定，也可以用两片白加黑搞定，甚至喝白开水也行，你要问大夫怎么治，大夫家又是开药房的，那结果可想而知。大家看了，说这技术上也没有什么出奇的，竟然是铸造！无非是几个参数系数的调配比较特别。德国不是发达国家吗？怎么也没用什么先进技术呢？

别管那么多了，试制了再看吧。

铸造出来的新起落架，光线暗的地方看来，有点儿黑乎乎的。大家都很怀疑——这玩意儿能行吗？

怎么不行，装上以后拉出去遛遛，这装了德国"脚丫子"的苏 -27 战斗机，愣是稳稳当当地站住了。

晒！

别说晒一天了，晒三天，依然站得稳稳的，拉起来就能上天（可以允许范围的漏油还是有的）。

当年卧龙大熊猫保护区和美国人合作的时候，提到无法测量保护区的降水量，希望美国方面帮忙。这是个合同外的要求，可有个老美大大咧咧地就答应了。

等到中方看到这老外满山埋汽水瓶子时，嘴都咧到耳朵后头去了。

想无偿弄一个气象站来的心思，就此打住。

谁说外国人傻来着？

当然，原型上面还要做一些辅助修改，才能充分符合要求，不过，改进这种活计，中国人大概是天下最在行的了。

看起来一切都很好。不料，上头某位领导看了汇报，突发奇想差点儿害死了郑维剑。

领导并不知道其中奥秘，也不知道这老拉是被弄到坑里挖出一副起落架来的，说："这个问题算是解决了，看来那个美国公式是骗人的，你们问问那个专家，德国人用的什么公式？以后再有这种事儿，我们也有个谱儿。"

郑维剑只好硬着头皮再去问老拉。

这回可没那么运气，几句话下来，老拉一琢磨不对啊，郑维剑哪有这么深的技术底子啊？这是谁让他套我的话呢吧？

如此针锋相对一阵子，郑维剑顶不住了，

眼睛一翻，表情怪怪地说了一句话："上次你不仁，这回我不义。"

老拉愣了半天，不问了，回头就走。走到一半，忽然止住步子，转回头说："你不是想知道我用的公式吗？这个问题我其实是可以告诉你的。其实哪个公式都不准确，因为要考虑的因素太多了，不是一个公式可以囊括的。我也做不到。我用的参数系数，都是从德国机械工业多少年的经验中得出来，你要问为什么，我也说不出来，只能说我们的经验证明了这么做最好。所以，小伙子，我是没有秘方这类东西的。"

这回，轮到老拉不理郑维剑了，哪怕来了调令调郑维剑去译码站也大笔一挥放行。

过了一年，技术部有一个车间主任的位置空出来，老拉又大笔一挥把郑维剑调了回来，两个人的合作珠联璧合，就是怎么看怎么像一头老狐狸和一头小狐狸的游戏。

也许，老拉也理解了中国人“磨炼”的用人方法。

不管怎么样，苏 -27 战斗机在海南岛的“脚丫子”问题，算是圆满解决，不过苏霍伊公司恐怕不知道这里头还有德国人什么事儿。

第三章 战场记忆

一、西北军

看中国的现代史，一个叫作“西北军”的集团时时会吸引我们的注意力，他们的形象五花八门，有的壮烈殉国，有的做了汉奸，有的当了共产党，有的信了基督教，就好像是水浒一百单八将乱打麻将牌，让人眼花缭乱而又晕头转向。

（1）缘起

西北军是一个非常复杂的团体，一般定义它是由徐树铮[1]西北边防军部分部队衍生，经冯玉祥[2]在西北巡阅使任上打造而成的军阀类武装力量。

可是，既然名字带了“西北”二字，谈西北军时我们似乎可以从当时中国的西北都有过什么军队开始讲起。

民国起源西北的近代武装，其源头可追溯到陕督陈树藩。辛亥革命之后，陈赶走陕西将军陆建章，草创陕军，对于中央也不过是一省割据而已，影响远远不如同时的晋督阎锡山，得过且过罢了。讲陈树藩，不是因为他是西北军的源头，而是因为他在西北军的形成过程中是一个不得不提的反面人物。

陈算是袁世凯的嫡系，当时有袁手下最忠诚的是“二陈汤”一说，其

1 徐树铮（1880—1925）：江苏省萧县醴泉村（今属安徽省）人，北洋军阀皖系将领，因1919年派兵收复外蒙古而声名远扬。

2 冯玉祥（1882—1948）：河北保定人西北系军阀首领，1924年发动北京政变，推翻直系军阀政府，曾取得1926年第一（二）次兰封之战、1933年多伦大捷等战役的胜利。

中的“汤”是湘督汤芗铭，“二陈”是川督陈宧和陕督陈树藩。据说袁世凯最后被气死，就是这三位居然也通电造反，响应护国，这一剂猛药让老袁终于明白自己众叛亲离，于是在绝望中撒手人寰。陈树藩生于一个破落的商人家庭，辛亥革命前担任军械官，并非乱世人才。大概因为出身贫寒穷怕了，他一上任就克扣军饷，横征暴敛，大种鸦片，以声色自娱。陈的胡作非为，闹得众叛亲离。1917 年，其卫队与刀客出身的杨虎城[1]部结合，反出西安，陕西开始内战。在国民党人的支持下，西北很快崛起了一支孙中山色彩浓厚的军队——靖国军，这支部队后来成为西北军的一个重要来源，其灵魂人物在近现代历史上大大有名，就是书法大师于右任。于右任手下都是樊钟秀[2]、杨虎城这样头上长角的“狰狞”之辈，陈如何招架得住？最终陈树藩大权旁落，陕西成了混战的大粥锅。

好像是故意挑这个时候，皖系北洋政府宣布中国参加第一次世界大战，段祺瑞的臂膀徐树铮将军组建参战军开赴西北，据说是要西征德意志。按说虽然中国的西北离欧洲近点儿吧，但这参战的距离也远得不靠谱，可你要说他是说胡话吧，也不完全正确，因为后来西北军的盟主冯玉祥在陕西函谷关修路，曾令人在路口大书“通欧罗巴”，看来这条路修好后从陕西打到欧洲去或许并非做梦？这说不准，但反正真正的历史上小徐的参战军没有去普鲁士找兴登堡[3]划拳，到西北就不动窝了，就地改编为西北边防军，还把靖国军和原陕军的部属拉去不少，成为陕甘军政的主要力量，这可算是西北军的正牌前身和名称由来。

回到靖国军，当时北洋政府与之交战不休，在报纸上说靖国军是土匪，靖国军马上反驳，说于右任那么大的知识分子能是土匪吗？北洋政府说于右任当然不是土匪，是被你们这帮土匪裹挟了的，呼吁于脱离匪巢。两方面“鸡生蛋，蛋生鸡”地打了好久笔墨官司。

1　杨虎城（1893—1949）：民国陕军成就最高的将领，因与张学良发动“双十二事变”抓捕蒋介石而被囚 12 年。

2　樊钟秀（1888—1930）：1923 年被孙中山任为豫军讨贼军总司令、建国豫军总司令，曾参加北伐战争，在南阳、邓县一带追击吴佩孚。

3　兴登堡（1847—1934）：一战时任德国陆军元帅，1925 年起担任德国总统。

道理讲不过炮筒子和袁大头，笔墨官司打着，靖国军在北洋军阀的拉拢下渐渐蜕化，有投徐树铮的，没投的在陕西老帅陆建章影响下也大多转为亲直系的地方军阀。只有杨虎城和樊钟秀依然效忠孙中山，高举靖国军大旗死战不退。樊钟秀是绿林好汉，一勇之夫，并无多大力量，杨则手握重兵，是西北军中最早的国民党员——这还是孙中山亲自批准的，酷吧！西北军出现的第一个分支，就是杨虎城系统。

陆建章招降纳叛的做法使皖系中央政府开始对西北产生疑惧。与陆素有嫌隙的徐树铮羽扇轻摇，1918 年诱杀陆建章于天津中州会馆，欲扼杀此新生力量于襁褓。

徐树铮，字又铮，以率军收复外蒙古而著称，其人文武双全，是民国初年翻云覆雨的一代名将，风流倜傥，也是张学良最为钦佩的北洋人物，号称“上马杀贼，下马露布”。正是在他的导演下，张作霖演出劫械扩编，才在直系背后形成了一股新的势力——奉系军阀。当然，徐原来只是希望发展奉系为皖系羽翼，没有想到这支力量后来会超过其他系统，成为北洋军阀历史上最强的一股势力。由此也可看到，西北军和东北军，在诞生的时候，就带有北洋各系阵营的烙印。

徐树铮在陕西问题上杀伐决断，动作狠辣，但没想到陆的接班人冯玉祥比他的内姑丈陆建章更有建树。前门驱狼，后门进虎，徐树铮的智囊也有失算的时候。

十年河东十年河西，后来冯玉祥发迹后在廊坊杀徐又铮，为陆建章报了仇。

（2）冯玉祥接掌西北兵权

冯玉祥，字焕章。原籍安徽省巢县，但因为寄籍河北保定，终生一口浓重的保定口音。他 14 岁始当兵，那时候当然是一戴红缨帽的清兵了，后来凭借带兵才能崭露头角，逐渐升迁。不过冯玉祥每次升官必和上司开打，显系一扒祖坟的反骨人物。他的起家部队是第十六混成旅。

日本报刊上冯玉祥的照片

冯玉祥漫画画像（1930）

北京政变期间，西北军骆驼辎重队进入天津

北京政变期间，冯玉祥西北军占领天津市政府，注意他们携带的大刀

冯玉祥的对手李景林部标语，将西北军称为“赤化党”

陆建章死后，西北各路军队群龙无首，冯利用他和陆建章以及继任陕督阎相文的亲戚关系，乘机恩威并施，顺利接掌西北兵权，官至陆军西北巡阅使、西北边防督办，依附直系，成为吴佩孚幕中的大将，西北军开始正式出现在中国的政治舞台。这陕督阎相文也是妙人，因为省长当得委屈，要钱没钱，要人没人，吞大烟自杀了。

要萨说，干不了，走不就完了，这心眼儿小的。不过，这里面也许还有内幕，因为他死的时候，冯玉祥正在西安，冯在政治上素以手黑著称，阎大有“被自杀”的嫌疑。军阀混战时期，冯的名声不佳，在政治上奉行的一贯政策是“有奶就是娘”，并无一定准则，即便是其大老板吴佩孚和张作霖开战，冯仍在私下对奉系暗送秋波。1924 年，第二次直奉战争爆发，双方在九门口大战。冯首鼠两端，待价而沽，在接到吴佩孚要求其抄袭山海关奉军后路的命令时，一面索要粮饷，一面摆出了怪异的一字长蛇阵，前军到了唐山，后队还没有出西直门，这显然是为了进退两便。奉军开出 45 万元的价码并保证不入关参政后，冯玉祥马上倒戈，占领北京，直接造成了直系的大溃败。

虽然奉系不守诺言还是进了关，但是冯玉祥仍然对自己的谋略雄心勃勃，运筹帷幄，以本部为国民军。这也是因为奉系在入关后迅速出现离心倾向，产生了张宗昌和李景林两个分支。这两个人各拥兵数万，一个是直隶督军，一个是山东督军，和张作霖的嫡系张学良、郭松龄等颇有嫌隙，说起来，这两个人简直就是后来西北军大叛徒石友三[1]和韩复榘[2]的影子。而奉系大将姜登选、杨宇霆也在忙于竭力扩大自己的地盘，南下经营江苏安徽。冯很希望能够利用这个机会渔翁得利。为此，他放出了三个妙手：一是请出老长官段祺瑞担任执政，又杀其臂膀徐树铮将其架空；二是请孙中山北上，实际上冯和孙原没有太多瓜葛，这显然是要搬一个原始天尊下凡

1 石友三（1891—1940）：曾先后多次投靠冯玉祥、阎锡山、蒋介石、汪精卫、张学良、日本人和中共，而又先后背叛，被时人称为“倒戈将军”。

2 韩复榘（1891—1938）：曾任晋军第十三师师长等职，后投靠蒋介石，官至国民党陆军上将，在抗日战争中，因其不战而放弃济南并密谋反蒋，被蒋介石以“违抗命令，擅自撤退”的罪名枪杀。

震慑群雄；三是派鹿钟麟[1]驱逐溥仪出宫，打死老虎获取进步名声。

这几个妙手的确很有成效，杨虎城等将领纷纷表示支持，加入国民军旗下，西北军声势大震，而冯玉祥赫然有成为北京政府真正灵魂的可能。

毛主席说什么来着？阴谋家都没有好下场。在群雄环绕的北京，老冯一土包子玩这手风险太大，有点儿像火中取栗。冯当时还没有足够的威望和经验来驾驭这一局面，老奸巨猾的张作霖对其洞若观火，在这个突然崛起的敌手面前不动声色，暗中迅速整合自己的力量。郭松龄起兵反奉之时，冯玩火出格，放任盟友郭松龄和张作霖大战，自己突然袭击天津的李景林部，结果被张作霖抓住破绽，击败郭松龄后果断拉拢直鲁军，遣张学良部敌前渡河，猛攻国民军。春秋无义战，到底是实力决定一切，冯玉祥抵挡不住，仓皇退避绥远。

还好，井岳秀正在榆林等着他。

（3）赳赳武夫井岳秀

这井岳秀名字虽然秀气，却是一名赳赳武夫。不知道是不是当时的习俗，民国期间，不少武夫都有雌雄难辨的名字，比如共产党那边的理论家萧楚女，引来无数色狼写信追求，弄得老萧登报广告："本报有楚女者，绝非楚楚动人之女子，而是身材高大、皮肤黝黑并略有麻子之一大汉也。"

冯玉祥兵败北京时，井岳秀正镇守西北重镇榆林，是国民军在西北的一支后备力量。看到冯战败，井岳秀当即联合甘肃省主席刘郁芬（也是一位名字秀气的彪形大汉）启动援冯工程。有他的支持，冯玉祥虽败不乱。

退出了北京这个政治中心的冯玉祥去了莫斯科，意思是准备西天取经。这期间他收获不小，但是也使他和杨虎城对布尔什维克的看法产生了微小而重要的分歧。冯在回忆录中写道："我在莫斯科时曾听说他们清党之事。每一个党员都经严密的考察，凡言语行动有不合，即被洗刷，结果被洗刷

1　鹿钟麟（1884—1966）：国民党二级上将，冯玉祥的主要助手，北伐后曾任南京军事委员会委员、军政部次长及代理部长等职。

者占全数 1/4 至 1/3。被洗刷的党员有由岸上跳河自杀者。”字里行间可见其疑虑。故此终冯一生，对布尔什维克，利用合作是可以的，一起信仰共产主义是不可以的。

说起井岳秀，也是西北军的一位奇人。井岳秀字崧生，排行十，人多称“井十”。这名字有趣，看起来横平竖直，像刀切的红烧肉。老萨为什么有如此联想呢？这恐怕是有些潜意识，和读书时对井岳秀的印象有关。此人原籍蒲城井家原，少年时武功高强，十八般武艺样样皆通，正经中过武秀才，是个霍元甲式的人物。他早年游历天下，是张作霖的拜把兄弟，他弟弟井勿幕是陕西最早的同盟会员、孙中山的得力助手。

井岳秀久镇榆林，人称“榆林王”。在西北军中有着类似“一字并肩王”的地位。难得的是此人权力欲望不强，并不多扩张势力，杨虎城打不过北洋军的时候他曾经仗义收留，等杨做了十七路军总司令，井却依然是一个八十六师师长，恭执部下之礼，毫无骄横之意。

1914 年，在外蒙宣布独立的背景下，伊克昭七旗王公在沙俄唆使下也准备叛国，井出兵河套，通过交友、赛马、拜把等方法，终于说服了这些蒙古上层人士，维护了国家的领土，功不可没。

井另有一个奇特之处是据说陕督陈树藩当年对他颇为疑忌，曾经软禁却又不敢杀他。面对这位优柔寡断、敢做不敢当、没有大将风度的上司，其幕僚想出了一个奇怪的招数，就是把井关在一座楼上，每天只给他吃没有盐的肥肉，希望他像信陵君[1]一样油腻而死。谁想到井的内功出色，过了一个月不但没有死掉，反而精神倍长，只是就此变成了一个大胖子。不过总吃这样的食品不是养生之道，好在陈树藩很快垮台，否则再好的内功也不是大肥肉的对手。因为体重的原因，井有一次午睡翻身，把小妾压在身下，因为周围没人，那小妾呼救不应，竟被压得休克过去！幸好井不久醒来，否则会出人命的。这并不是民间传闻，只是一说主角是国民军另一名大将胡景翼，并非井岳秀。这有可能，因为从照片上看，井岳秀晚年是一

1 信陵君：战国四公子之一，因不得魏王重用，终日沉迷酒色而亡。

个胡须雪白的精干老者，不算太胖，而胡景翼则吨位惊人。不管主角是谁，看来陈树藩做督军的确不够格，改行开养猪场一定蓬勃兴旺。

可惜的是这样一位奇人，却在西安事变前因为不小心把手枪掉在地上走火而死，也算是“兹是奇人，故有奇疾”。井这次走火颇为传奇，当时他的姨太太们打麻将，和得十分古怪，井感到有趣，哈哈大笑着起身拿牌来看，就在这时手枪从枪套里掉出来了，落在地上走火，他还在问左右：“有没有人伤着？”就瞑目而去了。

不过，井在对待红军方面，是坚决的右派，曾经诱杀部将中的共产党旅长石翼将军，并和谢子长等早期陕北革命领袖斗智斗勇。

写完井岳秀，还有点儿余味未尽，附陕北民歌一首，名字就叫《井岳秀》。

好一个井岳秀，真个坏骨头，他把咱陕北做了个挖苦，新式差害完不清，逼起闹革命。

好个务农人，受得实苦情，一年的杂税完不清，稽查衙役上了门，真实立不定。

官逼民众反，世事大动乱，他把咱老百姓没杀完，银子花了四百万，又把晋军搬。

四月二十三，白军快完蛋，前后沙坪上打一回仗，赤卫队伍端上枪，把他们活捉完。

俘虏带回营，给他们换衣衫，要吃甚来就吃甚，要想回家路费送，回家探母亲。

怎么唱，老萨可就不会了。

（4）冯玉祥的领兵之道

冯玉祥和张作霖翻脸后，双方一场恶战，国民军在南口吃了个大亏，被迫从华北撤退，但是大部分部队都没有失去控制。西北军作为一个团体，在历次军阀混战中败而不散，具有相当的向心力，这和该部队的灵魂人物冯玉祥有很大关系。

当年罗马共和国之战中，独裁者苏拉称霸地中海，这个相貌丑陋、精力充沛的家伙令整个罗马胆寒。他的敌人马略说，和苏拉交手的时候，要同时和他性格中的狮子和狐狸进行战斗，而狐狸的苏拉比狮子的苏拉更难对付。冯玉祥，也是这样一位狮子和狐狸组合的将领。他一生强调爱兵爱民，体恤下情，但是陕西剿匪又最善于摆鸿门宴。“要有菩萨心肠，要有屠夫手段”，这句座右铭对冯来说就像量身定做的一样。他独特的带兵之道，农民式朴实的狡猾，刘备一样的用人眼光和天生的谋略使西北军在这个老粗手中像放出瓶子的妖魔一样迅速成长。

在军事理论家蒋百里先生的评价中，冯玉祥为新旧军阀中“最善于带兵者”——当然也隐含有老冯不太会带“将”的意思。他的国民军从军队素质上胜过其他军阀一筹，因为冯玉祥带兵，有三大绝招。

第一，严格控制兵源。

冯玉祥招兵，只要陕冀鲁豫四省出身，不允许有不良嗜好。因此国民军都是北方大汉，天生具有吃苦耐劳、勤勉忠诚的优点，而且这四省民间多有习武的习惯，在身体素质上比南方军队好得多。后来西北军调去剿共，曾经夸耀说和红军肉搏不用枪，抓着对方的刺刀就能把红军士兵从战壕里提出来活捉。虽然夸张，倒也形象。冯很看不起山西军，称其为“缴枪可以，缴醋葫芦不行”，所以部队里不用山西人。但是国民军向绥远退却的时候，猛将宋哲元[1]把晋北门户天镇围了三十多天打不下来，让冯大吃一惊。后来才知道，主要原因不在山西兵怎样，而因为守城的是一个厉害的年轻将领——傅作义[2]。

---

1 宋哲元（1885—1940）：山东德州乐陵县人，西北军五虎之一，曾任国民军第一军第一师（后改为第四师）师长。

2 傅作义（1895—1974）：山东荣河（今山西万荣县）人，国民革命军陆军二级上将，为阎锡山部属，隶属晋绥派系，1949 年 1 月响应中国共产党“停止内战，和平统一”的主张，毅然率部起义，促成北平和平解放。

第二，入伍训练。

冯玉祥练兵，不像别的军阀拨到盘里就是菜，他的部队入伍教育独出心裁，当兵的先要进行文化教育，教200个字，然后再军事训练，这在旧军阀队伍中绝无仅有。国民军部队都佩戴特殊的臂章，上面写道："不扰民，真爱民，誓死救国。"虽然有些夸张，但是百姓对于士兵的观感自然不同于其他军阀的兵，大觉耳目一新。冯玉祥让士兵识200个字，颇有些道理，这样的兵能够听懂军令，却不会读书，所以能打仗也好管理。但是去了苏联一趟冯玉祥有所感悟，回来后在绥远进行大练兵，军事政治两手抓。此时西北军的政治教育甚至比蒋介石的嫡系还重视，大概因为装备不好，不得不大搞"精神原子弹"吧。但有一个副作用就是这样一来官兵的政治觉悟高了，西北军出共产党也多了。

第三，信教。

冯玉祥号称基督将军，正宗的美以美长老会[1]教徒，半点不含糊。可事实上信不信，那就只有天知道了。中国近现代史上号称基督军人的颇有几个：张学良，那是真信，从小在基督教青年会里熏陶出来的；蒋介石，那是半信半疑，至少当初入教是为了讨老婆；冯玉祥呢，哪点儿也看不出他像基督徒。原来他的部队靠帮会的力量不小，他大哥冯基道就是军内的青帮老大，不过冯玉祥发现帮会这个东西像双刃剑，闹不好很有可能玩伤自己，反而是基督教教人洗心革面，打左脸把右脸伸过去，更为好些——老冯对于教义的理解，大概也就是这个水平了。所以冯玉祥让他大哥入了长老会，后来冯军中多基督士兵，仿佛一个独特的政训系统。冯的军中还设一个主教，最初是他手下的将军张之江，冯曾经称呼张"大主教"，后来可能觉得"丘八"[2]当主教有些不正规，于是改用毕业于美国哥伦比亚大学行政系的余心清。冯还为祷告专门盖了一座可以拆了带着行军的木头教堂。

虽然冯玉祥在基督教上面狠下功夫，但是怎么看怎么像洪秀全的拜上

1　美以美长老会：1844年—1939年在美国北方的卫理公会所使用的宗派名称，属于基督新教的一个较大的宗派卫斯理宗。

2　丘八："丘"和"八"二字合起来为"兵"，是旧社会对兵痞的贬称。

帝会。

让人忍俊不禁的是南方军阀唐生智和老冯在这一手上异曲同工，冯玉祥是“基督将军”，老唐呢，玩了一把“佛军”，让部下都信佛。不过他信佛是有自创的理论依据的，他认为佛学所谓“众生解脱，我解脱”乃与孙中山的“天下为公”，甚至共产党的“人类解放，我解放”是一回事，于是得出一个奇妙的结论：“党化佛化二位一体，唯心唯物两极相通”，信佛可以走向人类大同——至于马克思看了他的理论会不会当场疯掉就不知道了。

西北军部队素质较高，团结是它的一个原因，另一个原因就是它有出色的领导集体。

北京政变时代的西北军上层，可谓将星云集，群英荟萃，也奠定了此后西北军的基础。西北军的主要力量是国民军第一军、第二军和第三军，三个军长冯玉祥、胡景翼、孙岳号称三巨头，冯成为西北军的灵魂，也有一些巧合。

冯玉祥的国民军第一军是西北军的核心，源于十六混成旅，他的部下有许多后来成名的武将，比如鹿钟麟、宋哲元、孙连仲[1]、冯安邦[2]、韩复榘、石友三、佟麟阁、刘汝明[3]、孙良诚[4]等等。有趣的是这些人多半是冯玉祥的亲兵出身，比如韩复榘是他的卫士出身，冯安邦是他当营长时候招的兵。从大字不识的行伍中提拔将官，冯可谓慧眼独具，还很少有他看走眼的，这些人后来都是封疆大吏，虽然文化不高，但是治理起地方政治来，一点儿都不含糊。后来西北军主流的将领多半来自第一军。

胡景翼的第二军实力仅次于冯，是护国战争中反陆建章起家的，和冯有很深矛盾。他的干部班底来自于早年胡在自己家里搞的“华山聚义”。他

1 孙连仲（1893—1990）：河北雄县人，冯玉祥的“十三太保”之一，抗日战争时期因坚守台儿庄而闻名中外。

2 冯安邦（1893—1951）：山东无棣人，抗日战争时期曾率部参加过娘子关、台儿庄等战役，后任国民革命军第四十二军中将军长兼第二十七师师长。

3 刘汝明（1895—1975）：河北献县人，国民党陆军上将，在抗日战争中立下过战功，但解放战争中消极避战，被蒋介石怒斥为“逃跑将军”。

4 孙良诚（1893—1951）：天津静海人，历经直奉战争、国奉战争、北伐多役，为冯军“十三太保”和“五虎将”之一。

胡景翼

孙岳

徐永昌

们论剑与否没有人知道，但是胡武功高强，大约和弟兄们比划一下也不奇怪。

“华山聚义派”的人物后来也有不少名将，比如井勿幕[1]、邓宝珊[2]、续范亭[3]、岳维峻[4]、董振堂[5]、高桂滋[6]等等。他们的战斗力很强，比如邓宝珊1947年曾在榆林和彭德怀元帅两次交锋，竟然打得有声有色，不分胜负。第二军中还有后来投靠的一些杂牌，其中有个怪物蒋世济后面还要提到。

西北军名将邓宝珊

胡本人是老同盟会员，胆大心细，政治手腕高强，要说西北军中能媲美冯玉祥的，也就是他了，但后来国民军第二军却戏剧性地解体，实在是老冯的运气。

孙岳的第三军实力也不弱，在后来的西北军中却默默无闻。这和孙岳本人的性格有关。孙的祖先是抗清名将孙承宗，那可是袁崇焕的师傅，名字又有一个“岳”字，部下皆视他为岳飞之流，这些奇怪的联系给他平白增加了不少威望。

但孙本人与其说是一个政治人物，不如说是一个武林豪侠。他头脑简

1　井勿幕（1888—1918）：陕西蒲城县广阳镇井家原（今属铜川市印台区）人，陕西辛亥革命的先驱和杰出领导人之一，被孙中山先生誉为“西北革命巨柱”。

2　邓宝珊（1894—1968）：甘肃秦州人，曾任华北“剿总”副总司令，代表傅作义同人民解放军代表谈判，达成和平解放北平（今北京）协议。建国后，任甘肃省人民政府主席。

3　续范亭（1893—1947）：山西崞县（今原平市）人，辛亥革命时任革命军山西远征队队长，后组织西北护国军，讨伐袁世凯，曾任国民军第三军第二混成支队参谋长、第六混成旅旅长、国民军军政学校校长等职。

4　岳维峻（1883—1932）：陕西蒲城人，曾任靖国军支队长、陕军第一师旅长、国民革命军第二军师长等职，参加过讨袁、北京政变、豫西大战等。

5　董振堂（1895—1937）：河北邢台新河县人，参加过北伐战争和反蒋战争，宁都起义主要领导人之一，后加入红军任红五军团总指挥。

6　高桂滋（1891—1959）：陕西定边人，参加过长城抗战、平型关战役等战役，毛泽东称赞其“抗日之役，光荣历史国人同佩”。

单，任侠仗义，少年时看一老者受欺压，不由分说就提刀来打抱不平，并声言如果拒绝他拔刀相助，就把这老者杀掉。结果他飞檐走壁干掉了老者的仇人，人家对他这个恩人却避之犹恐不及。

冯玉祥称其为“孙二哥”——孙岳是山东人，山东出了个武二郎，故此乐于被称为“二哥”，孙岳对这个称呼十分满意。看看后来蒋介石怎么给“冯大哥”灌老米汤的，老冯当年就怎么对这“孙二哥”恭维得他耳热眼跳，到处给冯当枪使的。孙因为经历刘和珍君殉难的“三一八惨案”感到国势渺茫，愤而辞职下野，后来虽然因为义气曾跟随冯玉祥到西北，但是已经不愿闻国事，不久就借口治病，到上海做寓公去了。他的主要干部中最得力的是徐永昌，这是一员长袖善舞的老将，后来成为蒋介石政府的军令部长、国防部长，比老冯的级别还高。让人难忘的是日本投降的时候，在“密苏里”号军舰上的中国签字代表，就是这位徐永昌将军。此外第三军比较能战的将领就是庞炳勋、刘万春了，前者抗战中死守临沂，颇有名气，后者曾在解放军中担任三十六军军长。

关于孙岳，有一段时间因为他号召杀富济贫，被怀疑是共产党，冯玉祥一句话就给他解了围：“有一天抽二两大烟土的共产党吗？”

这三个军各有特点，有人形容国民军是“一军私，二军滥，三军贪”。

国民军序列里还有一支短命的东北国民军，就是郭松龄的部队，他在冯支持下倒奉失败，所以这支国民军很快消失，只有魏益三部算是他的遗产。魏这个人没有什么名气，但是继承他指挥这支部队的两个人就有名了，一个是“郝拼命”郝梦龄[1]，一个是“刘抓瞎”刘家麒[2],1937年，两位将军同时战死在忻口和日军的恶战中，这支部队也消耗殆尽。他们虽然不是西北军，但是和西北军也有这一点儿特殊的关系。

1　郝梦龄（1898—1937）：河北藁城人，抗日战争时任卫立煌部中央兵团中将前线总指挥，忻口会战时壮烈殉国，是抗战时期牺牲在抗日疆场上的第一位军长。

2　刘家麒（1894—1937）：湖北武昌人，辛亥革命时加入学生军，投入反清革命洪流，抗日战争中任第四十五师少将师长，1937年在山西作战牺牲。

当时西北军幕中还有蒋介石的义兄、亲日派头子黄郛[1]，中国“三个半参谋长”之一的“杨大炮”杨杰[2]——这都是南方派来的。

正是因为有这样一支团队，南口之战后，西北军虽败不乱，大旗不倒，在“西北军五虎将”之首张之江的指挥下，有条不紊地向西北退却。

（5）西北提升

国民军退到西北，很快安定下来。对于西北这个老巢，冯手下的头牌参谋官鹿钟麟早有安排，早在北京，他就看出自家根基不稳，于是派出骁勇善战的孙良诚到甘肃督军刘郁芬处协作，经营后方。

吴佩孚调动了当地两个军阀的大军夹攻刘郁芬，一个封为省主席，一个封为督军，结果孙良诚亮出猛张飞的功夫，先南后北，几个回合就把北洋军打得落花流水。孙良诚也因为这个让冯玉祥另眼相看，一直将其作为冲阵猛将使用。孙良诚1949年是投诚了共产党，按理说这时候站队正确是个挺好的选择，但他这一个投诚也挺犹豫的，反复了好几次，部队都走在去共产党兵营的路上了，老孙还忍不住跟部下落泪说“你们要不就走吧，别跟着我了，这是冯老总最后一点儿骨血。”那意思这次我把部队都交出去，世界上从此就没有西北军这一号了。要不，孙良诚怎么只能算投诚不能算起义呢。最终孙良诚还是叛变回去了，并且抓了军统叛将、曾经的军统少将周镐[3]作回头的大礼。都1949年了，这样的死心眼实在很少。不过，因为他手里没了部队，老蒋对他很不客气，解放后，孙良诚被捕并死于狱中。从政治上说老孙比较糊涂，但从讲义气的角度，孙良诚对得起冯玉祥

1 黄郛（1880—1936）：浙江绍兴人，1928年5月日军炮轰济南，制定“五三惨案”，时任外长的黄郛事后被蒋介石免职顶罪。1933年秉承蒋介石授意在华北推行对日本屈辱妥协的外交方针，遭全国民意所指被迫辞职。

2 杨杰（1889—1949）：云南大理人，民国时期著名的军学泰斗，和蒋百里、白崇禧、刘伯承一起被称为“中国三个半参谋长”。他出身滇军，后舍弃中将军衔进日本陆军大学深造，毕业后成为蒋介石的参谋长，在新军阀混战中帮助蒋介石赢得决定性的中原大战的胜利。

3 周镐（1910—1949）：湖北罗田人，早年曾在军统任职，1943年受戴笠派遣从重庆潜赴南京，活跃于汪伪上层军界人物，专门负责伪政权第三号人物周佛海与重庆国民党方面的情报联络工作。日本投降后，曾代表国民党主持接管南京的日伪政权。

和西北军了。

孙良诚在西北军中以善打恶战著称，不过他也有个克星，就是后来被称为“袖珍委员长”的国民党名将陈诚[1]。陈诚越往后越不会打仗，在东北打出个火车南站通北站来——剿林彪把林彪都剿到沈阳郊外来了，火车只能从沈阳南站开到北站，根本出不了城，故有此说。普遍认为陈诚政治能力强于军事，不过早年的陈诚还是挺能打的，曾经把张学良打急了，给陈诚送信要和他在黄河铁桥上决斗。陈诚指挥的十八军是国军五大主力中最早建立的部队，装备精良干部抱团，在和旧军阀作战中很有些鹤立鸡群的感觉。中原大战的时候因为孙良诚战斗力强，老蒋觉得不好招架，就派陈诚的十八军盯着他打，几次较量下来，陈诚不负众望，给孙良诚以重创。孙损失太大，以后见到十八军就绕路。此事被何成濬等一班杂牌军知道，只要和孙良诚交手，个个都打着十八军的旗号。老孙西北人，实在，看了这满地十八军不明真假，只好一面乱骂一面敬而远之。这件事传到南京，让蒋委员长开心了好久，陈诚也从此圣眷不衰。

这是跑题了，不管怎么说，在老冯从苏联讨来支援之前，由于有刘郁芬和井岳秀这两尊国民军败军的救命菩萨，这支部队完整地保存了下来。

从苏联回来后，冯玉祥潜心思索，终于得出了一些重要结论。据说华盛顿也曾经在吃败仗之后苦苦冥思而悟道，可见冯确实具有天下枭雄的本质。冯玉祥的结论是不是“没有马克思主义就没有……”或者“星星之火可以燎原”？当然不是，这样的精神显然超过了冯的想象能力，他想到的是怎样迅速提高军队战斗力的问题。

靖国军说起来就是一群乌合之众，用这样一支部队打天下是没有希望的。西北边防军出身的国民军虽然好一些，但是依然没有脱开旧军阀的底子。结合了过去的历史教训，他认为，只有训练出具有严明军纪、吃苦耐劳精神的部队，才能够称雄天下。于是，冯在绥远五原誓师，重整兵马，主动开办军官学校，整编部队，严明纪律，开始了绥远大练兵，这次大练

1　陈诚（1898—1965）：浙江丽水人，以十八军为骨干建立土木系，成为黄埔系骨干将领，并处处模仿蒋介石成长为一个政治家。施政台湾期间，对稳定国民党在台统治作用甚大。

兵应该算是西北军脱胎换骨的重要里程碑。共产党人刘伯坚等进入他的部队成为政治部的主要负责人。冯在国共决裂后提到刘伯坚还是赞不绝口，深为折服。

这个时候到冯军中的共产党干部还有一个怪杰宣侠父。

宣侠父是黄埔军校一期生，风流潇洒，文武双全，但在老蒋看来他则是脑后生反骨不可救药的人物。蒋介石对黄埔一期生爱护有加，轻易舍不得处罚，而宣侠父就是唯一被蒋介石开除的黄埔一期生。宣与蒋军内部很多高级军政人员，比如胡宗南、戴笠都有很好的关系，所以这些人经常向蒋保举宣，蒋也就屡次对宣予以起用，但每次起用他必以反蒋告终。最后老蒋被他折腾得恼羞成怒，在他担任第十八集团军驻西安办事处主任期间，授意戴笠将他骗出杀害，算是抗战中死于国民党手中的中共最高级将领之一。

戴笠一生号称有“侠义风”，但也曾杀了一个良师、一个益友。良师就是“暗杀大王”王亚樵。戴笠曾执弟子礼在他部下任见习排长，并曾代蒋介石出面，拉王亚樵入伙。无奈王反蒋十分坚定，戴无法使其转意，双方刀兵相见，恶战三次以后，王终于在广西隐居处被戴笠手下大特务吴赓恕刺杀，其结果固然让蒋介石满意，也直接造成了王的班底在华克之[1]率领下投奔共产党。益友，就是宣侠父。戴笠是宣侠父的学弟，两人都有豪放一面，私交甚好，即便在宣侠父被蒋介石开除的情况下，戴依然和他江上同游，并在此后向蒋推荐重用宣。但是宣终于坚持自己的理想，再次叛蒋而去，自此，好友成为敌人，宣侠父终死于戴笠之手。

宣侠父的才华的确出色，有冯玉祥要用宣侠父须以100门大炮来换的说法，可见其身价之高，他抗蒋而出校时做诗云：大璞未完总是玉，精钢宁折不为钩。第一次看到此诗，萨叹曰：真一时豪杰也。

1 华克之（1902—1998）：江苏扬州宝应县人，百变刺客，曾刺杀过汪精卫。

冯玉祥与西北军部下一起吃饭

着装朴素的西北军众将，前排左起张维藩、张自忠、宋哲元、刘汝明、石友三，后排左起：郑大章、冯治安、赵登禹、佟麟阁

冯的基本干部，像韩复榘、宋哲元、方振武[1]、吉鸿昌[2]等，都是这个时候确立了自己在西北军中的地位，并拥有了自己的小集团。有很多这样的将领都是从最低级提拔的，比如他的卫队连长黄德全就是这个时候开始提升——这个名字大家不熟悉，他后来的名字“黄樵松”有更多的人知道，后来他在台儿庄打过鬼子，信阳抬棺大战日军，太原投过共产党，做到蒋军嫡系国民革命军三十军军长呢。堂堂男儿干嘛改名字？据说是因为冯玉祥娶妻李德全，他敬重夫人而改名。萨觉得，他也是万不得已，听见司令喊：“德全……”要想判断出他是叫警卫还是叫老婆，可挺不容易的。黄樵松作战属于悍将一流，和日军打、和徐帅打都显示了他的军事才能，不过黄略有些有勇无谋，太原失守前他准备起义，却部署粗疏，终被部下27师师长戴炳南、副师长仵德厚告密而遭到诱捕，被械送南京，死于雨花台。

西北军抗日名将、共产党员吉鸿昌

冯认识到自己部队的军官素质不足，也曾经采取过邀请苏俄顾问、聘请军校学生等方法予以提高。冯曾经在第十六混成旅办过干训班，对教育是怎么回事儿认识得比较清楚。他明白自己的财力素质都无法建立一个真正的黄埔军校。不过冯聪明绝顶，招数实用。他的做法是土法上马，练兵而不练官。军官就从行伍中提拔，这样的结果更能团结士兵而且军官比较了解部队，易于管理。冯没有什么政治纲领，按照他的“真爱国，真爱民”原则，训练中主要强调两点：一个是“爱民”，一个是“官兵待遇平等”。

1 方振武（1885—1941）：安徽寿县人，辛亥革命时参加光复南京战斗，后参加讨袁斗争和随孙中山北伐，曾任冯玉祥部军长、国民军援陕副总指挥、安徽省政府主席等职。

2 吉鸿昌（1895—1934）：河南扶沟人，抗日爱国将领，后加入共产党。1934年遭工部局逮捕，经蒋介石下令被杀害于北平陆军监狱。

这是很朴实也很容易为普通百姓和士兵所接受的简单道理，他自己带头遵守，走到哪儿都和士兵一起吃饭，而且经常亲自帮助百姓打抱不平。军阀中提出口号的并不少，而能够像冯那样踏实肯干、处处落到实际的凤毛麟角。

在主义林立的世界里，善于作秀的冯玉祥给自己建立了一个带点儿老粗的憨厚形象，赢得了广泛的支持。西北军的力量迅速扩大，其主要部队也在此时成型。西北军成为一支具有鲜明特色的军队。如果看当时西北军的照片，就会发现它的高级将领都是粗衣陋食，廉洁奉公，像宋哲元、赵登禹（赵是武林高手，曾经有骑真老虎照相的照片，不过那老虎已经被乱枪打得半死了，和一般士兵难以区别，冯玉祥本人不穿将军服，从来就是一套二等兵的服装，其朴素不亚于朱德。

这支军队训练严格，吃苦耐劳。冯部的教练大师张自忠在训练中常常带兵不穿鞋袜雪地行军，因为口头禅“我扒了你的皮”而得一外号“张扒皮”（也有说张惩罚违反纪律的官兵用扒皮竹竿抽打而得名），因此战斗力很强。这支军队同时能够和当地百姓打成一片，扰民事件较少，有过士兵偷吃老百姓西瓜被枪毙的极端事件。冯部还能够为地方开办工厂、学校，种树开荒，修桥补路，一时声威大振。

如此一来，连周围西北军阀“四马”之一马鸿逵等地方武装也对冯表示臣服，西北军的力量更为壮大。单独提到马鸿逵，是因为他派来联络的参谋长气宇轩昂，让西北军众将颇为钦仰，这个人的名叫刘志丹[1]。

到了1926年9月，兵练得差不多了，还跑了一趟苏联，冯玉祥突然想起一件事儿来，他记起来半年以前，杨虎城处来过一个求救的使者，说让吴佩孚手下的镇嵩军给包围在西安了，那时候老冯刚从北京败退，自己的坟头还哭不过来，哪有心思管他啊。现在冷不丁想起来，老杨怎么样了？不会骨头都能敲鼓了吧？

1　刘志丹（1903—1936）：陕西保安县（今志丹县）人，1996年被中共中央军事委员会确定为中国人民解放军卓越的36位军事家之一，西北红军和西北革命根据地的主要创建人之一。

（6）饿不死的杨虎城

刀客出身的西北军名将杨虎城

杨虎城的骨头真的快能敲鼓了——饿的。

说起来老杨可不是等闲人物，少年时是一刀客——陕西话就是土匪的意思，关西道的土匪威风素著，《双旗镇刀客》看过没有？啧啧，那可就是杨虎城一路的兄弟。国民军起事，杨虎城也在西北遥相呼应，他的老根据地在哪儿？延安。难怪杨后来“赤化”，敢情也是喝过延河水的啊。

这时北洋军在关中的部队数量不多，1925 年 7 月，杨率部南下驱逐北洋军阀，一路势如破竹，将直系部队驱逐至秦岭以南，就任国民军第三军第三师师长。也就在这个时候，杨开始同共产党人合作，南汉宸[1]、魏野畴[2]等陆续进入他的幕中——此举也种下了二十几年后杨被杀的种子。为什么张学良没有被杀，原因很多。为什么杨虎城被杀？因为他递交过给共产党的入党申请书，真的要当共产党。吉鸿昌被杀是同样的道理。他们都是已经从军阀投向红色阵营的。

杨虎城虽然兵马有限，但是他这一亩三分地出的人才可多了，随便点几个吧，给毛泽东上课讲解军阀的孔从周、牺牲于抗战中的九十八军军长武士敏、横行江汉的“半个伟人”王劲哉（此人说中国两个半伟人：蒋，汪，还有他自己算半个）、大战板垣于雪花山后来成为解放军第一野战军副司令员的赵寿山……

好景不长，1926 年 1 月，一支十万大军突然杀入了渭水平原。这就是

1　南汉宸（1895—1967）：山西洪洞县人，1926 年加入中国共产党，曾长期在冯玉祥、杨虎城部从事秘密工作和统一战线工作，解放后任中国人民银行首任行长，是中国人民金融事业的创建人之一。

2　魏野畴（1898—1928）：陕西兴平人，中国共产党早期的优秀党员和宣传活动家。

归属直系的“流氓军”刘镇华部，这支部队原来是土匪（十万人的土匪？！够拽的啊），一直在豫陕两省活动，号称镇嵩军，早就窥伺八水长安的宝地，乘着国民军在北京失势，趁火打劫来了。杨虎城部下只有几千人，招架不住，迫不得已撤进了西安城。好在他的进步思想比较深入人心，陕西督办李虎臣和西安的老百姓都拥护他。拥护杨虎城还有一个原因，刘镇华所部全无纪律，净是王老五蔡老六这一类的胡子山大王，一路上烧杀抢掠，势如蝗虫，陕西人也实在怕了这帮流氓军的暴虐。

于是双方就在城上城下对峙起来。杨虎城善于用兵，国民军哀兵必胜，守得滴水不漏，攻城战刘镇华不是杨虎城正规军的对手，强攻爆破挖地道，一连八个月一筹莫展。可是城里种不出粮食，到老冯想起他来的时候，西安城里已经饿死5万多人了。杨虎城急得要在鼓楼上吊。

说起来老冯和老杨还颇有相似之处。

两个人都是老粗出身，却喜欢舞文弄墨。说到水平，杨虎城亲近文人，勤于学习，要稍胜一筹，读现存他的诗“西北山高水又长，男儿岂能老故乡。黄河后浪推前浪，踏上浪头干一场”，虽然粗豪，还是颇有韵味的，比起老冯的“拼命作枪炮，将招大危险”，要好得多。当然，冯后来潜心读书，学问大长，他抗战中写的自传颇值得一读，算是脱胎换骨。

两个人都娶了另类的老婆，冯玉祥的李德全小姐是“上帝派我来管束你的”，杨虎城的太太更不得了，那可是正牌子的共产党。

两个人都做了上将。老冯兵多，做的是一级上将；老杨资格老，是二级上将。

两条好汉颇有点儿惺惺相惜的感觉，既然想起来了，当然要去帮个忙，顺便也把西安装进自己的口袋。9月，冯玉祥决定南下关中，率军解西安之围。

吴佩孚不是垮台了吗？河南驻防着骁勇善战的国民军第二军，吴怎么能从那里派人攻击西安呢？

问题出在国民军第二军军长胡景翼身上。

（7）坏事的胡景翼

胡景翼，字笠僧，留过日，追随过孙中山，后投冯玉祥。这个人和井岳秀相似，也是个武术爱好者——西北军将领好像特别喜欢武术——他1923年当了师长还曾经和三皇炮锤拳传人李景清比武较量。更难得的是胡文武双全，书法俊秀，流传至今。

他和冯玉祥有点儿过节，1916年的时候曾经发难活捉冯玉祥的表弟陆承武，逐陆建章出关。但这只是因为胡是革命党，而陆是保袁党，因此并不是揭不过去的梁子。等到大战陈树藩，胡是靖国军中陈树藩最为忌惮的对手，陈曾经气急败坏地亲自给胡景翼打电话说："你不要用对付陆建章的手段对付我，你是认错人了。陆建章年过50，腰缠千万。六年前我是一个穷学生，现在仍是一个穷军人。谁反对我，我就和谁拼命。"话是挺狠，可动手还是打不过胡景翼。胡军一直打过渭水，兵临城下。

可惜的是豪爽的胡景翼中了老朋友姜宏谋的诈降计，单骑入渭南谈判的时候被姜扣了下来，狠狠地丢了一回面子——他以为自己是郭子仪?!要说西北军中多这样讲义气的莽汉，上面提到的井勿幕，也是这个时候被人骗去开会掉了脑袋。胡景翼算是幸运，后来还有机会和冯玉祥一起在北京领导国民军。难怪后来西安事变张学良送蒋介石回南京而杨虎城不去，这种事西北军见得太多了啊！

1924年胡景翼和冯玉祥一起在北京起事后，他率领的国民军第二军没有和老冯同行，而是南下，直取河南。国民军骄兵悍将，打张作霖虽然有点儿难拿，但对付河南的土包子游刃有余，如卷席，如开山，转眼间对手纷纷投诚，拿下开封、郑州、信阳，包括山东都有投顺的。阎锡山看了眼红来抢过地盘，一个回合就让老胡打得十万大军抱头鼠窜，胡景翼就当上了"中原王"。

河南这地方经纬天下，俯撼四方，胡景翼夺取了中州大地，踌躇满志，确有励精图治的决心，后来生产标准中正式步枪的巩县兵工厂，就是他接管后扩建的。胡同时向国共两党提出要求，帮助他改革自己的国民军第二军。国共双方对这个请求都相当重视，看看双方派来人员的阵容就可以明白。

国民党派来的是一个瘦瘦的老陕，名字叫杜聿明，这算是武的吧，还有个文的，是胡景翼在日本的同学，名叫张群。好家伙，一个毛主席亲自敦促投降的兵团司令，一个国民政府外交部长，阵容强大！共产党派来一个顾盼神飞的文弱书生，一个沉默寡言的军校学生，名字呢，文的叫王若飞，武的叫徐向前。哦，也厉害，一个周恩来所说“现成的副总理”，一个威震天下的十大元帅！而接待他们的第二军军官教导团里，有一个满嘴土腔的老陕，此人相貌不凡，娶了个漂亮的媳妇，但这老婆将来要冤死在自己枪下，而他以后一生要在这两党之间颠来倒去，最后死在孟良崮。这个未来的军官、北京大学历史系的肄业学生字灵甫，所以大家也喊他——张灵甫。

如此风云际会，胡景翼本来应该好好地为西北军开拓一个局面，以他素来的表现，也确有此能力。正如前面讲到，第二军有头脑，能打仗的将领并不少。

高桂滋，他的公馆是西安事变中双方折冲纵横的风暴中心，还关过老蒋。陕西剿匪的时候比张杨还早地和红军签订了和平条约，红军在这个条约中称高为朋友，而称井岳秀部为“卖国贼军队”，并要求高在攻击井的时候要保持中立。同为西北军将领，如此区别对待，高大概也啼笑皆非吧。高犯了一个错误，就是对当时在他手下工作的杜聿明不予重视，导致杜一怒而回南京。不过这对杜未必是坏事，否则，昆仑关大战，打死日军侵华将领中村正雄的，就可能是另外一位指挥官了吧。后来的红二十四军，也是高的部下发展出来的。

邓宝珊，西北军中的一块吸铁石、和事佬，最善于在双方剑拔弩张的时候玩辕门射戟的把戏，五原誓师后，西北军势力在甘肃急剧膨胀，和当地力量发生激烈冲突，猛将吉鸿昌和马仲英拼大刀片，打得两败俱伤，总算赶走了这个娃娃司令，但地方上对西北军也是顾虑重重。冯玉祥就派出邓宝珊轻袍缓带，恩威并施，很快稳定了后方的局面。提起新一军，大家都想到国军名将孙立人的“天下第一军”，可这个番号最初是属于邓宝珊的。邓和共产党关系密切，但真要对阵的时候则恪守原则，1947 年榆林城下死守大战，整整一个第一野战军徒呼奈何，令胡宗南嫡系的钟松之流难望其项背。

弓富魁，原来指挥国民革命军第六军，实际是个草头王，空头军长，也投靠了国民革命军第二军。此人后来不太有名，但冯玉祥对他印象极深，他外号“一大一小”，每到领饷、发粮的时候，他的兵就多得不得了，满山遍野，每到打仗的时候，他的阵地上老是没几个人，正面野战一触即溃，但是假如派去干偷营劫寨、断人粮道这种有油水的活儿，却总能完成任务。冯对他瞧着别扭又去之可惜，算是中国内战的特殊产物。这弓富魁故事颇多，此人的部队都是惯匪之乌合之众，打仗的本事一般，偷鸡摸狗的技能超群。后来冯玉祥五原誓师、七路援陕时，弓富魁为第二路军总指挥，经榆林入宁夏？且不说他援陕为什么向西走，他也实在胆大包天，竟然在石咀山袭击石友三的第五路军。这倒不是弓富魁有叛乱之心，而是太眼馋石友三部队的钢枪和军装。石友三自己就是霸王，怎能容别人窥伺？石友三马上调集人马，弓富魁的大队即刻土遁，纷纷重操旧业，落草为寇去也，留下弓富魁这个光杆司令等着石友三发落。冯玉祥还算仁义，没砍他的脑袋，给他个国民革命军总参赞的虚衔，但这第二路军自此也就废了。后来弓富魁每每与人谈及此事，都会无限后悔地猛击桌案，口中大叫：“啊呀！”宣侠父对此人有一个很有趣的评价：“有许多土匪军队大做着革命的买卖，只不过弓富魁是其中的不幸者罢了。”不过这人后来还参加过抗日同盟军，被抓捕后在法庭上仗着武功高强居然拷打法官——还好当时国民政府只对共产党十分忌讳，对他还认为是条好汉，未加过分的处置。此人 1938 年病逝陕西。

问题是第二军的核心天生就是胡景翼。所谓天妒英才，武功高强的胡将军忽染疔疮，开始也没当回事，不料越来越重，医治无效，竟然在 1925

年猝然病逝，他的死让部下顿失重心。太史慈[1]死时的扼腕长叹犹在耳边，胡景翼在弥留之际，可是同样的无奈？

说他的死和亚历山大大帝的死一样造成一个强大集团的崩溃，这未免太抬举老胡，但是他死后的第二军的确成了一盘散沙。他的死直接导致了国民军第二军的解体，好好的一支精兵葬送在了红枪会[2]的手里。

继胡景翼任第二军军长的是岳维峻，他对第二军的这个结局有很大责任。

说起来，岳维峻年轻的时候也不是等闲人物，他当初是胡景翼靖国军里面的一个纵队司令，胡景翼被陈树藩诱捕后，大家推举岳代替指挥。不久，有胡的信送来，要部队投降，结果被岳看出破绽——胡是书法大家，在信中用粗细笔画区分，写出了完全相反的命令。岳当即下令痛击，把来接收的陈军旅长击毙阵前。他在河南代替胡后，报纸上一度称“豫岳直吴”，和吴佩孚并列。但是岳不善带兵，贪污成性，他当官之后很快腐化，和国共两党派来的工作人员格格不入。因此他在军中威望不高，制不住这些骄兵悍将，只好放纵他们横征暴敛以买好。原来胡景翼的第二军纪律严明，颇有战斗力，到了他手中不到一年就闹得军纪败坏，政务糜烂。河南人民无法忍受，纷纷起义驱逐第二军驻军，其中最有规模的组织居然是“刀枪不入”的红枪会。

河南的这种地方势力根深蒂固，一般的外来户即便兵强马壮也要让他们三分，否则虽然一时得手往往后面要被翻盘。不要说国民军第二军，后来的国民党也制不住，抗战的时候豫西别廷芳司令干脆建立独立王国，自有王法——据说汽车有汽车道，牛车有牛车道，走错了汽车扎胎，老牛砍蹄。他们和国民党嫡系也敢叫板，打得堂堂的汤恩伯化装成伙夫才逃出生天。面对这些混世魔王岳维峻弹压不住，全省一片混乱，吴佩孚乘机派军队介入，岳出战被活捉，各部纷纷溃散。

1　东汉末年武将太史慈，死前曾道：“丈夫生世，当带三尺之剑，以升天子之阶。今所志未从，奈何而死乎！”

2　红枪会：义和团运动失败后，教民绝大多数从京津一带回归乡里，一面务农，一面习教兼习武。民国肇始，土匪猖獗，百姓苦不堪言，于是义和团摇身一变，以红枪会名目再度兴起。

红军绘画《活捉岳维峻》

据说河南红枪会当时在边界设卡，捉拿第二军的逃兵。方法十分简单，在地上画一圆圈，让其说这是什么，如果说“圈圈”，便可以放行。第二军兵源陕西，一说便是“区区”，红枪会立刻锄头红缨枪齐下，因为大舌头被误杀的大概也不少。

国民第二军各部就此各奔前程，大部分并入了冯玉祥的系统。

值得说一句的是岳维峻的结局。吴佩孚是个英雄相惜的人物，杀俘虏这种事他干不出来，所以岳并没有受什么委屈，还到山西住了一段时间。他后来回到部队，收拢第二军还忠于他的残部，被蒋介石任命为国民革命军三十四师师长，也算待遇不错。倒霉的是他偏偏热心地去剿共，还身先士卒——有人好像总摆不正自己的位置，结果再次兵败被俘 ——这人当俘虏比较上瘾，军事博物馆里还保留着红军的漫画，名字就叫“活捉岳维峻”，画上岳师长衣着整齐，威风凛凛，跟散步似的在前面走，后边是红军小战士拿绳儿牵着，欢呼雀跃。

您说和红军交手，一打就挨抓，岳司令是不是缺心眼？事实上他还真不是缺心眼，他明白红军不是好惹的，所以未思进先思退，身边准备了一匹西北快马，还有八个武功高强、聪明伶俐的马弁。岳早年有“精于骑射”的美称，虽然这些年享福肚子大了，功夫打了点儿折扣，但是逃跑还是富富有余的。

那怎么还给抓了呢？

倒霉就倒霉在这八个马弁身上——一败下来，这八位的武功就都施展开来了。阻击红军？八个人能挡得住红军么？这八位不都是聪明伶俐么，怎么会想不明白。既然不可能的事儿就不要去做，这八位就为了抢那匹马打了起来。最终武功最高的那位抢了西北快马而走，其他人打输了自觉学艺不精，不好意思再和岳司令见面，一哄而散，活活把老岳让给红军了。

有意思的是俘虏他的正是当年共产党派到西北军中的代表——徐向前。当年岳没把人家当回事，只让徐在军官团里当一小小的参谋，现在报应出来了。不过徐对他还算客气，留他在苏区好吃好喝的招待着，红军急需的纱布绷带、飞机零件什么的就通过岳家的亲朋好友源源不断地运进来。如此，岳司令生活上也没吃亏。

好景不长，过了半年张国焘来了，这位爷是一左撇子加只会左转弯的主儿，一看俘虏里还有这么一个大军阀，一声令下二拇指一勾，岳维峻就找胡景翼报到去了——这不是共产党比吴佩孚没风度，而是张国焘变态，他是两边都杀，苏区的布尔什维克也让他杀得血流成河，这岳维峻能和曾中生[1]等一代名将死在一起，也算他死的不亏。

说起来也是堂堂一个省委书记级别的，落的和胡长青[2]一个下场。哎，同志们呐，腐败害死人啊。

岳维峻的死，宣告了国民军第二军系统最后消亡。

1　曾中生（1900—1935）：湖南资兴人，中国工农红军杰出指挥员、军事家，先后任中共中央军事部参谋科科长、中共南京市委书记等职，1933年9月被张国焘以“右派首领”等罪名逮捕，并于1935年8月被秘密杀害。

2　胡长青（1907—1950）：湖南临湘人，曾官拜国军中将军长。1950年3月31日在西康孟获岭兵败自杀，时任第五兵团司令官兼反共救国军第二路军总指挥。

（8）吴佩孚突杀回马枪

其实，河南的种种变化，吴佩孚早就看在眼里。

既然文章的名字是“西北军”，不提提西北军的老对手吴佩孚就太不够意思了。吴，以关云长自诩，讲义气，能打仗，不贪污，不娶妾，不住租界，好读《春秋》，也有关云长那样的气节和傲慢。

这位北洋“常胜将军”和冯玉祥在带兵上正好相反。冯体察下情，善于练兵，常常亲临阵前，为士兵考虑得特别周到，擅长发挥士兵的战斗力；吴则善于用将，他对战略的大局观特别好，善于指点江山，一出手就是指挥某个督军或师长。吴的诗词也十分出色，看看“叹江山如故，异族错落。何日奉命提劲旅，一战恢复旧山河。”那是典型的儒将。

吴和冯可谓一生的对手，两个人谁也不服谁，从一见面就互不顺眼，其实最初在战场上冯还救过吴，可是吴并不买账，好像前世的冤家一样。两个人在一起经常有做戏的雅兴，第十六混成旅时代，冯玉祥奉命援闽，结果却在湖北武穴不走了，发通电骂老段，要和平。曹锟[1]做调解人，催他赶紧去福建。冯玉祥就假装坠马把自己腿摔伤了，说什么也不走。曹锟和吴佩孚坐火车来看他，冯玉祥架个拐杖上火车，意思是我这个样子，你好意思让我去打仗么？曹锟早有准备，安抚他：“不要去福建了，你到湘西去吧，当湘西镇守使。”冯玉祥目的达到，和平也不要了，笑眯眯地下了火车，正走得兴冲冲大步流星，吴佩孚探出头来叫：“你拐杖落火车上了！别装病了，快把常德、桃源拿下来吧！”两人大笑而别。

实际上这两个人都是中国旧军人的精华，他们的军事才能皆是脱胎于传统的中国社会，适用于传统的中国社会，但是都没有建立和维护一支现代化国防军的能力。那个时代，真正有这个才华和决心的，或许只有民国第一军事家蒋百里将军，可惜他又没有条件来施展自己的宏图。要老萨说，这三个人堪称民国早期军事领域的龙（吴）、虎（冯）、凤（蒋）三杰——

1 曹锟（1862—1938）：天津人，北洋时期直系军阀首领，1923 年通过贿选登上中华民国第五任大总统宝座，人称“贿选总统”。

因为这种局限，到 20 世纪 30 年代以后，吴、冯两个老对手都走向了衰落，把中国军事的舞台让位给后起的国军和共军。

虽然北京政变中冯玉祥的背后一击把吴佩孚搞得窘迫不堪，但吴大帅并没有气馁。看看他听到冯玉祥叛变的表现就能够理解他的勇气。

当时直奉大战正在胶着，吴佩孚绝地屯兵，据险死守，张学良、姜登选率奉军精锐第三军团全力仰攻，双方死伤惨重。酣战中副官送来一电，吴大帅看完，满面红光，刷刷撕成几片，喝道："好，援军今晚就到，各路准备总攻！"会一散就带上八百卫队穿山越岭，南遁了——电报告诉他冯玉祥已经叛变，正在向他的指挥部猛扑过来。国民军摸到了屁股上还能如此从容，可谓统帅风度不让三国陆逊。

吴乘坐铁甲列车连夜南撤，中间转乘"华甲"舰摆脱追兵，几番周折退到了当年他开府治事的河南中州。他可不认为自己是走麦城，他知道北京这好地方必定是一山难容二虎，何况是一群呢。大帅镇定自若地退到了鸡公山。

这里说几句这艘"华甲"舰，该舰是有些来历的，可算中国海军史上第一批战利品。"华甲"舰原为德国海军在远东地区使用的运输舰。北洋军阀政府对德宣战，其实际行动主要有三：第一，利用开战借款，装备一支参战军，由徐树铮率领西进，做出赴欧参战的姿态，这支军队后来成为西北军的前身之一；第二，派出劳工旅赴欧洲西线从事劳动和勤务；第三，派海军截击，扣留德国在华舰艇商船，所获颇丰，其中商船和运输舰共缴获 10 艘，按照天干分别命名为"华甲"至"华癸"。"华甲"舰就是其中舰况最好的一艘。这条船命很长，吴佩孚使用过之后，该舰编入中央海军第一舰队，改名"克安"。抗日战争中国海军近乎全军覆没，仅有 6 艘舰艇幸存，"克安"号就是其中之一，虽然曾被击伤，但是依然得以保留到战后，后被撤往台湾。

这鸡公山风光秀丽，山林幽静，正好修养一段时间，吴大帅在这里闭门读书，还写了一块匾额"小桃源"——不过这小桃源对日本人来说是个有名的伤心地，12 年后第七军在这里端了日军医院和后勤部队，有报道称当时乱兵曾轮奸日本女慰问团员，把“小桃源”变成了修罗场。现在的吴大帅对此当然一无所知，他只是看书，做诗，顺便坐山观虎斗。

转眼间直鲁联军就乱打成一团，奉系旧将张宗昌向吴大帅输款投诚——大家都是山东人，“山东人不打山东人”。不管这理由是否牵强，吴乘机下山重整旧部，一路上势如破竹，直抵长辛店。这时候吴大帅显示了他的为人——郭松龄叛变，张作霖父子举止失措，奉系几乎解体，吴取之已经易如反掌，但吴联想到冯的背叛，将心比心，下令停止对奉张作战，且把他预先派到东北绥芬河抄张家老巢的部队也撤了回来，这一下子奉系顿时化敌为友，打冯玉祥的时候，两家跟亲兄弟似的。

此时，吴在河南的势力不大，托庇而已，看到河南有机可乘，吴突杀回马枪，挥军南下，他的先锋官是民国名将靳云鹗，一路势如破竹——早说大帅善于用将，很少亲自出马。像前面说的，国民军第二军在河南本来就趋于崩溃，基本没有抵抗，只有个蒋世济在信阳死守。

这人也是西北军中的一个怪物，如果从影响来说，不应该写他，但是他的情况太个别，不写可惜。蒋世济的部队人数不多，训练也不好，可是独挡靳云鹗的虎狼之师，军心却十分稳定，原因是此公竟敢在阵前大抽鸦片烟。蒋世济是大烟鬼中的特殊品种，人家越抽越瘦，他却越抽越胖，长一身烟膘，完全违反医学常识，而且让部下也抽。前方炮火连天，他却在战壕里和弟兄们镇定自若地互点烟枪，抽得不亦乐乎，还有一套奇怪的理论，比如“兔子不抽大烟，因为它三片嘴，衔不拢烟枪；王八和鳖不抽大烟，因为它侧不过肩膀”。这话通过冯玉祥的一个朋友传给冯，让冯觉得新鲜又啼笑皆非。这家伙的镇定也算出色，当兵的真服，死守信阳 30 多天，直系的军队几易主帅愣是打不进去，最后还是全省都归了吴佩孚才解甲出降。吴喜欢英雄，特别嘱咐让蒋到他的住处，好好犒赏“这条好汉”——犒赏的当然也是大烟。

这大概就是“双枪兵”的来历，后来“双枪兵”的徒子徒孙还有贵州的王家烈和四川的孙圃。前者学得不像，让老毛老蒋合伙端掉，不去提他；这后者在武汉战役的时候和日军交手出了邪的，刚交火几分钟就全体跳出战壕猛冲，着实让以为中国兵只会死守的日军开了眼界，措手不及的日本兵当然不明白孙圃也是迫不得已——再耗下去弟兄们烟瘾犯了就麻烦啦！

所谓得陇望蜀，吴佩孚也不例外，拿下河南就想吃羊肉泡馍了。吴大帅还是不自己出马，他想起了当过几天陕西省长的刘镇华来，于是发信让他入潼关进击杨虎城，条件是将来做西北王。刘镇华果然出兵，结果就是西安的大围城。

冯玉祥对刘镇华的老底儿非常清楚，知道此人没有斤两，但是刘的五弟刘茂恩善于用兵，不同寻常。既决定出兵，以少对多，指挥官的选择就颇为重要，冯指定的前敌总指挥，是原属国民军第二军的邓宝珊。他的两员副将，是孙良诚和吉鸿昌。

这个配置，可谓极有心计。

邓宝珊做总指挥，可以一举三得：第一，邓是国民革命军第二军的，这样任命可以表现对于胡景翼的老弟兄决无歧视——三军的徐永昌投了阎锡山，冯可不愿意二军走这条路；第二，第二军的部队为了自己的总指挥，在解围战中必出死力；第三，邓宝珊足智多谋，英勇善战，也确实胜任这个职务。邓当年帮助冯打河南，曾经给冯深刻印象。冯玉祥在日记中记载，邓宝珊的部队打仗很勇敢，但是不脱靖国军的民军习气，双方激战正酣，一声开饭，立刻放下枪，一窝蜂地回来吃饭，战壕里连个哨兵也没有，吃完了回去抄起枪来继续猛冲猛打。河南的北洋军被这一手闹得头大，不明虚实，哪敢进逼？

孙良诚和吉鸿昌，是一对儿长期搭档的熊虎之将。孙在甘肃帮助刘郁芬作战的时候堪称孤胆英雄，是西北军北伐中的头号猛将。他还是当时中国最出色的足球运动员之一，这个知道的人就少了。孙曾经领衔西北军足球队在南京和大学生足球队交手，互有胜负，其出色的脚法，到解放后一些足球前辈还有提及。当然，他们和孙比，又是后辈了。吉鸿昌，河南扶沟人，人称“吉大胆”，自己做了一只饭碗，篆刻“做官即不许发财”，掷地有声，后来做到宁夏省主席，在江西剿共前线加入了共产党，抗日同盟军失败后，被国民党当局诱捕，枪杀于北平陆军监狱，是西北军中两位最著名的共产党人之一——另一位是张自忠的副手、红五军团军团长董振堂。让孙吉二将搭档，对这次敌众我寡但我强敌弱的作战来说，实在是最合适的选择。

还有一个重要的位置，就是援军中的政治部交给谁负责。当然最好是深孚众望的刘伯坚出马，但是冯玉祥对刘伯坚太喜爱了，这人胆大如斗，身先士卒，假如到前线出了问题怎么办？老冯实在舍不得。正好共产党又派了人来，看这个人文质彬彬的应该不会上去跟人拼刺刀，而且还是个矮个子，就算是到了前线，挨枪子的目标也小些。就是他了！老冯决定派这个叫邓希贤的到邓宝珊那里负责政治部——老冯这个决定，差点儿断送了共产党的第二代领导层，这个不起眼的邓希贤，后来的名字叫邓小平。

如此的干部组合，不赢才怪。

这一仗，是西北军值得骄傲的一战，刘镇华本部加上新招的部队达到13万人，而西安城里城外的西北军加在一起不过三四万，竟然打得“镇嵩军”大败亏输，狼狈逃出潼关，11月西安解围。刘镇华走投无路，最后只好自缚请降，投入冯玉祥门下，成了西北军的第八军。

到这里，西北军已经站稳了关中，冯玉祥面向河南，出兵潼关。这一次，不再是军阀混战，西北军有了一个新的响亮的名字：国民革命军。这一次的出征，被写入了史册，融入中国近现代史上一个重要的情节——北伐战争。在这次战争中，西北军达到了它辉煌的顶峰，也走向了它的衰落。

至此，西北军基本成型，开始在中国的现代史上留下它自己的足迹，直到1949年，最后一支西北军部队由西北军名将张克侠、何基沣率领阵前起义，才宣告了这个军事集团的基本结束，而西北军的种种传奇，无疑将被不断地流传下去。

二、双面谍王林顶立

英国有007，中国有林顶立。007不过是虚构人物，林顶立却有血有肉。007除了干特务只会泡妞，林顶立除了干特工，还会办《联合报》。

1939年初秋的一个晚上，中国政府驻香港代表陈策将军忽然接到台湾黑道大哥林仔滚的一份密信，说要介绍一位朋友和陈策“单独谈一谈”。

林仔滚是黑道大哥，但不乏爱国之心，曾在陈策将军坚守虎门要塞时拔刀相助，两人可算颇有渊源。

他要介绍的这位朋友名叫林介之助。

林仔滚说，这位朋友来自日本特务机关——特高科。

“特高课的日本特务？找我干什么？”恐怕陈策当时也是吓了一跳。

陈策琢磨着走进客厅的时候，便见到一个目光精悍锐利的来客，这人身材瘦高，年龄约从青年步入中年。见到陈策，他用标准日本式的谦恭微微鞠了一躬，用流利的汉语自我介绍道：“我叫林一平，我希望回重庆参加抗战，请您多关照。”

在见到他的瞬间，陈策肯定还无法判断这是怎样的一个人物，也无法想象此人后来翻起的风浪。

林一平，台湾人，东方谍报史上如同变色龙一样神秘的人物。林一平、林介之助、林顶立、“十一龙头”、“金门半山”，都是他在不同场合使用的名字或者代号。提到林一平这个名字，大家都比较陌生。那么，林顶立呢？

林顶立担任“台湾议会副议长”时的照片

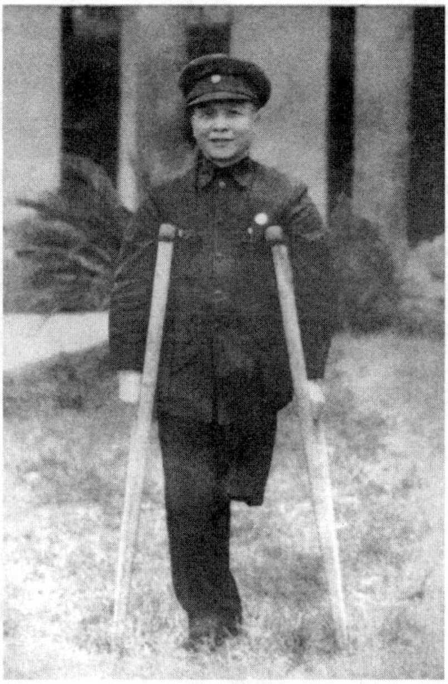

为林顶立穿针引线的陈策将军，曾有三战虎门、香港突围的传奇经历

如果和台湾人（比如陈水扁）提到林顶立，那是绝对不会陌生的，他虽然后来做到“台湾议会副议长”、《全民日报》《联合报》的老板，但是在台湾，他的形象始终阴森可怖，带着一道暗色的血腥。

“军统台湾站站长林顶立”，这是一个当年令人谈虎色变的名字，并且和“二二八凶魔”联在一起。

在“二二八事变”中，真正杀人最多的，不是军警部队，而是这个林顶立率领的“行动队”和军警“义勇总队”。林顶立的手下是对“二二八事变”参与者的直接行刑部队，手段残忍，杀人如麻。民进党也承认，镇压“二二八事变”，台湾二百多名领导人被一网打尽，“并非全是外省人的主意……外省人对台湾各地各界的领导者不可能知道得那么详尽。是从重庆回来的半山[1]干的，他们是刘启光[2]、林顶立、游弥坚[3]、连震东[4]、黄朝琴[5]等人”。今天，在煽动“台独”的文章中，一些媒体还在煽情地宣传几百名被解除了武装的台湾造反者怎样被林顶立的“行动队”集体处决。在若干台湾绿色媒体眼里，林顶立不但是个魔王，而且是台湾的“叛徒”。这样一个“臭名昭著”的人物，其生平如隐雾中，也是正常的。

察看史料，“二二八事变”的核心分子，很多是日占台湾时期的亲日头目和从南洋归来的台籍日军，其“台独”和亲日性质，现在已经越来越鲜明地被揭示出来，而且成了“台独分子”的一块招牌。老萨以为，虽然林顶立这名字现在并不为很多人所知，将来或许还有大放光彩的一天呢。

林顶立真正的传奇，是他在抗战中的经历。他的公开身份是特高课的高级特务，拥有日本国籍，名叫林介之助，而他真实的身份，则是中国在日本特高课中最出色，最隐蔽的双面特工。这是一个黄皮肤的佐尔格[6]。

现在有一种看法，就是台湾人在日占时期对日本感恩戴德，也许李登辉的老爹是这样的，那位放鞭炮送他妈妈去做日军慰安妇的许立委是这样的，但台湾人中心怀故国的血性男儿也并非少数。1912 年，同盟会员罗福星发动众友会起义；1930 年，雾社起义；937 年，抗战开始第一年，李友邦将军为首的大批台湾人内渡投入全面抗战。这位表面上换了日本名字的林介之助，讲一口流利日语的林顶立，就是一位身在曹营心在汉的典型台湾人。因为他精明干练，从少年时期就被日本黑龙会在台湾地区的组织看中吸收，不久转入警视厅，林以精通各种特工手段、做事机警敏捷、熟悉华人情况而不断得到重用，1931 年便成为日本特高课的高级特务。

---

1 半山：台湾政治术语，指曾经居留中国大陆一段时间再返台的台湾人，在中国大陆期间在国民政府或国民党党部系统内任职，且在行动上拥护国民政府。

2 刘启光（1905—1968）：台湾嘉义人，中国农运先锋，曾任国民党军事委员会台湾工作团少将主任等职。

3 游弥坚（1899—1971）：台湾台北人，曾任台北市长等职，有“台湾观光事业之父”之称。

4 连震东（1904—1986）：台湾台南人，曾任台湾“内政部”部长等职，前台湾国民党主席连战之父。

5 黄朝琴（1897—1972）：台湾台南人，曾任台湾第一银行董事长等职。

6 佐尔格（1895—1944）：德国人，共产主义间谍，20 世纪三四十年代在德国、日本等国长期为苏联获取有价值的情报。

抗日战争中，台湾同胞很多投入抗战行列，图为李友邦将军组建的台湾抗日义勇队

但是林实际上对做汉奸深恶痛绝，曾经设计潜入大陆，投报黄埔军校。只是因为中国政局动荡，英雄无用武之地，才不得不返回台湾，暂时栖身。这期间，林结识台湾江湖豪杰林仔滚、福建黑道大哥罗又章等，组成了闽台地区著名的黑道组织——“十八大哥”，林排行十一，人称“十一龙头”。随着日军侵华的深入，林顶立这样在中国黑白两道通吃的优秀人才，更得到进一步的重用。日军派遣林前往刚刚攻占的厦门，担任日本在福建的“太上皇”、大特务泽重信的副手，作为日军切实掌握福建沿海地带的一枚重要棋子。

日军占领期拍摄的台湾士绅，可见台湾人依然严守着故国衣冠

林遂借此机会，经林仔滚介绍，拜谒陈策将军，提出携带日军机密情报反正。

对于林的这一要求，陈策最初的反应是不敢相信。要知道抗战以来被日军特高课和76号特务机关破坏的中国特工机构不计其数，被捕特工更是无数，而特高课的大特务上门来投降，这还是第一次！

姜还是老的辣，陈策一面稳住林顶天，一面火速联系军统香港站站长王新衡。当时国民党的特工机构奉行“公开掩护秘密，秘密运用公开”的原则，所以林顶天找到陈策，也就和军统拉上了关系。

王新衡很快回报：此人可信！

原因是军统实际上1932年就和林顶立有过联系，那时的军统还没有正式成立，戴笠控制的特务处老特务连谋在福建曾经接触过林顶立，并且了解他的意愿，可惜，由于很快就爆发十九路军在福建起义的事件，双方失去了联系。

陈策遂将林顶立介绍给军统方面。

戴笠得到林顶立，如获至宝，他果断地决定，林不要暴露身份，立即前往福建上任，并任命林为军统闽南站台湾挺进组组长。年底，军统特工设法为林在厦门设立了秘密电台，从此，高质量的日军情报源源不断从林顶立处汇入军统。

这样一个原特高课高级特工的反正，其价值对中国方面来说不可估量。

林顶立对军统的巨大贡献之一是从内部挖到日方底牌，为军统的“对日经济战”提供了保障。

从抗战开始，戴笠的军统就奉命对日实施经济作战。戴对经济作战一窍不通，因此在军统内成立经济处，网罗专家。戴笠本来是布衣出身，不免在“专家”问题上犯了现在很多公司共同的错误——学历第一。他请来的第一任经济处长是留学德国的经济学博士费同泽，费博士学问是好的，但是没有实际应用经验，所以经济战进展很糟糕。戴还算聪明，一看这戴眼镜的不行，马上换人，架空费博士，任命出色的对日经济学家邓葆光担任副处长，负责实际工作。

邓葆光是经济战的天才，而且熟知日本经济，他曾经准确地推断出日本将在1945年第3季度投降，其判断依据就是日本各种物资的储备和消耗，令重庆方面叹为观止。他指挥的经济作战也别开生面，以制造伪钞为主，一箭双雕。

邓葆光认为日本占领中国华东华北地区目的在于进行经济掠夺，因此，制造大量伪钞和敌人争夺物资就成为有效的经济战手段。当时，银行家贝祖贻是军统在上海的暗线，他利用职务之便定期收集日占区的各种钞票交给军统，戴笠便下令在重庆巨额仿造，而后通过安徽省界首市武装偷运入日占区，疯狂抢购各种物资，并用来贿赂拉拢伪军将领。这给日军造成了极大的经济压力，物资大量流失，物价飞涨，因此日军在特高课成立专门机构实施反经济作战，不断更改钞票，增加检查手法，意图恢复对占领区的经济控制。

这样一来，军统的假钞经常被查获，而伪军将领使用假钞又很容易暴露其和重庆的联系。

自从林顶立加入，这个问题就不复存在了，特高课每发行一种新的假钞或者策划一种新的检查手法，林都能从内部预先获得消息，提前通知军统，因此军统的印刷厂马上进行相应调整，使日军防不胜防。

这套经济作战贯穿整个抗战，它破坏了日本占领区的经济掠夺，为重庆获得了大量急需物资，同时——大概也是最重要的——养活了日益膨胀的军统。据邓葆光的报告，每年军统利用“经济作战”获得的财富达到几万根金条，当时军统的富有连蒋介石都意料不及。而其他的部门比如中统虽然几次试图分一杯羹，一来遭到军统的打压，二来仿制的钞票经常被查获，始终不成气候。

林顶立的另一个巨大贡献是将日陆海军在东南沿海的布防情报准确地传送给军统，包括日军布雷区，军舰出入港等情况，二战后期盟军潜艇在东海、南海的作战，许多依据林的情报。1945年，因为日军困兽犹斗，抵抗激烈，美军曾计划在中国东南沿海登陆，为此，林也提供了大量当地日军布防、战斗力，以及水文气象方面的情报。由于日军8月投降，这一战役未及实施。

同时，军统自身也充分利用了从林处获取的东南军事情报。戴笠和美军共同组建特务机关中美合作所，为了获得美方信任，戴笠携美海军中校梅乐斯亲自赴东南敌后，车队穿越日军千里防线如入无人之境，直到东海之滨。梅乐斯大为惊叹，也对军统的工作能力产生了更大的信任。他当然不知道，通过林顶立，戴笠早已经对日军的布防了如指掌，当然知道怎样趋避。

戴笠对林顶立的价值非常清楚，因此反复强调对林提供的情报只能“被动运用”，绝不主动要求林搜求容易导致暴露的情报。

但是林艺高胆大，更做出军统意想不到的事情。他指挥的台湾挺进组不久建立了基隆、金门两个分组，甚至在鼓浪屿建立外围组织“同声俱乐部”，吸收福建和台湾地区的爱国高级人士，形成了巩固的抗日团体，其团体成员则逐步控制厦门伪政权各个部门。在林的努力工作下，厦门等地的伪组织除伪市长李思贤外，基本被林所控制，厦门成为各日占区组织中最为热闹却效率最为低下的部分。而日军竟不闻不问，因为当地负责调查控制伪组织的特高课、兴亚院和宪兵队，都控制在林介之助，也就是林顶立的手中。

本来这些机关是由日本老特务泽重信控制的。泽重信长期在设于台北的“大日本南支派遣特务机关”总部工作，担任日军在我国东南沿海一带的陆海军特务系统总负责人。1939 年 9 月，厦门特务机关长田村崇则被中国特工刺杀，泽重信亲自前往厦门坐镇，公开担任兴亚院负责人、地方理事官、台湾总督府驻厦门嘱托、海军总部嘱托、日本亚洲共荣会事务嘱托、华南情报部部长等职务，是日方在厦门的最高指挥人员。他前往厦门的时候带去了自己最为信任的部下林介之助，却不料给自己挖好了墓穴。

1941 年，华南的一个日本女特工被军统拉入组织，并为中方提供情报，日方觉察后将其逮捕枪决。与这个女特工有联系的若干军统外围人员被捕，根据审讯中的记录，泽重信发现厦门暗藏着中国方面重要的特工机关，因此决定顺藤摸瓜，投入力量进行侦破。

兴亚院对中国的调查资料，这个组织在侵华中起到极为恶劣的作用

泽重信

刺杀泽重信后，日军在厦门进行搜捕

以日军的效率和能力，林顶立这次在劫难逃。对泽重信来说不幸的是，他找来商量的正是头号要犯林顶立。

林顶立第一个反应是迅速逃走，和军统闽南站负责人陈式锐商议。戴笠得到陈通报后，认为林的价值太大，放弃过于可惜，因此决定保护林继续潜伏，派出漳州站长期潜伏的两名杀手汪鲲和苏群英限期刺杀泽重信，并电陈、林曰："此一敌酋若不及早加以制裁，将来羽翼丰满了，不但华南半壁均要沦入敌手，则整个抗战前途受影响至深。"

林顶立在关键时刻镇定自若，一面给行动队员提供泽重信准确的活动规律，一面因为泽重信经常去林仔滚开办的蝴蝶舞厅活动，通过林仔滚把苏群英安排到蝴蝶舞厅担任管帐。

负责执行刺杀的是军统优秀行动特工汪鲲。

汪鲲，字宗海，惠安人，原海军中尉，1940 年加入军统，专门从事除奸活动，抗战胜利后移居台湾阳明山。据他的《汪宗海人生八十年》。抗战中军统除奸，因日伪防范严密，往往与敌同归于尽，汪鲲刺泽重信并能够灵活脱身，被认为是经典的成功案例。

1941 年 10 月 26 日，枪法出众的汪鲲从蝴蝶舞厅跟踪泽重信到《华南新日报》门前，泽重信摒开保镖，和报社社长汉奸林谷同行，似有要事商议，汪鲲果断掩身路旁骑楼下水泥柱旁，连发两弹，均中泽重信胸胁部位。泽重信应声倒地，当场毙命。林谷大惊失色，抱头鼠窜。 汪乘乱闪入待人巷，辗转经海岸路潜回藏身处所，伏匿于惠安同乡、印尼华侨苏孝盼家中，直至 11 月 6 日晚，才冒险潜至鼓浪屿海滩，泅水至对面嵩屿登岸，受到当地群众集会热烈欢迎。

事后，日军进行调查之际，林顶立从中设计，抓捕与泽重信有隙的日侨多人，刑毙数人。自此，林顶立地位更加稳固，继续为中国抵抗力量提供各种帮助，直到抗日战争的胜利。林顶立从此更无顾忌，抗战胜利后积功升任军统台湾站第一任站长。

辣手果厉，心怀故国，潜行狼群之中而安之若素，大约就是对林顶立最好的描述吧。

三、形形色色的李向阳

在40岁以上的人眼里，一说抗日游击队就是李向阳那个样儿的，一说李向阳，就是郭振清[1]那个样儿的。

（1）李向阳乔装奇袭

在日本经常可以看到一些日军老兵的战争回忆，和八路军作战是其中一个颇为热门的话题。比如藤原彰的《中国战线从军记》、伊藤桂一的《百团大战》等，都不同程度地表现了当时双方在华北的角逐。

不过，我个人对其中一部作品有些特别的青睐，这就是日军原六十三师团机枪射手斋藤邦雄所作的《陆军步兵漫话物语》。之所以对其更感兴趣，主要是因为斋藤是个很有艺术细胞又很熟悉八路的日本兵，他战前是日本东宝映画电影公司（相当于我国的长春电影制片厂）的演员，1941年被征兵，不但在据点和讨伐队与八路军真刀真枪地交过手，而且一度担任旅团情报室干事。战后又当了东京儿童漫画协会的会长。

所以，这个能写会画的斋藤把他的书做得图文并茂，把自己所见所闻的八路写得十分生动。

斋藤的图画功底过硬，比如，其中一张图，会让你哑然失笑——皇军还抓皇军啊！

1 郭振清（1927—2005）：天津人，电影表演艺术家，在电影《平原游击队》中扮演李向阳。

斋藤邦雄

日军针对八路军展开的战术：打击百姓，切断军民联系

这幅漫画是《陆军步兵漫话物语》中“大意招灾”一章第二节的插图。这一章第一节描述的是土八路一支游击队怎样乘日军讨伐队吃饭的时候，如何神不知鬼不觉把整整一个警戒班的鬼子用“钝器”全部干掉的经过。讲完八路干皇军，第二节大概需要换换口味，于是改写皇军干皇军也很正常。

别说，这画面上被抓的“皇军”，用斋藤的看法，也真是该抓。这应该是斋藤在旅团情报室工作的时候看到的一个战例。

为什么该抓呢？看看斋藤的描述，就明白了。

有一个大约二十人的分遣队，由士官率领，驻扎在山西省的山区某地。

从装备来说，这个据点最重型的武器就是一挺轻机枪，应该说是很不像样的。不过，由于附近属于确保治安区（指经过日军反复清剿确认已经没有八路军活动的地区，这样的装备也足够了。

如此，每天并无战斗，而且与总部远离，军纪自然不能保持得很好。从队长以下整个据点都处在一种松弛的状态。虽然作为军队要求“戒备森严”，但这个分遣队连“看上去戒备森严”的表面功夫都颇为荒疏。

在荒僻的山区驻扎，自然没有什么娱乐。也许因为这个理由，老兵们白天喝酒，晚上通宵打麻将也是家常便饭。

因为打麻将上了瘾，就像前面说的那样，据点的哨兵有时候也会加入进来，导致没人站哨。这简直是要命的大意啊。

每天都这样轻松自在地过日子，这个据点的骄惰大概用不了多久在附近山区活动的敌军（指八路军游击队）也会有所耳闻了。

有一天晚上，作为队长的士官又和老兵们一起热火朝天地打上了麻将，正在打得热闹，忽然有三名宪兵闯了进来。

看到这些当兵的居然在打麻将，宪兵们显得又惊讶又生气，勃然大怒。

在日本军中，当兵的最怕宪兵，在这样荒唐的时候被宪兵抓个正着，一时从队长以下所有的官兵都进入了石化状态。

接下来“宪兵”们的举动却令人惊异，他们立即控制了分遣队的武器，并且叫来更多的同伴，冲进炮楼深处，开始用手枪给已经睡觉的日本兵“点名”。

斋藤写道：“其实如果有时间想一想，立刻会觉得不对——荒山野岭的哪儿来的宪兵呢？再说，真的有宪兵来，也得先通知吧，不然，怎样保障他们的安全呢？炮楼上睡着了的日本兵发现情况不对，试图起来反抗，结果，连枪都没有摸到就被打倒。赤手空拳，如何是敌人的对手？”

因为醒过味儿来想抵抗，“士官队长等打麻将的四个人也被当场射杀”。

只有极少数幸运儿一发现不对就躲藏起来，才有机会传达出据点的最后命运。

李向阳化装偷袭

《平原游击队》中郭振清扮演的李向阳，双枪不一样

"李向阳"——活跃在平原地区的游击队

结果，除了逃跑的和被俘的，整个据点的日军都被消灭，这一切都是因为“那仨宪兵，都是李向阳扮装的”。

（2）战场上的糊涂事

虽然斋藤邦雄在他的书里画了不少日本兵的狼狈相，但是土八路也不都是那样威风。比如，他在“黄尘中”一节就描写过一个倒霉的八路。

这一节采用“黄尘中”的名字，是因为当时华北平原经常会发生黄色尘暴天气。斋藤比较正确地推断了这种独特天气的由来——山区的尘土被吹到平原形成的。

斋藤所部有一次在冀中扫荡，就碰上了这样的“黄尘”。

那次作战的对手，是八路军中被视为最强的冀中军区所部精锐。尽管如此，作战的进展还是顺利的，我们在八路军的后面紧紧追赶。但是，突如其来的一阵黄尘，迫使日本军终止了战斗。

黄色的沙尘接天彻地，目不能见物，两军都不能行动，不得不停下来。除了等待黄尘稍减，别无他法。

这时，有一名Y一等兵感到腹痛，于是努力挪到离部队稍有点儿距离能够避风的地方开始大便。他看到两三米外也有一个人在那里大便，只是尘土之中，看不清是谁。

Y一等兵便完，旁边那人却开始用中文向他要手纸——啊，原来是一个背负着子弹带的八路军！

看来两人都是一样，把对方当成了友军。那个八路也不知道旁边是个日本兵，所以很自然地在那里方便。

此时，Y一等兵已经方便完了，所以比八路反应好一些，拔出了刺刀朝对方扑去，而敌人则提着裤子开始奔跑。跑了几步，看到Y一等兵穷追不舍，干脆不跑了，转过身来和Y一等兵扭作了一团。

但是，两人却说不上谁胜谁负，那个敌兵（八路军）消失在了黄尘之

浓雾中日军与八路的搏斗

八路军都是神枪手

中，丢下的只有他的裤子。

发现这边出现异常，日本兵们纷纷赶来，只见到Y一等兵手持着八路丢下的裤子，还在气喘吁吁。忽然有人捏着鼻子喊起来："你要能抓住敌人也还罢了，现在举着这条臭烘烘的裤子干嘛呀？"（为什么臭烘烘的，大家可以发挥自己的想象力。）

送错了情报的地方人员

一时引发哄堂大笑，想来，那个八路兵——据我观察的情况是当时当地的中国人习惯不穿内裤，下身都只套一条外裤——只怕是光着屁股跑掉的吧？

电影里的李向阳，显然不会如此狼狈。即便是斋藤描述的八路军游击队，也大多是神通广大之辈，飞檐走壁，如入无人之境。但是，深入敌后的战斗，也不可能像电影中那样浪漫。

前面"日本宪兵端炮楼"的战斗结束之后，斋藤记录，日军曾对此加以总结，结论是："分遣队据点的周围有壕沟，还有铁丝网，越过这些障碍进入据点，要费的功夫恐怕不短，假如不是哨兵过于懈怠，敌人是无法进入的。哪怕只有一名步哨，也不会出现如此悲惨的结果吧。"不服气的日军最终通过"归顺者"弄清了这次八路军游击队行动的前后过程。

斋藤记录道："根据后来调查得到的情报，当时化装宪兵的八路军人员发出了'这次出击是决死之战，必要成功'的誓言，从根据地出发的时候，和送行的人们举杯饮水而别。我一直以为饮水而别是日本才有的风俗，听说中国也是这样，心中不免有些惊讶。比这更令我震动的是，敌军中居然有这些比日本军人更有勇气的军人。"

中国人"以水代酒"是自古相传的习惯，斋藤以为只有日本才这样做，大约是本末倒置了。

正因为环境艰苦，所以真实的“李向阳们”面临的处境远不是电影中那样轻松自如，甚至，有的时候要冒被俘的危险。

但是抓个李向阳是好玩的事情吗？斋藤描述过三个被抓到的“李向阳”，结果每一个都让日本人吃够了苦头。“李向阳”也有走麦城的时候？那当然，与电影的浪漫不同，敌后工作充满了意想不到的危险。

比如斋藤他们一次夜间出动扫荡，碰上一位“两面村长”，乐颠颠地给日军送上一份情报。看不明白的日军指挥官叫来翻译一问，内容么，原来都是关于讨伐队的，从队长的名字到人数、装备甚至运送弹药物资的马有几匹……看来看去，除了人数有两三名的差异，几乎没有错误。

莫名其妙的鬼子看了半晌也不明白村长告诉自己这份情报干什么，看了一脸狐疑的日本兵，这位搭错了神经的村长终于发现自己犯了多大的错误——这份东西，本来应该是给八路的……

大概这位村长一来是深更半夜难免头昏脑涨，二来也是左右支应忙晕了。

不过，恐怕有人仍然会觉得奇怪：你说抓了三个“李向阳”，每一个都让日本人大吃苦头，这李向阳固然厉害，都逮住了，难道他还能翻了天啊？

世界上大有不可思议的事情，是不能按照常理去思考的。

就说斋藤吧，因为兵源紧张，把他这样的演员征入军队，谁能想到天皇犯了多大的一个错误吗？

当然，这种演员兵本来就不愿意打仗，所以战场上的表现不免有些瞻前顾后，左冲右突（往左往右就是不往前），在战场上战斗力不足，起不到预期作用，这也算正常。

但是，真正惹出麻烦的却是战后——日本战后爆发过各种各样的罢工，其中最有名气的罢工之一是东宝映画电影公司演员的大罢工。

东宝映画演员的罢工表面原因颇为复杂，有意识形态、工资待遇、制片思路等种种理由，深层原因却极简单——日本战败，随着美国大兵来的还有美国大片。在好莱坞电影排山倒海的攻势面前，日本电影招架不住，票房大跌。兜里没钱，老板和员工自然会闹起来，一点儿也不新鲜。

从声势上说，8000 名男女演员一起罢工，当然蔚为壮观；从影响上说，世界知名演员三船敏郎这样的大腕带头，拉拉队都是当红女星组成（东宝的女星在日本都是赵薇汤唯级别的），这样闹事那要是发生在今天公司门口得卖票。

不过这还不是本次罢工最吸引人的地方。

东宝罢工在社会上影响极大，自古以来，政府都是不能容忍这种引发社会动荡行为的。所以，日本政府在屡劝不听的情况下，“悍然”出动警察进行镇压。

不料，三次发动攻击，三次警察都被打得落花流水，从东宝映画制片厂抱头鼠窜而回。

纳闷的警察总监一打听才知道，这地方真是进不得——整个制片厂内纵横挖的都是战壕，关键地点路障、铁丝网密如蛛网，演员们进退有序，指挥流畅，整个一个完整的防御体系！

警察们被打回来，日本政府就没办法吗？

还真没办法。当时，日本全国都被盟军解除了武装，警察连刀都不许带，只能用警

斋藤漫画中朱占魁脱险过程与日军反映

棍，而演员们却拥有角钢、铁锹等“制式武器”，而且军事素养极佳。这样的对抗，日本警察不败才怪。

这次罢工最吸引人的地方是，日本国家政府居然制服不了这帮演员！最后还是出动了占领军才算把这帮演员镇压下去。美军这一仗打得也不轻松，是动用了飞机和坦克才把演员们制服的。参加罢工的一位喜剧演员回忆美国人这一仗是“军队里有的玩意儿都用上了，除了军舰”。

能逼到让对手出动坦克，东宝映画可算开创了罢工历史上的新纪元。

这帮日本演员能够有这样强的战斗力，正是得益于斋藤他们在战争年代被天皇征了兵，大多跟八路交过手，深知打仗是怎么回事儿。让他打仗的时候他不打，等不打仗了，他打天皇的警察，您说这兵征的……

被捕的“李向阳”，让日本人一样头疼。

（3）死而复生的“李向阳”

斋藤说到的第一个“李向阳”，是1945年年初被他所在的旅团抓获的“大物”（日语中“大猎物、大人物”的意思）。因为是“大物”，旅团为了表功，将其送到了师团那里。而师团也认为此人是个“大物”，为了表功，决定将这个“李向阳”送往北平受审。

这下子，就麻烦了。

要说，日本人对押送这样一个“大物”的事情，还是比较上心的，特别配置了一个警备班。但中间还是出了问题。

车快到保定的时候，这个“大物”说是要上厕所。日本兵给他摘了手铐，送进厕所，说快快地。

要搁现在，乘警路警一听犯人要上厕所就会更小心，什么东北虎，西北狼的，所谓上厕所是他们最好的脱逃机会。

抗战时候的日本兵，对这种事情基本没概念，日本倒也有扒火车跳火车的，那要等到战败之后，跑黑市生意的日本人才开始掌握这个技巧。日本兵没这个概念，加上这个“大物”一直没有什么反抗表现。所以，一直到犯人进厕所半个钟头没出来，押运的警备班才发现不对。于是，砸开厕所冲进去。当然，人早就没了。

好容易抓一个“大物”，愣给放走了，这如何交差呢？

老舍先生在《四世同堂》里面写过，日本人是十分信任专家的。这个“李向阳”跳车跑了以后，有日本专家计算过，当时车速100公里左右，此人跳车99%死亡，剩下1%的可能性也是重伤。虽然没有找到尸体，但日军方面是按照此人跳车身亡结案的。死了，还能怎么样呢？除了觉得少了一个宣传噱头，日军倒也没有为难这帮押运的警备班人员。当然，这种丢人的事情也不会向下面通报。

鬼子安生了，问题是八路那边不安生。过了一段时间，日军得到情报，这个“李向阳”还活着，还在八路军里活动！证据很确凿！

这是怎么回事儿呢？前线的日军想不明白：这个八路不是被抓住了吗？不是押送北平了吗？怎么又冒出来了？

下面一个电话打到旅团情报室核实，旅团情报室打电话给师团——其实他们自己也明白，这“李向阳”肯定是跑了。问题是向上向下如何交代呢？专家都判断摔死的居然活过来了，恨得牙根痒痒的鬼子估计会把这土八路和小强之流并列。

最后，旅团情报室得到的解释是：“那个‘李向阳’早已经押送北平处死了，你们得到的情报是八路故意做的虚假宣传，不要上当！”

军令如山，长官说鸡蛋是树上长出来的，那……就是树上长出来的呗。

幸好，日军不曾再次抓住这个“李向阳”，否则闹不好内部就得弄出杀人灭口的事情来。

这个“大物”到底是谁？萨考证了一下，发现应该是确有其人，只不过斋藤的记述有些误差，而且，这个“李向阳”并没有“革命到底”，属于晚节不保的问题人物。

此人，应该是原冀中军区第十军分区司令员、行署专员朱占魁。朱占魁是冀中战史上一个颇为纠结的人物。他是河北永清人，为人豪爽讲义气，好打抱不平，地方人称“百步大王”，在当地民间颇有威望。永清沦陷后，朱占魁和冀中军区司令员吕正操取得联系，加入八路军，是大清河根据地的创始人之一。他所主持的第十军分区是冀中军区的前卫，与敌核心地区最为接近，能在这儿打开根据地绝非等闲人物。所以吕正操对他抗战前几年的工作评价颇为正面。

1941 年 11 月，朱占魁在战斗中被俘，不过抓到他的并非斋藤所在的日军六十三师团，而是一一〇师团。1942 年，朱脱身回到根据地。日本防卫厅出版的《华北治安战》专门提到过朱占魁："方面军指挥官召见了他，并通过华北政务委员会启新院对他进行了约两个月的怀柔工作。朱逃走后师团对朱占魁进行过通缉，但朱终于跑掉。由此可见，要让坚强的共产党员变节背叛，是很难办到的。"从敌方记载来看，朱确实没有投敌，跳车逃跑应是事实，这也是 1979 年他获得平反的原因。

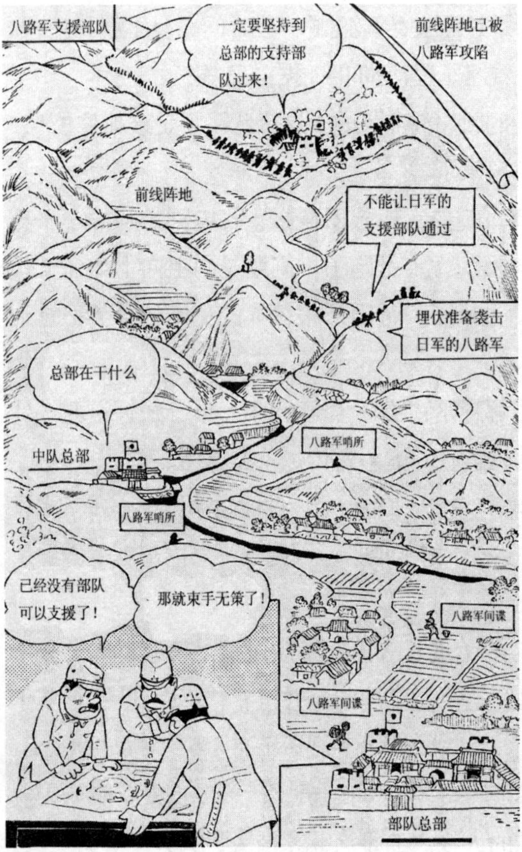

斋藤所绘和八路军作战全图

至此，第一个"李向阳"的形象颇为光辉。

但是，此后朱占魁的人生轨迹却发生了变化。由于被俘后的经历不能得到证实（他跳车逃跑，日本人觉得不可思议，八路也觉得不可思议），他在延安受到较长时间审查，中间一度跳崖自杀。直到 1944 年底才基本确认了他没有投敌，这也是斋藤所部 1945 年才得到他仍旧活着的信息的原因（六十三师团接替了一一〇师团的防区）。

抗战胜利后，朱占魁一度在冀热辽军区担任副旅长，1946 年在和国民党军作战中被俘投降（一说主动投降），但 1948 年重新回到共产党军中。解放后他为此坐了二十多年牢。

一般史料说法朱为人比较投机，但询之当时在河北战斗过的老八路，对朱占魁其人另有一些看法。有一位曾在河北高法工作过的我家亲戚讲，朱占魁这个人不大像个党员，更有点儿像水泊梁山一类的好汉豪杰，这可能是他最大的问题。对于他在延安被整，老人有些同情，认为不仅是他自己的问题说不清，还有很重要一点是，他的把兄弟柴恩波、好友王凤岗投敌，不能不影响党对他的看法。至于解放后关他二十多年，那也不算冤枉。因为他投降国民党以后对共产党是有血债的。“共产党坐天下，关他二十多年，已经是功过相抵了。再说，他干嘛一被俘就承认自己的身份呢？”对于他在抗日战争中是否算投敌，老人还是有一点芥蒂。

朱占魁的确可能有些个人英雄主义，关于他跳车逃跑的过程，日本人描述他是偷跑，他自己则说是打翻了一个看守跳车的。不过。据他解放前

“鼹鼠”出逃记

和老乡说起，其逃跑有一个细节倒是与斋藤所说契合：朱占魁说他打翻看守以后从车窗出去没有跳车，翻上了车顶，一直到车快进站减速的时候才跳车，所以只伤了腿。

朱会武术，这个描述合情合理，但就是这样一个简单的随机应变，日本专家愣没想到！

如果斋藤描述的第一个“李向阳”，真是朱占魁（朱占魁是旅级，抓捕他的日本战犯上坂胜称其为“将军”，冀中好像除他没有更多的“大物”有被俘跳车的经历），只能说历史是复杂的，但抗日的时候，朱占魁应该算是一条好汉。

日军这边呢？跑了一个“李向阳”，又抓到两个，这回更麻烦了。

（4）鼹鼠的故事

根据抗日战争期间日本兵们的回忆，八路军游击队的特点一个是刁钻，另一个就是能跑，很少和日军硬抗，但冷不丁给你一下又很令人顾忌。所以，一下抓两个“李向阳”在日军中应该是件值得炫耀的事情。1941 年秋，斋藤所在的部队就有过这样荣耀的事情。

奇怪的是，他在写这两个八路的时候，用了一个奇怪的标题——“鼹鼠的故事”。

警备队忽然接到报告，在离此处 10 公里左右的一个村子里，“有大约 200 名八路军在宿营”。机动队立即出击，但是到达的时候，却发现村子里空无一人。无论是八路还是老百姓，都是踪影全无。

这在当时的作战中是家常便饭，因为经常有中国人的“密侦（即情报员）”把日军的行动报告给八路军，所以出动以后扑空的事情并不少。

不过，当时日军正以全部主力攻击中国，大约也是八路军最艰苦的时候。

（中略）

村中敌人也没有，村民也没有，对此无可奈何的日本兵开始全村大搜索。结果，在察看一户房子的地窖时，发现有两名男子正藏在里面。

这两个人立刻被绑了起来，日本兵得意洋洋地开始询问。但这两个人只是说："我们是农民，不知道八路军的事儿。"

"那你们怎么会藏到地窖里呢？"

"看见日本兵害怕。"他们这样回答，再问别的，就都是"不知道"了。

但是，从他们藏在地窖里的情形，怎么看怎么觉得有问题，所以日本兵认定他们一定是八路，决定把他们带回警备队进行进一步的审问调查。

不过，回到队部，根据翻译的日程安排，要到3天后才能对这两人进行审问，所以只好将他们先监禁在警备队的一间临时牢房里。

这间房子，是平时用来关抓来的可疑人物的，只有一个门，四面是厚厚的墙壁，房顶有一个小窗子，也装有坚固的铁栅栏。屋里空无一物，夯土地面上只放了一张草席。这牢房有一面的墙倒是冲外，但那里有警备队的流动哨，从早晨到晚上，巡逻不停。所以，谁都认为这是个万无一失的地方，想跑是没门的。

两人身上都搜查过了，手无寸铁。无论吃饭还是上厕所，都有哨兵控制，吃的东西是每天两顿粥，吃完碗筷都要收走。到外面上厕所呢，更是哨兵们如临大敌的时刻，看得很严。

就这样，到第四天，要对他们进行审问的时候，早晨哨兵去开门，却发现……两个人不见了！

日本兵赶紧察看是怎么回事儿，结果令人惊讶——两人竟然从地上挖了一个通向墙外的洞，从这个洞里跑掉了！洞的宽度刚好够一个人钻出去。

斋藤所画漫画中日语从右到左为：夜间在门内的哨兵、哨所、警备队、关押两人的房间、从这里出逃。

这一情景让日军警备队全体抓狂。虽然地面是夯土的，但也十分坚硬，漫说两个赤手空拳的八路不是鼹鼠，就算是真正的鼹鼠，恐怕要一夜挖一个这样大的洞也不可能啊。再说鼹鼠的爪子是一种专门工具，土八路再有本事，也不能一夜之间长出这个东西来。就算是他们把指甲挖脱了，也不可能啊！

两个八路怎么跑出去的呢？日军百思不得其解。然而，我拿这道题在北京考了一个“海龟”，这家伙仅仅一分钟的时间，就猜出了答案。

话说两个“李向阳”从日本警备队的牢房里挖个洞玩了失踪，日本兵们为此大伤脑筋，死活琢磨不清他们怎么能具备啮齿类动物的本领。中国古代有“地遁”之法，估计熟悉中国文化的日本兵未必不会想到呼风唤雨、撒豆成兵的邪路上去。

终于，有人看出了问题。出于日本人爱研究的习惯，一个“聪明”的伍长伏下身子，凑近了八路挖的洞口，忽然若有所悟。

这位伍长站起身来，问警卫：“昨天晚上两个俘虏有什么特别的要求吗？”

正为自己要担责任而紧张的警卫赶紧回答：“有，他们好像特别的渴，一次一次跟我要水喝。”

“你给了吗？”

“他们中有一个好像发了烧，躺在那里，我怕他病重死掉，又没有军医，只好给他们水喝。”

“喝了水……他们要求过上厕所吗？”

“一次也没有……哦，难道是……”

当我拿这个题目考那位“海龟”同志的时候，那位很轻松地一语中的：“撒泡尿嘛，把土泡软了再挖不就成了？不够？再撒一泡呗。”

两个八路，正是用这法子挖洞逃走的，那个“聪明”的伍长倒也不是脑子比别人多根弦，而是低下头去查看洞口的时候，忽然闻到了一股尿骚味……

四、在天津的围城里

1948年的冬天，刘亚楼打天津的时候，我的祖母一家和外祖父母一家正在天津，对老百姓来说，那可真是艰难的时光。萨觉得，他们的经历，今天写出来也许可以让我们看看当年那场战役的一个侧面。

（1）陈长捷的住所

假如看过《平津战役》那部电影，也许还有朋友记得天津警备司令陈长捷[1]的住所中弹，会客厅里吊灯被震得从天花板上坠落的镜头吧？对当时的气氛烘托极好。

这个镜头应该是虚构的。萨怎么知道的呢？因为据长辈讲，1949年天津战役打响的时候，陈长捷的住所就设在萨娘家中。整个战斗中，萨的母亲和舅舅们就在那座房子的地下室里。那座房子的客厅并没有被炮弹击中。

说起来，萨的外祖父家是一个富有传奇色彩的家族，属于民族资产阶级，天津"新八大家"之一。萨娘的祖父孙仲恺先生曾被周恩来总理称为"民族资产阶级的楷模"。外祖父家的老宅——萨娘小时候生活的地方、陈长捷的住所——就是现在天津市和平区委和和平区档案馆。1996年萨娘曾经以家族后人的名义重访故地，拍照留念，那座房子旧貌依然，估计今天

1 陈长捷（1892—1968）：福建闽侯螺洲（今属福州）人，中华民国军事将领，被称为"抗日常胜将军"。曾任国民革命军第六集团军总司令及天津警备司令部司令，于1949年1月天津攻城战中被俘，1959年获特赦，1968年在"文革"中受冲击，与妻子双双自杀。

天津警备司令陈长捷

孙仲恺故宅，陈长捷曾借住于此

孙仲恺故宅全景

也没有什么改变。

天津城是一个奇特的城市，它的繁荣始于洋务的兴起，所以天津相当“海派”，建筑上和上海的外滩有异曲同工之妙，从估衣街到劝业场，各国风格的建筑鳞次栉比，风格鲜明，有哥特式的，拜占庭式的，皆美轮美奂。按说国民党军队选择很多，陈长捷之所以选中萨娘家作为住所，萨估计大概和它的建筑十分坚 固有关系，这里与其部队的指挥部耀华中学离得也是很近。

稍微介绍一下这座宅院。这座宅院在原法租界，院门仿凯旋门，为屋宇式门楼。原院落为南北向长方形的三道庭院，建有北楼、中楼和南楼三幢相连楼房，均为砖木结构。

根据记载中楼为带半地下室的三层楼，外观像一艘整装待航的舰艇。底层中部突出，二层门厅前的大平台两侧有弧形仿青石阶梯。前面有对称的阳台，像挂在舰艇上的救生艇。萨推测陈长捷平时的住处就在这座建筑里。南楼局部为四层。院子里两个对称的石亭有上下走廊互通、并与楼房相通。远远望去，这互通的走廊就好像舰艇甲板上的护栏。其实分析一下，中楼被南北两楼所环卫，尤其是南楼可以作为一个制高点提供掩护，陈长捷看中这个地方是不是也和他作为军人的第一感受有关呢？

这座宅院地理位置好。此地原名赵主教路，紧靠着当时的天津电信中枢——邮电局。其前院有一个椭圆形花池，正好对着大门。据萨的大舅讲本来没有这个花池，抗战中日军征用了这座房子，才修了它。这一点如果对军事了解的人就会比较欣赏，因为假如没有这个花池，用一辆汽车直冲进去，就可以撞进楼的正门了，那年头没有自杀炸弹，但是假如车上装了炸药直冲过去，然后司机跳车，那杀伤力还是很可观的。

这院子里还有两个大型防空洞，不知道是什么时候修建的。里面设施似乎相当齐全，天津战役期间，萨娘一家就是在其中一个防空洞里度过的。

这个宅子还有种种神秘的传说，萨娘的保姆吴大娘就给我讲过一个。

当年儿童生病的多，家里给每个孩子请了“替神”，就是从庙里请来的大瓷娃娃，一人一个，称作“命”，意思是假如有病，让他顶替——这个神当得也够难受的，难怪会出问题。

萨娘的“命”是一个像大阿福的娃娃。有一次舅舅说咱把它砸了，看“小扬子”——萨娘的小名——死不死。萨娘大哭，遂罢。

有一天门口卖面茶的来要账，说宅子里有个胖子天天到他的摊上赊账面茶，年底了要结账。家里人表示这不可能，而卖面茶的坚决肯定，并说那人的长相如何如何，穿戴如何如何。

大家庭难免乱账，家长只好叫家里人都来排队，让那卖面茶的认。当然是没有这个人。卖面茶的灰头土脸，正要道歉出去，忽然指着搁在架子上的萨娘“替神”叫起来：“哎，就是这个人啊！”

瓷娃娃怎能喝面茶呢？可是仔细一看，这娃娃的长相穿着可不正和卖面茶的说的一样？家长大惊之下挥手就把那瓷娃娃从架子上摔了下来。

结果呢？谁想得到，“咔嚓”一声，瓷娃娃摔碎——一肚子面茶！

当然只好赔给人家了。

说到这里，当时吴大娘讲故事绘声绘色的形象犹在眼前，当时是又吃惊又好奇，晚上都不敢出去了。

这到底是怎么回事呢？萨至今不懂，是吴大娘信口开河哄小孩，还是真的？

听说天津有一种混混，特别善于这类奇门之术，诈骗手段很高，或许是他们的神通？但是为了喝面茶的钱是否小题大做？又或许还有吴大娘没有讲的情节？千古之谜。

（2）围城里的童年

陈长捷是什么时候把住所搬到萨娘家的，萨娘并不清楚，当时她虚岁只有七岁，只记得有一天和家人外出回来，看见院子里来了很多兵。从那一天起就不怎么出门了，大人们都神情紧张。萨的外祖父平素很喜欢和孩子在一起，但他是家族长子，虽然生就敦厚柔和的性格，但也不得不和家族的长辈一起商讨“正事”，和孩子们待在一起的时间就少多了。

当时已经可以听到外面的炮声，萨娘的形容是像打夯。不过，天津城里，包括陈长捷的住所里面，依然是一片和平的气氛。

对于孩子们，战争是很遥远的事情。大炮和机关枪，与他们的玩具并没有太大的区别，不过是更有吸引力罢了。

家族大，各家的孩子人数就多，大人们忧心忡忡，孩子们倒是可以在一起玩了，兴高采烈。虽然不能出去，但是院子里有了不少新鲜的东西。

要说解放战争中的国民党军队是遭殃兵恐怕不过分，但是萨娘的记忆中，陈长捷的部下倒都是蛮不错的兵，至少对于萨娘家的人从来没有骚扰过。

陈部刚刚进驻的时候在大门口总停着一辆黑色的铁甲车，萨娘是女孩子家对其不感兴趣，也不敢过去，但是几个舅舅不一样。萨的大舅那年有十一二岁了。他告诉我那时候经常和陈手下当警卫的小兵聊天。小兵告诉大舅他打了8年鬼子，大舅那时候真信，还可佩服呢，现在想想那小兵自己还没枪高呢，难道他是拖着鼻涕就开始放枪了？不过肯定不是抓的壮丁，因为他看那小兵还干得挺带劲的。门口停的铁甲车上有兵，还有枪管很粗的机关枪，具体型号无考，过了一段时间就开走了，大概是怕暴露目标。小兵告诉大舅那是从日本鬼子手里缴的。现在想想可能是日本投降的时候交出的吧。陈长捷抗战后期到内蒙古驻防，和鬼子交手的机会不多，前期在山西吃败仗的时候多，大概也没机会缴这种大家伙。

小兵说放这个车在门口，大炮就打不进来了。大舅当时想问又没敢问，虽然不懂打仗，但也明白，那炮弹都是从天上来的，地上的铁甲车怎么能挡得住呢？萨的大舅后来当了历史系的教授，但是好像他从来也没想过考证一下自己经历过的这段历史。

主要和萨家打交道的，是一个老军医，姓高，天津本地人，嗓门很大，解放后当了牙医，因为技术好“文革”中也占了便宜——造反派也找他补牙，只听说有一次某造反司令补牙的时候嫌他手重给了老头一耳光，吓得他再不敢给这个“兵团”的小将们修理“大门”。后来小将们反倒客客气气的——天津人爱吃鱼，爱吃蹦豆，牙不好的多，得罪修牙的干什么？高军医不和军队的人住到一块儿，和萨家老小住在一个防空洞里——其实里面还分成隔间，很方便。他和家里的长辈战前就熟悉，所以后来萨娘回忆那一段，对高军医在防空洞里头说话像吵架印象深刻。其实是他耳朵聋，怕别人听不见。听说战场上的人多被炮弹震得耳聋，现在想这高军医八成有相当丰富的经历。

高军医其实人很好，对孩子特别好。孩子们人多，在一起玩得闹哄哄的，他还给指点，教孩子们做游戏。那时候孩子们喜欢玩的是捉迷藏，老大的宅院呢，东藏西藏的，可是挺好玩。高军医出新鲜的，教孩子们玩"偷袭军火库"，这就带点儿兵的味道了。找来一个炮弹壳，放在场地中央，叫一个孩子看守，其他孩子躲起来，这个守卫如果能够捉到别人，就换那个倒霉蛋来守。但是去抓人的时候，别的孩子就可以跑来把炮弹壳踢飞，"军火库"被偷袭的守卫要被打手板。高军医来当裁判，还教孩子们怎么把守卫引诱出来，然后奇袭。

大敌当前，国民党那个形势，这老兵油子是不是有点儿没心没肺？

孩子们玩这个游戏乐此不疲，当时战斗主要在外围，天津市内没有戒严，供应依旧。所以萨娘也没有觉得有什么不一样的地方。当然孩子们还有别的玩法，没人管的孩子就是变着法地找新玩法。

有一位舅舅（萨娘叔叔家的小孩）磨着国民党兵要子弹，有个二百五大兵真就给了他一颗，当然是把弹头拧了，火药倒掉。那舅舅比二百五还二百五，溜到厕所里，拿锤子砸那子弹，"砰"的一声就响了。敢情还有底火呢！没玩过火器的弟兄们不知道枪子儿有多大威力，这就是一个注解了。底火才多点儿火药啊，那位舅舅急转身，炸开的子弹壳蹦到他屁股上了，插进去有近一寸深！要是打在手掌上就穿了！那舅舅当然是鬼哭狼嚎，英雄气概全无，幸好高军医在，用钳子把子弹壳拔出来了。这位舅舅平时比较霸道，萨娘在旁边看得惊心动魄又觉得罪有应得。

当时高军医要用麻药，萨娘那位叔叔咬着牙说：给这大鹅长长记性，不用！——大鹅，就是天津话二百五的意思。伤好之后，这位大鹅舅舅老实了好多。不过二十多年后，他又来了一回神的。唐山地震的时候他正在那儿，一家子人呢。我那表妹后来跟我说："一地震，我爸不管我妈，也不管我，抱着我们家那只猫就从窗户里跳出去了……"这不是二百五，这是吓懵了。

还有别的半室内游戏，不知道谁发现的，院子日晷上有个大蜘蛛网，孩子们就抓了虫子喂蜘蛛，这个游戏，就不单是男孩子了，女孩子也跟着起哄。谁说女孩子心地善良？当年萨娘也算是淑女了，抓着蚂蚁往蜘蛛网上放的时候好像没有半点儿慈悲之心——残酷的人类本性啊。

萨娘说花园里的黑色蚂蚁特别大（孩子眼里），放到蜘蛛网上也不示弱，还是拼命挣扎，直到被蜘蛛绑成一个大白线球，残忍的孩子们看着这个过程，津津有味。正在这时候院子里走过来一伙儿军官，其中一个听见孩子们大呼小叫，好奇过来看。这是萨推测的，因为这军官脚步很轻，萨娘是等他到了身后才发现的。萨娘看见这个官儿的脸很黑，但是挺和气，微笑着好像要摸萨娘的头。

蜘蛛正给一个蚂蚁"上绑"，有个叫小让子的舅舅大着舌头像解说员似的还点评呢："喜（死）了喜（死）了，还有一口气……"萨娘看见那军官脸上的笑容就僵在那儿了，一甩手，掉头就走。一会儿就来了一个兵，拿扫帚把蜘蛛网给扫了。孩子们不干了，吵吵嚷嚷惊动了高军医。但那兵说："司令让挑了它！"这个情节我没有在任何回忆录里见过，拍《平津战役》的时候，我们家的人曾经提供过这个细节，但好像影片中也没有出现。敢情那位黑脸的军官就是国民党天津警备司令、陆军中将陈长捷。这是萨娘第一次，也是唯一一次近距离接触这位国军名将。

（3）萧华三炮打天津

那个时候天津周围的解放军已经像一个巨大的蜘蛛网了。不但是我外祖父母一家，我祖母带着两个姑姑也被包在这个蜘蛛网里面。那个时候，我的父母两家还没有任何来往呢。

本来我祖母是不该被困在天津的。我祖父做木材生意，在天津处理业务，这时候出了一件为难的事。运输货物的船只在营口被国民党败兵占了，一下子拉到上海。我祖父和一位郭大爷只好追去上海。现在想想应该是杜聿明从东北撤退干的好事。天津这边还要应酬，怎么办呢？我祖母就到天津去，两个姑姑太小，只好带着。原以为一两天就回来，没成想刚到，火车就不通了。那个时候通信不便，萨祖母急得不行。也难怪她着急，北京还有 4 个孩子呢，最大的是萨爹，那时候 12 岁。她急得不是没道理，北京家里不久就断粮了。邻居童大爷，帮着变卖了些东西，好歹没有让萨爹他们挨饿。到了北京解放，街上来通知，每家 10 岁以上的居民去一个人到政府报到做工。按说萨爹也到年龄了，但童大爷觉得这个时候不会有好事情做的，想来想去，和童大妈商量，拿出点积蓄来，雇了个人去了。后来才知道是到南郊处理地雷！这种事现在想想都后怕，那时候北京周围的地雷就靠这么清除的?!

战后我祖母到回家，第一件事就是发现萨爹身上的虱子有指甲盖大。

我祖父那边呢？郭大爷的家眷也被封在北平，当时就急得说不出话来了。大夫来看看，说没治，这个是“噎嗝”——愣急出食道癌来了。我祖父呢，每天照样出去办事，出门前还不忘在头上抹点儿油，那叫不动声色。郭大爷佩服得不行。其实那半是后天锻炼，也半是天生。我祖父 1944 年从沈阳逃到北平，开车之前，日本宪兵带着他的朋友在站上抓他，老爷子还在车上给一位老乡拉生意呢。

陈司令似乎也是大将风度，对萨娘一家的关系没有因为蜘蛛那件事有所影响——他恐怕也顾不上和孩子置气，不过是当时心里有所感触罢了。

1949 年元旦前后有段时间，好像炮声少了，家里的客人也多，现在想想可能是国共两军正在谈判。萨娘有几次看到这位黑脸将军陈长捷，多半是迎送人的时候。

有一天，高军医来找我外祖父。我外祖父为人谨慎、诚实，后来作了近 30 年的财务工作，没有出过一分钱的错，人称“铁算盘”，他手下培养出的财会人员曾经是天津财会口的一支劲旅，人称“八仙过海”。他有一个爱好是书法，而且写来写去有了一点儿小小的名气。作为实业世家这并不是什么好事，我的曾外祖父就认为这是玩物丧志，不过家里不少条幅是他的手迹。国民党军队住在老宅的时候，也有一些军政人物找他写字。

这次高军医就是为了他这点儿爱好来的。他问我外祖父：“公子能为我们司令官写幅字吗？”那怎么能说不行？于是高军医就叫人拿来了一个条幅，说写什么回头告诉你。晚上，高军医拿来一个纸条，让我外祖父照着写。我外祖父一看，上面是八个字：不说硬话，不做软事。据说这是傅作义将军的座右铭，与何应钦[1]的“没事不找事，有事不怕事”可谓一时瑜亮。现在想想是不是陈长捷当时的心态呢？

高军医说：“您写好了我来取，字儿要大。”我外祖父给写好了，可是高军医再没有提这件事。因为解放军的总攻很快就开始了。那幅字我外祖父只好自己收着。

都说是刘亚楼打下的天津，但萨小时候的印象是萧华打天津，这和从小萨娘的误导有很大关系。萨娘那时候给我讲的是“萧华三炮打天津”。根据我后来的了解，萧华是解放军攻打天津的炮兵司令。当然不只是三炮，三炮怎么能打下天津呢？但是萨娘他们都说萧华三炮打天津。因为解放军开始总攻的那一天，第一批的三发炮弹就打在萨娘家周围。

按照历史记载，那应该是 1949 年 1 月 14 日，陈长捷拒绝放下武器一天以后，在华北的人民解放军各部，向天津发起了总攻。有人说当时的政策是“打烂天津，吓死北平”。根据当事人的回忆并非如此，因为双方在天津的战斗，还是相当有分寸，虽有“打烂天津”的决心，但能不破坏还是不破坏。

萧华将军的重炮第一弹就击中天津市邮电局，就在萨娘家门外！

第二弹击中萨娘家院子的一角，崩塌院墙，但没有造成伤亡。

第三弹再次命中邮电局，天津市对外的有线通讯全部中断！

显然是预先测量的准确，而且萨估计用的是威力超群的美制 152 毫米榴弹炮，一发炮弹可以削平一座钢筋混凝土大楼。这种重炮国民党曾经用

1　何应钦（1890—1987）：贵州兴义人，国民党一级上将，黄埔系仅次于蒋介石的第二号人物。

在朱德总司令身边的就是被天津人记忆为“三炮打天津”的萧华

过，后来被共军缴获不算稀奇。据说其他各点上解放军的打击也出奇地一致——首先斩断天津守军的电信通讯。这里需要说明一下，萨怀疑陈长捷住所——也就是萨娘家——旁边的建筑是天津市电信局，而不是邮电局，否则如何能一下子切断对外通讯呢？萨娘那时年龄小，或许记错。

接着的炮弹就不分点了，但是都没有直接打这里，或许因为已经达到了切断通讯的目的。事实上根据其他文献的记载，打到后来陈长捷想通知部下投降都没有办法，更不要提发布作战命令了。

萨娘家旁边的电信局或者邮电局是解放天津一战中解放军攻击的第一号目标。萨怎么这么肯定？因为萧华将军后来的指挥部也设在萨娘家里，这一点内部消息，来路还是蛮正的。

炮声一响，所有人的生活都乱了。大概是早就猜测到战事将起，一两天以前家长就让所有的人都躲到了防空洞里，没有事情不让出去。萨娘记得，炮声一响，我大舅跳起来就往外跑。小孩子谁懂得打仗的危险呢，只觉得好玩，就在门口和一个人撞个满怀，把那人一家伙掼倒在地。大舅就这样让大人抓住，别想出去了。再看对面那人，原来是个国民党小号兵，吓得灰头土脸，两腿筛糠，背着个大喇叭呼哧呼哧直喘——哦，您以为战场上吹冲锋号是解放军的专利啊？敢情是让炮弹吓懵了，跑到防空洞想藏起来。高军医上去抓住脖领子就把他揪出去了："做嘛做嘛，界似（这是）你逮（待）的地方么？"连踢带骂地赶走了。

现在想想有高军医这尊门神真是萨娘家的运气，不然那时候乱兵都往防空洞里躲，那还得了？不定会出什么事呢。从那时候开始，全家人就只好待在洞子里了。只听见外面的炮声急一阵，紧一阵，洞子里气氛越来越沉重。萨娘就记得高军医大嗓门讲啊讲，后来也不讲了。萨娘根本不记得他讲的什么。有趣的是那些大人神情紧张，听得聚精会神，等后来问他们听了什么，也忘得一干二净。那不是有所隐讳，是真的一点儿都不记得。后来采访打过老越的战士，说也有同感，第一次上战场，班长排长千叮咛万嘱咐——嘱咐了些什么？回忆到这儿就个个张口结舌，你看看我，我看看你，愣是没有一个人能回忆起来。看来人在战争中的感官系统也会发生某种异化吧。

这个时候传来一声特别大的爆炸声，有人说是发电厂炸了。我三姨就开始哭。在炮弹爆炸声中，郁闷的地下室里来这么一下。大伙儿是个什么心情就可想而知了，萨的姥姥是一个刚烈的老太太，没别的处理方法，拉过来就揍。越揍，越哭，越哭，越揍…

嘿，这时候出彩的来了。

谁呢？

萨娘。

（4）炮火往事

萨娘一生出彩的事情不少，唯自己懵懵懂懂，经常是干了还不知道。比如她调到人民大学工作，系主任介绍的时候说：“啊，这位同志很厉害的，高考的时候数学物理都是100分哦。”底下的同志惊，萨娘更惊，她也是第一次听说啊！这后来就成了她教训我们兄弟的本钱。

原来系主任才有资格看人的档案，谁说保留档案不是好事情？

这次也是，对于围城中做过的事，萨娘已经全不记得了。是萨的大姨讲的，说姥姥正打得上火，萨娘突然走过来盈盈拜倒——真的双膝跪下——说：“娘（那个时候天津人不叫妈，叫娘），你别生气，我来哄妹妹吧。”然后就抱过三姨，搂着她拍啊拍，指指墙，意思是给她变把戏。然后就开始用手指头在蜡烛前头变花样，墙上就出现了各种各样的影子，比如会张嘴的大狗，会扇翅膀的鸽子，耳朵会动的小鹿，都从萨娘那两只手里变了出来。不知道什么时候开始，三姨不哭了。大姨说那时候大人们也都不说话了，就看萨娘在白墙上演手影儿。

外面是一闪一闪炮弹爆炸的火光，昏黄摇曳的烛光下，一群满腹心事的人围坐着看一个小姑娘演手影儿。这个戏法萨娘哄萨的时候也用过好多次，我觉得实在没有什么稀奇，和弹玻璃球之类的游戏没法比。可是那个晚上看过小姑娘演手影儿的大人们，也许终生难忘吧。

和萨娘他们相比，我奶奶那里的处境就差多了。她寄住的地方是一个旅馆，哪有防空洞啊。伙计只能是把棉被沾湿了挡在窗户上，据说能挡炮弹——这显然是有点儿精神安慰的意思，钢盔都挡不住的东西棉被能挡住吗？

我奶奶站到院子里就能看见满天的炮弹，有从里面往外的，也有从外面往里的。老太太的形容真是非常特殊，她说：就像是一只一只红色的大猫从房上蹿过去啊！他们的位置，就在双方炮弹的下面。

旅馆前面，是一家纺织厂，有十几个工人，就是看着机器，肯定不能生产。他们都是天津郊区静海县的人，仗打起来也不能回家了，只能住在

解放天津的战斗打响，图为解放军进攻天津外围据点

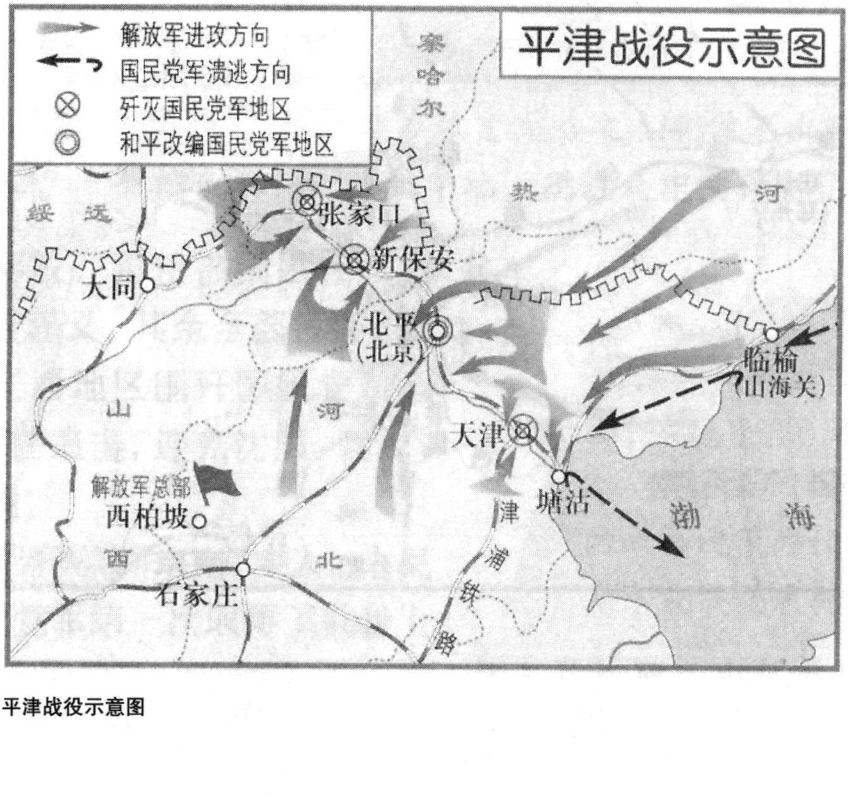

平津战役示意图

厂里。厂里也没有什么吃的，他们就用干饼子沾凉水充饥。

我奶奶是个心地很好的人，就招呼他们到旅社来，好歹这儿有厨房，能吃口热的。那老板也是个好人，说反正我这儿也不能做生意了，后面冻的白菜萝卜你们就随便用吧。天津围城和长春不同，好像没有太多的人为物资发愁。

萨想这和守军的状态有关，虽然六十二军也是劲旅，毕竟不能和新三十八师这样的部队相比，而长春守城国民党将领郑洞国是早就下了决心死守到底，陈长捷呢，他是倾向和平的，只不过是条件如何罢了。长官举棋不定，当兵的那么拼命干什么？所以部队的士气、作战的准备根本不能比，要说长春是刺猬，那天津只能是蛋糕。拿个罩子把刺猬罩上可以让它跑不了，林彪罩这个蛋糕干什么？怕刘伯承来偷吃吗？

所以天津围城，可是没有封锁。

结果就是只打了一天半。

回头说我奶奶请这些工人来吃饭，正一边说话一边吃的工夫，炮弹就落下来了。一个炮弹正落在前院的纺织厂里，我奶奶正站在门口呢，当时就吓得坐在地下了。一时什么也看不见，一片黑黄烟。只见一个纺车架子直飞上半空去，那不是鸟儿那种飞，我奶奶形容：好像底下装了旗火似的——旗火又叫钻天猴，是一种花炮——腾的一下就起来了，下来就慢多了，慢动作似的落到后面的院子里。我奶奶说真的炮弹爆炸是黑烟，把窗户震得“呼嗒呼嗒”的，一点儿不像电影里那个白的烟。

那些工人们就跑到门口去看，看了就回过头来哇哇地叫：“哎呀嫂子啊，命大啊，要不是过这边来吃饭……”真的，他们要是在厂子里吃饼子喝凉水就算不会全挂了，挂一半也算少的。打仗的时候人命不值钱。

我奶奶说她印象最深的还不是炮弹像大猫，而是十字路口那个兵。

谁的兵？当然是国民党的兵了。

街上有几个沙袋垒着，那兵就站在沙袋中间。奶奶说那是个山西人，黑瘦黑瘦的，戴个布帽子，拿着枪，国民党的兵每个街口都有这样简单的工事，有的一个人，有的几个人。炮弹一响，老百姓要往外跑逃难，他挡在路口不让出来，让大伙往地窖、防空洞里躲。有的人又哭又叫，他就用枪托把老百姓往门里砸，挺凶的样子。这或许就是国民党军当时采取的戒严措施吧。

等到大伙都躲起来了，街上“轰”的一声，房子瑟瑟掉土。过了一会儿我奶奶从窗口往外一看，街道上一片火红，那个兵还蹲在沙袋后头呢。

那一夜炮声不断，解放军的炮火很有目标，都是打国民党的军事目标。天津的国民党军队大多选择公用建筑设防，比如学校、电影院，或者是交通要道一类，大概前者比较坚固，容易设防，后者是防守的要点吧。所以天津之战中，公用建筑损失惨重。天津的普通民房国民党军队驻扎的不多，因为这些房子低矮简陋，没有战术价值，而且从后来的情况看，国民党军队主要还是依靠市郊的既设防线进行防御，没有做好巷战的准备——整个解放战争中，除了四平街，国民党守军始终没有很好的巷战表现。所以，躲在家里比往外面跑安全多了。

我奶奶那个旅社就比较安全，它在纺织厂的后面，离街道比较远。我奶奶说她搂着两个女儿，担心完了我爷爷担心北平的孩子们，末了听着外面的爆炸声倒无端地担心起那个兵来了：“老百姓可以躲炮弹，当兵的怎么办呢？他把老百姓赶回去，自己可不能走。他家里没有人担心他吗？外面炮弹‘当当’地炸，那当兵的也是人，那也是肉做的啊。”

我奶奶说那天旅社不远处海河上有一条船被炮弹打中了，发出凄厉的怪叫声，十分吓人。现在想可能是炮弹把锅炉撕裂了，蒸汽喷出来带动汽笛才会如此吧。

炮声持续不断，第二天白天，炮声稍微稀疏了一些，我奶奶和几个工人到街上，只见满地是几尺深的大坑，然后就看见那个兵倒在街心，鼻子里、眼睛里、耳朵里都流出血来，眼睛睁着，死在那里了。这个时候就又开始打炮，他们就又跑回去。到了晚上再出来，看见那个兵还在那里躺着，衣服都被人解开了，棉袄敞着，眼睛还睁着，地上丢着几封信，信封有红的，有黄的。

后来人家说，当时市面上很乱，有些人专门抢死了的兵。因为兵没有家，也没有亲戚，抢了就抢了。兵攒下点儿钱都只能带在身上，时局太乱，也不是随时能寄回家去。打死了，钱就让这些人抢去。后来萨娘家出了些钱帮着掩埋尸体，那时候当兵的身上往往都带着书子（信），内容也都差不多，就是大哥大嫂大爷大娘，我是哪地哪村出来的（多半还说明白是让人抓的，或者是打日本当的兵），现在回不去了，善心的帮我给家里报个信儿，腰里钱您都拿了去，做好事有好报，到那边给您磕头什么的。可怜这些书信多半是扔到当兵的身边了，也没有人管，那些人惦记的就是当兵的身上那点儿命换的钱。我奶奶对那个兵一直记着，可也不知道他是不是有家，是不是也知道他最后死在天津的大街上了。

炮声和枪声都稀疏下来是第三天清晨的事情。听不到这些令人担心的声音，高军医就说，肯定是傅总司令不让打了，和平了——他还没意识到天津已经失守了。

那个时候的华北国民党部队好像对傅作义非常信任——忠诚倒谈不上，是很相信他有办法。

（5）天津解放

高军医就曾经向我外祖父讲过傅作义，有两件事情印象深刻。第一个说傅作义部队的骑兵多，结果就有美国人运来战马卖给他。当时谈好了价钱，可是美国人到了塘沽又和其他部队联系，想乘机敲傅总一笔。怪他违约还很傲气，意思是你不买我还不卖呢。傅很生气，就下令给华北的所有国民党军，谁也不许买他的马，同时命令天津港口不让他的船出海。结果美国商人走投无路，熬了两个月，只好在船上用枪把马都打死了。这个现在叫贸易摩擦，不算什么，那年头可不是每个国民党大员都敢和美国人叫板的。第二个是傅作义当时已经可以自己发钞票了，这之前傅老总也吃空饷。他可不是往自己腰包里吃，这是因为国防部给的军饷总是打折扣，傅作义这样做可以使他的部队待遇好些。傅吃空饷有讲究，就是部队里专门有吃空饷的编制，打仗的部队不能吃空饷，吃空饷的不打仗。因此，打仗

一代名将傅作义，在整个平津战役中却一筹不展

陈长捷战败被俘

北平和平解放

的时候不会因为兵员不足吃亏。另外，高军医还说每次见傅总都是一身布军衣，一点儿不讲派头。

但是这一次，据说陈长捷到最后一刻还在和北平联系呢，傅作义是真的一点儿办法也没有。

陈长捷是否在萨娘家被捉，没有有力的考证，因为当时活捉陈长捷的解放军战士说他们寻找的是日军原来建造的“忠烈祠”，是在地下室里。萨娘家里哪来的日本“忠烈祠”呢？这可能有两个解释：一个是当年萨娘家的房子曾经被日军征用过，他们确实可能在地下室搞过忠烈祠；另一个是陈有可能是到了耀华中学指挥战斗，所以活捉陈长捷另有其地。但是萨怀疑陈长捷被捕的地点有可能是在萨娘家的中楼地下室，因为陈的住所一直在那里，而且当时的记录显示陈被捕的时候隔壁是国民党军的通讯中心，假如陈变更指挥位置，这个是无法一起搬走的。最后，国民党的通信兵说明他们的通讯网已经中断，很有可能他们是利用附近天津电信局或者天津邮电局的民用线路。这座大楼在萧华将军最初的炮击中被毁，和国民党军俘虏的供状吻合。

萨娘一家从防空洞出来是第三天的上午了，已经可以看见解放军的士兵。

高军医上前去说明了一番，解放军很和气，连高军医也没有捉，让他和萨娘家的人到北楼暂住。萨娘家的人后来对解放军的纪律十分佩服。他们对萨娘家里人非常客气，也没有任何难为。

但是很快就出了一件事情，解放军叫所有的老百姓都出来分着站队，来了好几个带手枪的人，看来是军官，命令男人站到一边，女人和孩子站到一边，开始互相认，认成一家的就可以回北楼去了。这个时候萨娘就看见她身边站着的一个女人像筛糠似地哆嗦，脸色煞白。大家族人口多，她也不认识这是哪个姑姑叔叔家的人，还以为她生了病。后来解放军就把这个女的带走了。其他的人也不再辨认，都回去。原来这个女人，就是陈长捷的太太，有俘虏供认她躲进了老百姓里面。陈长捷 1968 年杀妻自杀，当时一起死难的，莫非就是这位太太？

过了几天，就有解放军的人来找萨娘的爷爷，说解放军要暂时征用这个地方做司令部。当时已经知道了是刘亚楼来打天津，大家都以为来的会是他，但实际上把这里作为司令部的是炮兵名将萧华。据说萧华将军后来在“文革”中晚节不保，但是在天津他的口碑不错。就是他和我曾外祖父谈，让他联合一些工商界人士出资埋葬死亡的国民党士兵。有趣的是院子里先驻进来一队华野的兵，因为人数不详，不知道是多大的编制。

怎么能够区分是华野的人呢？这是他们自己说的，同时他们的作风也不一样。东北来的兵都是昂着头，枪好，很傲气的样子，也不大理人。华野呢，是那种纪律特别好，对老百姓特别好的作风。不由分说就要给萨娘家挑水——我大舅后来说，天津的自来水供应基本没有中断，要挑哪门子的水啊？还有个警卫班吴班长，人很好，用三轮车带着孩子们玩，一个急转弯摔了萨娘。萨娘当时哇哇大哭，吓得吴班长脸色发白——伤了老百姓的孩子在当时部队是大事。连续几天他用自己的津贴买糖果给萨娘安抚，生怕她到首长那里告状。实际呢？当兵的对孩子毫无经验，孩子么，哭过了就完，哪有不依不饶的呢？

萨娘记得很清楚的是萧华进驻的那一天，来了好几辆吉普车。孩子们就都扒着窗户看，听解放军的兵讲过这些将军们传奇般的故事，都想看看这大将军是什么样子。

萨娘可能看见了萧华，也可能没看见。因为她当时的注意力被另外一个人吸引过去了。有一辆吉普车门一开，下边战士扶着，下来一个身材高大、面容威武的军人，可是他却不能动，要拄上双拐，然后一挪一挪地往前走。萨娘后来说她就想这个人挺可怜的，怎么要这么走呢？可是当兵的都对他很尊敬的样子。后来才知道，这位拄拐的将军不是别人，就是陪着贺子珍去苏联、在中国人民解放军中有名的“独腿将军”——钟赤兵。他是萧华在天津战役的搭档，也在这里办公。

我奶奶在天津战役里面也是毫发无伤，看到战争结束，她就到火车站去买票回北平。结果人家告诉她，北平还被围着呢，也许也要打。我奶奶那几天急得不行——假如北平真的打了，那边四个孩子会怎么样呢？

终于有一天，有人告诉她，傅作义宣布投降，北平不打了，和平了。

我奶奶说，当时就想跪下来，给傅作义磕个头。

平津战役，最后的一仗，就是在天津。

第四章

漂洋拾遗

一、大洋上的雄狮——纳尔逊

这家伙天生就是个亡命之徒，每战必身先士卒，喜欢战斗在最危险的地方。

他的这种身先士卒和麦克阿瑟那种不同，麦克阿瑟虽然也喜欢在枪林弹雨下走来走去，但无论在巴丹还是科雷吉多尔，从来没有一个日本兵打中过这个大个子，他只有运气没有教训。我们要说的这位老兄每次作战几乎都要付出血的代价，1793 年，在土伦的围攻战中，他丢掉了一只眼睛。1797 年的加那利群岛战役，他又丢掉了一只手臂。1798 年，在阿布基尔，炮弹把他的前额击伤，一块撕开的皮肤垂下来遮住了视线。他不肯比普通士兵优先治疗，同时以为自己负了致命伤，他倒在卫士怀里，喃喃地对部下说道:“请转告我的妻子……”听到这样的嘱托，他的这位部下不禁耸耸肩，因为将军此时正和一位埃玛·哈密尔顿夫人打得火热，和自己的老婆闹冷战呢！无论负多重的伤，这家伙只休息几个月，就又生龙活虎地出现在战场上，而且照旧冲到第一线，乐此不疲，直到特拉法尔加海战中一位法国神枪手一枪打断了他的脊梁骨。

这位不要命的老兄就是英国海军名将霍雷肖·纳尔逊。他的勇敢，赢得了包括敌人在内的水兵们的尊敬和爱戴，只要一声令下，水兵们愿意为纳尔逊勋爵赴汤蹈火。

纳尔逊，1758 年出生，英国诺福克郡人，在英国海军中，属于战神一类的人物。那个时代，可以说无论法国人还是西班牙人，在海上碰到这位

纳尔逊画像，巧妙掩饰了他受伤的手臂

描述纳尔逊在海战中负伤的油画

以纳尔逊的名字命名的英国二战主力战列舰“纳尔逊”号

独眼独手的老家伙都是望风而逃。在陆地上，拿破仑横扫四方；在海上，则是纳尔逊雄霸天下。他的一生就是一连串辉煌的海战记录。

纳尔逊出身贫寒，小的时候家里很穷，幸亏他的舅舅是一名舰长，后来还当上了皇家海军的会计长，走走后门，小纳尔逊12岁就得到机会加入了皇家海军。很快，他就依靠自己那种天生的海狼般的本能在众星云集的英国海军中脱颖而出。

20岁，他成为“亨廷布鲁克”号战舰的舰长，同时受到胡德海军上将和杰维斯海军中将的青睐。1797年，他在圣文森特角海战中立下战功，晋升为海军少将。那一次，他违抗杰维斯中将的命令，率舰独自冲出战列，勇猛地对敌舰队迎头截击，冲上敌舰肉搏，迫使西班牙舰队降旗投降。这种不顾敌我兵力“见敌必杀”的主动攻击精神成为了后人所说的“纳尔逊精神”。此后，在阿布基尔、加的斯、特拉法尔加等一系列海战中，纳尔逊留下了一连串的传奇。纳尔逊对于海军的贡献，不仅在于他那狮子般的攻击精神，更在于一系列战术上的创造。

有必要介绍一下当时的海军作战特点。当时的海战沿袭自英荷17世纪的一系列海上争霸战，战术颇为僵硬。当时的战舰火炮大部分部署在船舷两侧，交战双方把战舰排成一线长列，像两道活动壁垒一样用舷侧的火炮互相轰击。这样的作战对适航性和火力的要求压倒一切，只有大型的盖仑型风帆战舰可以长时间可靠地保持在队列中。因此，这种装备二到四层甲板，70门以上火炮的战舰被称为战列舰，这也是这个舰种名称的由来。而比较小又快速，用于侦察和袭击的战舰，则被称为巡航舰。到18世纪后期，木质风帆战列舰的建造达到了顶峰，出现了排水量4000吨，装备130门火炮的巨无霸战舰，即便传说中的郑和宝船巨舰也不过如此。当时的炮弹还是实心的球形炮弹，多少有些力不从心，这时的战斗往往长时间难分胜负，大多数情况下战斗力比较强的一方会把对方击退，从而赢得海战的胜利。因为球形炮弹形成的破口比较小，而军舰上普遍带有木匠，一旦出现漏水就会立即进行修补，除非是正中弹药库或者幸运地在迎风面的敌舰水线处凿开大窟窿，一次大海战，击沉对方的机会相当得小，这样倒霉的战舰 100 艘里大概也只有一艘吧。

于是当时的海战颇为绅士，把对手赶回港湾就大功告成。

然而纳尔逊决不肯满足于击退敌人。虽然没有多少理论指导，纳尔逊丰富的经验使他在战斗中总是创造性地发挥自己的才智。他的海战观念也与其他人不同，纳尔逊认为击退对手不能算海战的胜利，因为虽然那样可以达到战术目的，说到底是把海军当作陆军的附庸看待，如果把海军当成独立兵种，这种击退战并没有改变敌我力量的对比，只有歼灭敌舰，将其打沉或者俘虏，才算真正完成任务。因此，他的作战命令是如果火炮无法解决问题，接下来就要跳帮和撞击，总之绝不半途而废，这种打法令当时流行“点到为止”的传统海军将领大为头痛，无论在阿布基尔还是特拉法尔加，纳尔逊都是把对方打得全军覆没。

他是海战的天才，打破了当时海战的战列线战术，经常在作战中把敌军斩成几段，分而歼之，有的时候也利用敌指挥官微小的一个失误就造成敌军的崩盘。比如阿布基尔海战，法军对他十分畏惧，因此躲进港湾，排成“一”字长蛇阵抛锚大战，结果纳尔逊发现法军首舰和海岸之间有一个不足百米的空隙，他当即派出一半兵力，钻进这个空隙，从反面夹击法军。法国舰队腹背受敌，一字长蛇阵变成了一条火胡同，被纳尔逊打掉了包括“东方”号旗舰的 11 艘战列舰，法国的东方远征就此化为泡影。

如果比较他和拿破仑——两位当时最优秀的统帅——就会有些奇特的发现。

在士兵眼里，拿破仑和纳尔逊都深受爱戴。拿破仑能够对每一个士兵的情况过目不忘，能够在队列中一下子找出某一个老兵来，因此每个战士都以为他效命为荣。纳尔逊更是和粗鲁的水兵们心心相通，有一次听到一个水兵抱怨家信没有来得及赶上邮差，他马上下令邮船返航来取这封信，原因只是“谁知道我这个兵下一仗会不会给打死”？

当然拿破仑不喜欢自己上前线玩命，只有一次在意大利战役的紧急关头，拿破仑抄起军旗直冲敌阵，后来被画成了油画。平时他反对指挥官拿自己的性命去好勇斗狠。纳尔逊呢，上面已经介绍了。

纳尔逊画像

英国皇家海军博物馆中保存的纳尔逊制服

纳尔逊柱顶上的纳尔逊石像

两个人更大的不同在于战略眼光的不同，拿破仑是伟大的统帅，同时也是卓越的政治家，目光远大，而纳尔逊则完全是醉心于指挥战斗，研究战术问题。前者崇拜的对象是凯撒，是亚历山大，而后者崇尚的是英荷海战中两位以身殉职的海军名将——特朗普和布莱克，他们分别是荷兰和英国舰队的司令官，纳尔逊最终追随他们而去，而且比他们威名更盛。

说起来，两个人都没有辜负自己的偶像。

其实纳尔逊这个人，只要不是在海战里面遇到他，他的头脑似乎就不能算是很精明。1798 年，拿破仑东征埃及，纳尔逊率舰截击，就吃了不少苦头。首先是他到达土伦的时候已经太晚，拿破仑的运输船已经跑得不知去向。这还可以算是天公作梗，可是他接下来的判断离了谱，法国一直宣传土伦的部队是登陆英国的左翼兵团，纳尔逊信以为真，全军转舵向西，扑向地中海通向大西洋的咽喉——直布罗陀。天，这时候拿破仑正破浪向南走呢。等到纳尔逊从几个美国商人那里知道拿破仑已经拿下马耳他，他才赶紧掉头往回赶，这时候拿破仑慢腾腾的船队已经赢得了一个月的时间。纳尔逊依然犹豫不决，又派舰到埃及侦查。侦查结果不佳，他竟然异想天开地判断拿破仑的目标是土耳其，结果在他武装大游行的时候，拿破仑已经拿下了开罗。1805 年，拿破仑要登陆英国，也是派出一个分舰队实施佯动，纳尔逊马上稀里糊涂地跟着横渡大西洋直奔美洲而去，要不是维尔纳夫在地中海正碰上一场暴风雨出不了港，等纳尔逊发现上当只怕英格兰银行已经换了主人，也就谈不上令他名垂青史的特拉法尔加海战了。看来就是大英雄也不免有局限。

然而，瑕不掩瑜，纳尔逊对英国海军百年海权的确立做出了卓越的贡献，这一点，英国人体会最为深切。特拉法尔加海战后，报捷的英国军官对海军大臣的第一句话就是："先生，我们打赢了特拉法尔加，但是我们失去了纳尔逊勋爵。"

特拉法尔加海战是拿破仑试图与英国争夺制海权的最后一次努力。1805 年 10 月 21 日，法国和西班牙的联合舰队与纳尔逊率领的英国舰队在特拉法尔加海面展开决战。此战中，由于纳尔逊指挥果断，战术正

特拉法尔加海战

纳尔逊的旗舰“胜利”号，保存至今

纳尔逊在“胜利”号上被击毙瞬间

确，法西舰队最终溃败。法军开始溃败后，纳尔逊乘坐的“胜利”号战列舰与法国战舰“敬畏”号接舷格斗，逼其投降。法军宁死不屈，奋勇反击，双方战局一时胶着不下。此时，在“敬畏”号桅杆上的一名狙击手发现了纳尔逊——他按照英国海军的传统，在战斗中身着礼服，十分显眼。J·F·C·富勒在《西洋世界军事史》中描述了纳尔逊的最后时刻——“当纳尔逊正在后甲板与舰长哈迪一同指挥时，从‘敬畏’号的船桅上突然射来一颗子弹。子弹击穿他左肩的肩章，透进了胸部，嵌在他的脊椎骨上。他一下子扑倒在船面上，他在被扶起来后说：‘他们终于把我解决了。哈迪……我的背脊骨已经被射穿了。’他被抬入船舱，到下午 4 点 30 分钟，在得知会战已经胜利的消息之后，才安心死去。”

“感谢上帝，我已经恪尽职守。”是纳尔逊留下的最后一句话。

今天，如果有幸到英国去，您仍然可以看到纳尔逊打赢特拉法尔加战役的旗舰“胜利”号锚泊在朴次茅斯军港的码头上，而它的对面，它下水那年建造的纳尔逊勋爵石像，正站在纳尔逊柱的顶端，永远地眺望着远方的大海。

为了纪念这位大洋上的雄狮，英国海军水兵的帽子后面从此多了两条黑色的飘带来纪念纳尔逊，这一装饰也被很多国家的海军所采用，包括中华人民共和国的人民海军。

二、让英国海军发疯的“古代骑士”—— 冯 · 卢克纳尔伯爵海战记

“陛下，给我一条纵帆船出海一战吧，让我把英国佬打得灵魂出窍。”

(1) 冒险的赌局

假如这是在中世纪，这样敢于挑战大不列颠的军官固然有些鲁莽，但至少会获得勇敢刚毅的美名。

然而，当德国皇家海军菲力克斯 · 冯 · 卢克纳尔少校当面向威廉二世皇帝提出这个建议的时候，时光已经到了 1916 年。且不说德国海军在日德兰海战刚被英国人打得缩回基尔港口不敢出门，这位少校提出要用来和英国人交战的居然是一艘帆船！这个时候，对于大多数水手来说，帆船早已成为古董了。

因此，从上述要求判断，冯 · 卢克纳尔少校需要的大概不是一艘帆船，而是一个比较好的精神病医生吧。

然而，威廉二世却认真地听取着这位少校的“疯话”。

不是每一个帝国的少校都有机会和皇帝陛下来一番这样的恳谈，但是卢克纳尔不是一个平常的少校，他是德国著名贵族卢克纳尔家族的长子、普鲁士伯爵，他的家族世代盛产骁勇善战的骑兵将领。更让威廉二世相信他没有疯的原因是这位皇帝对此人的经历了如指掌。卢克纳尔伯爵相貌堂堂，是德国贵族中的另类，他从小富有反叛精神，胆大心细，善于独出心裁。此人 13 岁就混上远洋轮船，用假名当过货船的侍者、灯塔看守员、救

冯·卢克纳尔伯爵头像

世军团员……甚至还混到墨西哥的军队里当过兵，他还当过铁道工人甚至农民，纯粹是为了锻炼自己。这家伙没有在墨西哥的内战中把性命送掉，相反发了一笔小财，说明卢克纳尔天生就是那种冒险家。

此后，伯爵进入航海学校，当了八年海军士官，从海军出来，先后五次见义勇为，抢救落水儿童（不仅是儿童，还有妇女和寻短见的）。插一句，连续五次下水救人这个事情有些奇怪，老萨活了四十几岁，还一次这样的事情都没有撞上，老卢居然能碰上五回，难道是人家看见他就感到对世界绝望了，要跳水自杀？因为这些事迹目击证人们要求给他授奖，他却学雷锋拒绝领奖。当然最后这些事迹还是被宣传了出去，以至传到了皇帝的耳朵里。战争爆发的时候，卢克纳尔伯爵正以少校身份在公海舰队服役，参加了惊心动魄的日德兰大海战。

威廉二世因此认定卢克纳尔少校的独出心裁并非发疯，而一定有他自己的道理。

卢克纳尔的确有自己的主意，他向威廉二世再次解释："我们海军的头儿们认为我是在发疯，既然我们自己人都认为这样的计划是天方夜谭，那么，英国人一定想不到我们会这样干的吧，我认为我可以成功地用古老的帆船给他们一个教训。"

这段话充分体现了卢克纳尔独特的思维，他的想象力浪漫而实用。

一位被他俘虏的意大利船长写过自己被俘的经过，也能够反映卢克纳尔的狡诈："那艘帆船的船长很客气地请我到他的船上做客，我们走进他的船长室，在桌子前坐下。就在这时，整个桌子忽然落下，原来这桌子下面是一个电动的升降台！等我明白过来，周围已经有20支枪指着我的脑袋，而那位风度潇洒的船长则脱去制服，露出了德国海军的军装，宣布我和我的船成了他的俘虏……”

这自然是伯爵的手笔了，把饭桌变成可以升降的笼子，既体现了卢克纳尔的想象力，又体现了德国人热衷机械的特点。

威廉二世被说动了，他同意了卢克纳尔的计划，用一条帆船去袭击英国人的海上航线，指挥官当然就是卢克纳尔本人——他赌对了，卢克纳尔没有疯，倒是几乎让大英帝国的海军部差点儿疯掉。

（2）20世纪的风帆战舰

得到皇帝的支持，卢克纳尔终于有机会实现自己的梦想了——用一艘古老的风帆战舰充当水面袭击舰，在英国佬的后腰上狠狠捅上一刀。这个离奇而富有古老浪漫主义的计划让卢克纳尔干劲儿倍增，不过，事情还是有很多麻烦的。

完成这个计划要找到一艘合适的船。不幸的是德国这个工业化进程迅速的国家没有保留多少古老的风帆战舰，风帆游艇倒是不少，无奈吨位太小，不适合出海作战。勉强找到的几艘大型帆船造型上又都有着鲜明的德国风格。卢克纳尔开始羡慕英国人了。英国因为是老牌殖民帝国，在世界的各个角落都保留着不少老式的帆船，要是能借来一艘……

无巧不成书，卢克纳尔伯爵正在伤脑筋的时候，前几天还把他当疯子的海军部来帮忙了——他们想起1915年的时候德国潜艇曾经抓过一艘英国大帆船，给卢克纳尔用正合适。这艘英国船就是格拉斯哥建造的“巴马哈通行证”号，三桅纵帆船，排水量1571吨，它在1915年从纽约开往阿尔汉格尔斯克途中，被英国海军征用，不料没走几里就碰上了德国潜艇。因为挂着英国旗，德国海军不由分说连人带船就一锅端了，还缴获了一船美国棉花。

用商船改造成伪装巡洋舰再出海打猎是德国海军的拿手好戏，不过没人动过这艘船的主意，这玩意儿是1888年的老古董，而且下水的时候就已经很落后了，那时候中国建造的“平远”号装甲巡洋舰已经是蒸汽铁甲，威风凛凛，比卢克纳尔的爱舰先进多了。

现在卢克纳尔提出了古怪的要求，人家就想起来了——对了，这儿还有一艘废物，你要，就拿去吧。

卢克纳尔可不嫌弃，相反如获至宝，这种纯血统的英国帆船可是最理想的伪装，他不但立刻收下了这条船，而且给它起了个响亮的名字——“海鹰”号。

于是，在卢克纳尔爵士的亲自设计监督下，这艘老舰就被送进了船坞，开始古怪的改造工程。

改造中的“海鹰”号，附近还有几艘备用帆船，不过都因为德国味太浓，不能为伯爵所中意。

卢克纳尔的要求处处和普通的船只不同，他设计了一个精美的船长室（包括那个古怪的饭桌升降机），而船舶的武器库和两门107毫米炮藏得十分隐蔽，就是登舰检查，如果不知道暗门在哪里，也很难发现它们的存在。同时，他下令建成特别巨大的能存储燃料和饮料水的舱室，船员住舱之外还准备了多达400张床铺的特殊住舱。您说伯爵你要开旅馆啊？没错，卢克纳尔船长考虑得十分周到，他想的是碰上了海上的英国船，自然不会客气，可是俘虏的船员总得让人家吃好睡好吧。

要不怎么说卢克纳尔伯爵被称作“古代骑士”呢？他还是很崇尚骑士精神的，英国人对这一点也很钦佩，不过“古代骑士”的称呼只是私下里说说，官面儿上还是把这个神出鬼没的家伙叫作“海上幽灵”。

不过准备400张床，伯爵的胃口未免大了点儿……

这艘改装的袭击舰还装上了两台蒸汽发动机——打起来总不能真的靠帆追敌人的汽船吧。最后，卢克纳尔让小伙子们在船舱面上覆盖满杂乱的原木，外人眼里“海鹰”号就成了地地道道老式的木材运输船，说不定人家还要想——都是因为战争啊，连这种老掉牙的家伙也要出来拉货了。他

卢克纳尔伯爵的“海鹰”号

1884年中国自制的“平远”号巡洋舰，其性能远远超越了“海鹰”号，可见“海鹰”号在当时的落伍

们不知道这老家伙实际上有小伙子都不如的好牙口。

看着伪装巧妙的“海鹰”号，伯爵志得意满，就等着出海打猎了。

当时，德国的海口已经都被英国海军封锁，要出港除了硬闯，就要装扮成中立国的船只。卢克纳尔把“海鹰”号装扮成了一艘挪威船。

伪造航海日志未免危险，卢克纳尔伯爵这回当了一次间谍，他在德国特工帮助下，在哥本哈根冒港务监督埃克曼之名，单身溜上了一艘很像“海鹰”号的挪威帆船“马耳他”号，从船长室偷出了一套完整的航海日志。在他的心里，这种冒险游戏显然很对胃口，而“马耳他”号粗心大意的船长做梦也不会想到他这样一艘老式帆船的航海日志丢失和正在进行的战争有何关系。

“海鹰”号做好了出击的准备。

（3）“海鹰”碰上了“复仇”

卢克纳尔伯爵的准备可算天衣无缝，但是上帝却想和他开个玩笑，在他等待出港的时候，德国间谍报告，那艘真正的“马耳他”号已经出海，行踪不明。这下子热闹了，如果英国海军同时在两个地方碰上两艘“马耳他”号，卢克纳尔的把戏马上就要穿帮。

不过这难不住德国人，卢克纳尔找来专家对那本航海日志进行了修改，“海鹰”号就摇身一变，成了挪威帆船“伊尔马”号。12 月 16 日，“海鹰”号满载补给品，开始了远征，目标是协约国在大西洋上的运输线。

选择这个时间出海是有原因的，这时正是北大西洋狂风骇浪的季节，有利于“海鹰”号避开英国海军在北海封锁线上执勤的舰艇，同时，卢克纳尔还有一个想法，那就是马上要到圣诞节了，英国人不回家过节么？他这是盯着人家回家过年呢，这想法和黄世仁一模一样，您看，欧洲的老财和亚洲的地主思维上没多大区别。

说起来我要是英国人，真的可能回家过年了，因为英国为了封锁德国海岸，不但派遣了大批舰艇昼夜监控各条水道，而且布设了数万颗水雷。

英国人的水雷的确战功卓著，第一次世界大战中德国潜艇被英国水雷炸沉了 44 艘，据各种兵器击沉数量之首。后来，受到战果鼓励，美国参战后，英美在设得兰群岛和挪威西南角之间海域所布设的“北海大雷障”成为历史上最长的雷阵。有这样一道水雷长城顶着，英国人应该高枕无忧才对。

实际上，英国水雷的战果在北海的并不多，虽然这里的水雷最多，最密。北海的雷阵对德国人威胁不大，因为它布设的方位和数量都被德国间谍准确地报告回去了，所以“海鹰”号穿越英国人的水雷长城不费吹灰之力——这也多亏了它的水兵技术精湛，操纵灵活。那时候有经验的帆船水手凤毛麟角，卢克纳尔哪儿找来这么多好水手呢？原来幸好德国海军为了保持水兵的坚毅精神，对水兵依然保留有古老的帆船远航训练项目，所以，“海鹰”号能够从军中找到足够的熟练水兵来操纵它的帆缆。今天，帆船远航训练依然是一些国家海军的标准训练项目。

12 月 24 日圣诞夜，“海鹰”号顺利突破英国海上封锁线，抵达冰岛水域，大西洋航线已经在望，卢克纳尔松了一口气，觉得自己的运气还不坏。

然而，25 日圣诞节的晨光刚刚笼罩海面，“海鹰”号就发现在自己的前方驶来一艘大型战舰，桅杆上赫然飘扬着大不列颠的米字旗！

来者是英国皇家海军辅助巡洋舰“复仇”号。原来，英国人也不傻，该过年过年，但是估摸着德国人会乘这机会玩点儿花样，所以，巡逻上不但没有放松，而且特别加强了对于北海航道的监视。

“海鹰”号和“复仇”号狭路相逢。

“海鹰”号的火力只有两门 107 毫米炮，硬拼显然不是对手。然而，卢克纳尔并不紧张，他镇定自若地按照英国人的要求停船，迎接英国的检查员登船检查。

英国的检查人员乘坐小艇登上了“挪威帆船伊尔马”号。德国人紧张，英国人可不紧张，他们情绪不高，只不过是例行公事罢了，如果认为这样一艘古老的纵帆船是德国人的袭击舰实在滑稽，这种想法大概和中国足球队会夺取世界杯一样荒唐。英国人是理智民族，没有这种失去理性的想法。

果然，卢克纳尔这个古为今用的招数，除了他自己，十个有九个会认为是发疯。

挪威船长卢克纳尔热情而自然地回答英国人的各种问题，航海日志有点儿模糊？可不是，都是这鬼天气搞的，上次我的船长室进水，所有文件都被泡汤啦。想看看船员舱室？没问题，跟我来。

卢克纳尔的船员都结结巴巴地能讲一口英语，可是带着浓厚的挪威口音，和英国人交流起来很困难——苦功夫的训练派上了用场。英国人在船舱里看到墙壁上贴着挪威的风景，桌子上是给奥斯陆大学女朋友写的家信……哎，圣诞节还要出海，苦命啊。同病相怜的英国检查人员和卢克纳尔船长握了握手，双方互致旅途愉快的信号后，英国水兵又忙着去找“真正的”德国袭击舰去了。

看着“复仇”号远去的舰影，卢克纳尔点上一袋烟。

远望大西洋上的船影，伯爵刀刻一样的面孔上露出了一个狰狞的笑容，洁白的牙齿显露出食肉动物的本相。

1917年1月9日，英国大型运输船“皇家加蒂斯”号在阿德雷斯群岛水面看到一艘孤零零的老式帆船。这时，“皇家加蒂斯”号正照例从英国开往阿根廷，船上装载着5000吨煤炭。那艘帆船发现“皇家加蒂斯”号以后，打出了一个信号——“请告知正确的时间”。

“皇家加蒂斯”号的波特老船长看到对方的桅杆上飘扬着中立国挪威的旗帜，感到颇为同情，也就是他这个岁数还能够记得年轻的时候驾驶帆船是怎样的不容易。因为长期出海，如果时钟出了什么问题，无法搞清时间可是个大麻烦。波特船长不疑有他，渐渐驶近对方。

毋庸多说，这艘“时钟出了问题的挪威帆船”正是卢克纳尔的“海鹰”号，“皇家加蒂斯”号正是他遇到的第一个猎物。

卢克纳尔已经观察了“皇家加蒂斯”号很久，尽管它没有悬挂国旗，但还是判断出了它是一艘英国船。不过，鉴于猎物太大，且看来马力强劲，卢克纳尔爵士可不想和它来一次赛跑，于是，就拿出了这个请君入瓮的招数。

正当“皇家加蒂斯”号忙碌地用旗语向对方通报正确时间之时，一个意想不到的场面出现了。那艘挪威帆船的国旗忽然落下，取而代之的是德国的海军旗！与此同时，帆船侧面的护板落下，亮出了闪光的炮口。

卢克纳尔下令——向来船前方炮击警告停船！

“轰”！“海鹰”号第一发炮弹出膛了。

奇怪的是，面对炮击，“皇家加蒂斯”号却摆出一副毫无反应的姿态，既没有下令停船，也没有加速逃跑，依然大大咧咧地开了过来。

这个反常的架势，倒把卢克纳尔吓了一跳。炮弹出膛以后，卢克纳尔等了好几分钟，但是“皇家加蒂斯”号毫无动静，船上的水手各忙各的接着发信号通知“海鹰”号现在是格林威治时间几点几分，仿佛德国人放的不是大炮而是炮仗！

卢克纳尔下令第二次发炮警告，这次的炮弹直接打在了“皇家加蒂斯”号的船头前方。

英国人终于有了反应，但不是停船投降，而是船头左右摇摆，像跳小步舞一样走起之字型的反潜航线来。

莫名其妙的德国人连发两炮，一发打在“皇家加蒂斯”号船尾后方，一发超越桅顶。按照国际公法，拦截敌国商船，四发警告射击之后如果对方还要逃逸就可以击沉了。

还好，英国人好像突然醒悟过来，乖乖地挂起了白旗，停船投降了。

“皇家加蒂斯”号是“海鹰”号的第一个牺牲品。

卢克纳尔很有绅士风度地请英国人的所有船员转到“海鹰”号来，然后派一个小分队登上比“海鹰”号大三四倍的“皇家加蒂斯”号，炸开通海门，把它送进了海底。

眼看着这条大船渐渐翻沉，卢克纳尔才饶有兴味地把还在伤心的波特船长请来了，落座，倒上咖啡问：“我开炮你怎么不停船啊？多危险呐。”

波特船长苦笑一声，他到现在还以为自己在做梦呢，居然糊里糊涂让一艘博物馆里出来的老古董给俘虏了。

原来，“海鹰”号的伪装太逼真了，以至于它亮出德国海军水面袭击舰的身份，波特船长根本就没有注意到。“海鹰”号第一次开炮，他的理解是对方在放礼炮，还觉得这位挪威船长很古典。“海鹰”号第二次开炮，因为炮弹在他前面爆炸，波特船长总算明白过来这不是礼节，但是他还是没意识到“海鹰”号是敌人，而认为是挪威人发现了德国潜艇，提醒他注意呢，所以他马上改走之字航线，躲避潜艇。然而“海鹰”号接着又是两炮，他这才如梦方醒，发现对方的桅杆上换成了德国海军旗，大炮正对着自己的驾驶室呢！

从“皇家加蒂斯”号开始，协约国的船只在大西洋上接二连三地落入卢克纳尔手中。

1月10日，“海鹰”号的瞭望哨发现了一艘没有国旗和船名的轮船迎面驶来，但是从船体特征看，这显然是一艘英国船。

卢克纳尔变了一个新的花样，他掉转航向，做出要横穿那艘船前方航线的姿态。一般来说，对方船长在这种情况下都会减速让道，因为帆船毕竟比不了汽船那样机动灵活，这是对弱者的照顾。就像马路上，如果您看见一辆汽车后窗户上贴着“实习”，总会让三分一样，是一种文明礼貌。如果对方减速，卢克纳尔就会顺势派人跳过去夺船。

不幸的是这艘船的船长显然没有绅士精神，它大大咧咧地开过来，毫无减速的迹象，幸好德国水兵技术精湛，否则就要被这莽撞的家伙擦上了。

怎么净碰上这样的轴人呢？卢克纳尔未必不会这样琢磨。

伯爵毕竟是海上老手，他索性操舵一个左转，和来船形成了平行的航向，同时，升旗，放警告炮，喊话：我是德意志皇家海军，来船停航！

四发炮弹飞过，那条船猛然一顿，立即掉转航向，提升马力没命地逃跑。这还了得，面对人家的大炮，这么近还敢跑？我的船是追不上你，我的炮还能追不上你吗？卢克纳尔下令开火。

第一弹就击中对方烟囱，第二弹给船身开了个大窟窿，满载法国陆军用砂糖的英国轮船“伦蒂岛”号终于停了下来。

一队德国兵气势汹汹，如临大敌地就冲了上去，心想这船长真够横。等冲进“伦蒂岛”号的船长室，才发现船长哆嗦得跟树叶子似的，哪有半点儿横劲儿啊。德国人不解了——你害怕还不赶紧停船，跑什么啊？

船长光哆嗦不说话……

“伦蒂岛”号动作莽撞的逃跑行动使卢克纳尔以为会碰上一个胆大包天的英国船长，谁知道对方不但胆子不大而且很紧张。他详细地查问之后，才弄明白了事情的原委。

原来这位船长实在是一个倒霉蛋，就在几个月前，他的船刚刚碰上了德国伪装袭击舰“梅沃”号，当然是人被抓，船被沉，而且还被迫签署了一份声明，表示不再参与英德战事。这当然是权宜之计。过后，船长换了份工作，又登上了“伦蒂岛”号，哪知道屁股还没坐热又碰上了卢克纳尔这个“海上幽灵”，他想着自己那份声明还在德国人手里，这要是再被抓去还能有好么？之所以拼命逃跑，他不是胆量大，是吓过头了。

卢克纳尔耸耸肩，对这位船长抚慰了一番，让他和“伦蒂岛”号的船员转到“海鹰”号上来——他心里明白这种强人所难的声明一文不值，所以也不深究。“伦蒂岛”号呢？那就不要客气了，把计划给法国兵吃的砂糖装到“海鹰”号之后，一阵炮击，这艘运气不好的轮船就找海龙王开 Party 去了。

1 月 21 日，“海鹰”号渡过了赤道，进入南半球。就在这一天，他们又望见了下一个牺牲者，法国的“查勒斯伯爵”号。卢克纳尔准备故伎重施，再来一次“现在几点了”的表演。但是不等他表演，法国人却主动地靠了上来，这运气好的卢克纳尔都不敢相信，当然二话不说，放炮升旗抓俘虏。原来，法国船的无线电发生了故障，已经有几天不知道新闻了，非常想从这些“挪威人”那里知道现在仗打到了什么地步……法国人如愿以偿了，他们得到了最新的作战新闻——“德国海军‘海鹰’号袭击舰在南大西洋击沉法国船‘查勒斯伯爵’号”。

1 月 24 日，击沉运载布匹的加拿大“佩西”号。“佩西”号船长的新婚妻子是挪威人，小两口新婚燕尔，蜜里调油，所以干脆和丈夫一块儿出海看看风景。和“海鹰”号相逢的时候，看到丈夫三次升降挪威国旗致敬而对方毫无反应，不禁火冒三丈，准备乘小艇去向同胞找面子，结果却成了“海鹰”号上第一个被俘的女客。卢克纳尔命令给船长和夫人开一个单间。

2月4日，在狂风中追上了法国“安特南”号。有趣的是“安特南”号也是一艘优美的三桅帆船，它的船长运动员出身，非常浪漫，在船舷画上了两排漂亮的炮窗，俨然古代战舰。航行中，这位船长惊异地发现一艘同样古老的三桅帆船满帆紧追过来——哈，和我赛船啊。法国佬不走脑子就升帆和卢克纳尔玩奥林匹克帆船大赛了。结果一追就是几十里，两条帆船你追我赶，要是此时有别的船上来，肯定以为发生了时空错位。

一赛好几个钟头，看看跑不过人家，法国船长佩服啊——都说我们法国人轴，这有比我还轴的！这船长下令减速，“当”，给紧追不舍的“海鹰”号照了张相，准备和人家交个朋友，问问挪威人玩帆怎么玩得那么好。这时候，他才发现人家的桅杆上，挂着一面德国海军的黑鹰旗……

后来有人和卢克纳尔说：“伯爵你真是浪漫，人家用帆你也用帆，费厄波赖（公平竞争）精神。”

伯爵一声苦笑：“哪儿啊，那是我的轮机出故障了……”

2月9日，捕获意大利“布宜诺斯艾利斯”号。

2月26日，捕获加拿大“英约曼”号，这位船长也是带夫人的，受到了“佩西”号船长夫人的热烈欢迎。

2月27日，捕获法国“拉·罗奇法库德”号。

3月5日，捕获法国“杜普勒”号。

“海鹰”号手风极顺，但是，也有让卢克纳尔伤心动情的时候。

2月19日，“海鹰”号追上了陈旧的英国“平摩尔“号，轻而易举地将其俘获。

但是，当炮手准备摧毁这艘老船的时候，卢克纳尔却拦住了他。平时诙谐幽默的伯爵眼圈红了，他放下小艇登上“平摩尔”号，让部下离去，说是要一个人在船上待一会儿。

伯爵的伤情自有他的道理。

原来，这艘“平摩尔”号和伯爵有着令人难以置信的缘分，早年闯世界的时候，伯爵就在这艘船上当过酒吧侍者和下等海员，航行过一年多的

卢克纳尔指挥“海鹰”号紧紧追击法国纵帆船的场景

大鹰钩鼻和烟斗是卢克纳尔伯爵的经典形象

时间。如今，已经十几年过去了，想不到“平摩尔”号成了自己的俘虏。伯爵后来回忆，在“平摩尔”号上，自己当年的住舱还是老样子，他走到船尾，甚至发现自己少年值更时为了打发时光刻在舱板上的化名菲力克斯·洛克纳还依稀可辨。

伯爵在“平摩尔”号上徘徊良久，最终还是想起了自己的职责，他返回“海鹰”号，命令部下执行沉船命令。

一声巨响，随着放在舱底的炸药爆炸，“平摩尔”号缓缓倾斜，平静地沉入水下。伯爵把自己关在舱里，直到“平摩尔”号完全消失，也不忍走上甲板来看它的最后命运。

一连串船只的神秘失踪，引发了英国海军的极大注意，尤其是“拉·罗奇法库德”号和“杜普勒”号共计携载了10000吨智利产的优质硝石，是制造弹药的重要原料，它们的失踪严重影响了兵工厂的正常工作。

英国海军不是吃干饭的，他们把失踪船只的位置连起来，很快就出现了一条清晰的纵贯大西洋的航迹，据此判断，在大西洋上，显然出现了一艘新的德国袭击舰。

海军部向北海上的封锁舰队询问是否有德国军舰突破了封锁？

舰队司令的回答非常干脆——NO！

那么，会不会是有德国军舰避开了你们的封锁，溜进大西洋？

这实在是一个没脑子的问题，连圣诞节都不能回家的舰队司令觉得这个问题伤害了自己的荣誉，不高兴了，发回一封相当长的回信，内容堪称经典："我的封锁线是北海上的铜墙铁壁，就是一条鱼也休想从北海游进大西洋，还得向我报告，说明白从哪儿来，到哪儿去，为什么要去……"

古代迦太基将领曾经自豪地说过："没有我们的允许，罗马人休想用地中海的水洗手。"

两个回答同样的骄傲，同样的精彩。

海军部没敢再问，但是心里未必相信这个豪迈的回答，过去的一年里，德国人的袭击舰已经有好几艘溜进了大西洋，甚至顺利返航，潜水艇就更别说啦，"北海上的铜墙铁壁"只怕未必那么天衣无缝。

但是，这艘暗藏的袭击舰透着古怪。

失踪船只的航迹遍布赤道南北，这样长的续航力，显然不是当时的潜艇能为，那么，是德国人的水面袭击舰？

这几乎是确定的结论，然而，英国人无法解释三个问题。

第一，这条航线附近英法军舰经常活动，但是从来没有和这艘袭击舰相遇过。英国海军部下令所属舰只对航线附近的所有远洋轮过篦子一样来回筛了几遍，除了闹得人人自危，收获一堆中立国的抗议以外一无所获。这么大的敌舰又不能飞，难道它会隐身？

第二，德国海军袭击舰有个致命的问题，那就是它没有固定的燃料补给，这大大限制了它们的活动能力。包括著名的"科尼斯堡"号巡洋舰都吃了这个亏。那时候的船只燃料都是笨重的优质煤炭，这东西可不是哪儿都有，这艘新冒出来的水面袭击舰居然没有任何补给地在漫长的几个月内、几千里的航线上不断造成船只损失，它的煤从哪儿来的呢？有人说像“埃姆登”号也能活动好几个月，靠的是缴获敌船的煤炭么。但是这次的情况肯定不是这么回事，因为搬运煤炭这种笨重东西需要相当的时间——您家过冬的蜂窝煤还得拉好几板车呢。“皇家加蒂斯”号上的几千吨煤，要都搬到德国人的船上得几天的工夫，但这次失踪的船只往往是很短时间就失去了踪影，显然是德国人一截住它就很快击沉了，对船上的煤不屑一顾。难道德国人是靠太阳能航行的吗？这也太超前了。

第三,一般德国水面袭击舰常常遇到两种麻烦，要么是拦截了中立国的船只，发现弄错后放行，此后它的行踪自然暴露；要么在救生艇上漂泊的遇难船员获救，自然也就知道了德国人的行迹。

然而，这次的事情也很邪门，这一时期，中立国的商船从未遭到过可疑船只的拦截，而且，失踪船上的人员也像蒸发了一样完全没有了踪影。所以英国人只是推测有这样一艘船，但是敌舰究竟是何方神圣，长什么样，有多大的战斗力，完全没有概念。

英国人觉得奇怪，德国船如果不靠近，怎能区分出对方是不是中立国的船只呢？失踪船只的船员怎么会一个都没有获救的呢？

越想越想不明白，气得发疯的英国海军部一面通知沿线舰只加强戒备，一面把这艘德国袭击舰命名为“海上幽灵”。后来卢克纳尔知道了这个外号，还很满意。

事实上，这三个问题都并不难解答。

对于第一个问题，“海鹰”号当然不会隐身，英国的军舰其实多次和它碰过头，但它那一副老古董的样子无论如何也不会让人把它和德国袭击舰联系起来。这就像今天，你如果想袭击奥巴马，一个壮小伙子荷枪实弹大概还没接近就让保安给毙了，要是一个八九十岁的老太太，手提包里装块板砖可能不费劲就把他开了。出其不意，“海鹰”号就是那个手提袋里装板砖的老太太。英国人的脑子比卢克纳尔慢半拍，做梦也想不到现代社会还有用如此过时兵器的古代武士。

第二个问题就更简单了，“海鹰”号不是帆船么？它要煤干什么？它不是超前，而是太落后。

第三个问题比较复杂，一般的德国水面袭击舰，要识别对方是否是中立国船只，需冒险靠近对方，很容易被看出狐狸尾巴。但“海鹰”号这样一艘老帆船，就在人家眼皮底下成天晃悠，又有谁会注意它？所以它真正是不见兔子不撒鹰，自然不会拦错人了。

至于船员们哪儿去了？那就该想到卢克纳尔爵士的先见之明——“海鹰”号上有 400 个多余的铺位。

伯爵的船上，很快就多了几百名乘客（还有大约一百只猫）。

因为所有的失踪船只上无一船员获救，英国海军部开始怀疑德国人是不是伤天害理地把船上的水手统统干掉了。沉重的阴云压在每一个失踪水手家庭的头上。

然而，就在这同时，红日西沉的时候，一个德国水兵恭敬地走进舱室，对原“皇家加蒂斯”号的波特船长敬了个礼说：“船长先生，晚餐已经准备好了。”波特船长点点头，拿上帽子走出房间，看到其他几位被俘的船长也悠然地走出了自己的舱室，和两位船长夫人一起说笑着走向“海鹰”号的船长餐厅，在那里，他们照例和卢克纳尔伯爵一起共进晚餐。

虽然不可思议，但这在“海鹰”号上是一个每天习以为常的场面。卢克纳尔被称为古代的骑士，并不仅仅因为他的“海鹰”号应该属于上一个世纪。实际上伯爵极富有古典的绅士气度。卢克纳尔给了他的俘虏最大限度的自由，如果没有战斗和被发现的危险，大多数人像船客一样可以在甲板上散步，因为总是能从新猎获船只的厨房里弄来好酒和花样翻新的好吃的，这些被俘的船员可以喝到法国的葡萄酒，还可以品尝到美国来的培根，很多船员后来回忆，被俘期间的伙食和床铺比被俘前还好。

被俘虏的船长们组成了一个“船长俱乐部”，他们享有每天和卢克纳尔船长共进晚餐的乐趣。随着航程的增长，这种晚餐会的成员不断增加……

晚餐有一个非常吸引人的地方，那就是各位船长可以分享彼此在世界各地的有趣经历。不过，谁也没有卢克纳尔的故事精彩，伯爵讲到他小的时候怎样在英国维多利亚女王的膝上玩耍，也讲到自己在宴会上怎样给威廉二世变魔术，还有在智利因为偷了一头猪被送上法庭，当然也有凄惨的，伯爵在牙买加因为没钱曾经被人扔出旅馆险些饿死，幸好当地的一些水手帮了他的忙。

尽管伯爵的正规学校教育只到 10 岁，但是家庭的影响、丰富的生活经验带给了他真正的魅力和幽默的口才，听伯爵讲自己的传奇经历渐渐成了饭桌上的节目。当时的听众们敬佩之余也不免怀疑故事的真实性。但是后来证明，伯爵讲的都不是吹牛。

卢克纳尔在日德兰海战中是战列舰主炮的炮长，他在硝烟弥漫的战场上坚定自若。然而，“海上的幽灵”在战场之外，是一个宽厚的长者。

“我有足够的勇敢去击沉敌船，”伯爵后来写道，“但是我无法承受把一个孩子杀死给他母亲带来的悲伤……我的战争不是为夺去生命。我常常想起自己的母亲，如果我杀害了另一个儿子，他的母亲会怎样的悲伤啊。”

伯爵并不是伪善，这种骑士精神贯穿他的一生，也正因此这个耿直的老军人无法接受纳粹的理念，希特勒曾经因为伯爵的倾向冻结了他的账户。

在每次作战中，他都尽全力避免杀伤对方的人员，也避免自己部下的伤亡。在要求对方弃船的时候，他总是要求确认船上的船员全部安全地转移到了自己的船上，甚至，要求对方一定要把用来捕鼠的船猫也一同带来。那时的船舶为了对付老鼠总是带着猫，这些猫甚至在“海鹰”号上生小猫，结果，“海鹰”号上的猫很快超过了三位数。当然，“海鹰”号不用担心老鼠了……

唯一的例外是 1917 年 3 月 11 日，“海鹰”号碰上了英国运输舰“霍华茨”号，“霍华茨”号是一个强劲的对手，它的主炮口径 127 毫米，比“海鹰”号的还要大。对比了实力以后，卢克纳尔决定智取。

再玩“现在几点了”的游戏，未免有些老套，这次伯爵演出的是一出灾难片——船上火警。“霍华茨”号只见这艘挪威帆船上面浓烟滚滚，水手们纷纷上小艇逃亡，还有一个“船长夫人”在船上大声呼救（德国水兵扮装的，不过衣服可能是借用俘虏里面两位夫人的正牌货）。

英雄救美，“霍华茨”号立即赶上去救援，结果，“海鹰”号升旗放炮一气呵成，不等它的水兵跑上炮位“霍华茨”号就已经当了俘虏。混乱中“霍华茨”号的电报员准备发报告警，为了保住自己的秘密，“海鹰”号炮击了“霍华茨”号的无线电室。无线电发报员，16 岁的道格拉斯 · 佩奇不幸负伤，因伤重死亡。

卢克纳尔给佩奇家写了慰问信，这封信情真意切，而且详细地描述了给佩奇实行海葬的过程。

这是“海鹰”号漫长的征战过程中，唯一一次造成的人命损失——给敌人的和给自己的。

也许有朋友会问，为什么对别的船，“海鹰”号不去炮轰它的无线电室呢？

萨对这个问题在史料中没有找到合适的答案，但确实有人讨论过这个问题，普遍的看法是“海鹰”号作战皆为奇袭，当时远洋船只的无线电室都在舰桥，目标明显，“海鹰”号每次都是近距离下手，炮口直指对方的舰桥，如果对方敢发电报，马上发炮。

这时的协约国海员大概缺少亡命之徒——亡命之徒都到各国海军服役去了，所以看这个架势多半乖乖举手投降，跟今天遇上劫机的一样，活捉匪徒是次要的，安全降落才是第一位的。当然这个逻辑如果碰上拉登肯定不对劲，但卢克纳尔那个时代，对拉登还没概念呢。

我在研究“海鹰”号的火炮布置后感觉可能还有一个原因。

“海鹰”号装备两门 107 毫米炮，一左一右，都藏在前甲板的艏楼里面，有点儿像北洋水师的“超勇”号和“扬威”号巡洋舰的主炮，也有点儿像黄花鱼的两只眼睛。北洋水师“超勇”号巡洋舰的这种主炮在前后亭子状的固定炮塔内，向两舷开炮的时候从侧面的窗口伸出去打。

“海鹰”号这样布置主炮是为了从外观上看不出来它有武装，需要使用的时候，可以像“超勇”号一样从艏楼的窗口往外打，也可以把艏楼两侧的舷板放下，亮出火炮来打。这两门火炮可以转动，但是射界比较窄，前面说了，它这两门炮布置得像黄花鱼的眼睛，您能想象黄花鱼两只眼睛都跑到一面来吗？那就不是黄花鱼了，变比目鱼了。无论怎样，“海鹰”号朝一侧只能有一门炮开火。

所以，正常情况下它一抓到猎物，火炮马上指向对方的舰桥，这样一吓唬，事半功倍。

然而，“霍华茨”号比较特别，它的上面装有一门 127 毫米火炮，加上吨位大，马力强，如果硬碰硬打起来，只怕“海鹰”号还不是它的对手。

好在“海鹰”号是偷袭，前面说了，那一次“海鹰”号是伪装海难的，“霍华茨”号的船员已经在海上好久了，看到遇难船上还有漂亮的“船长夫人”在呼救，纷纷放下手中的活计上小艇来救美，挤不上去的也趴在船边看热闹，等明白过味来，已经来不及抵抗了。

但是“海鹰”号的火炮，这次也不会指向敌人的舰桥，而是指向威胁最大的“霍华茨”号尾部的 127 毫米炮炮位，意思是谁敢上炮位我就不客气了。

佩奇这个愣头青看看没人盯着就跑去发报了，估计要是大炮指着，小伙子也未必会去逞能把小命丢了……

击沉“霍华茨”号不久，伯爵就碰上了麻烦。

这个麻烦并不是英国海军。英国人的外号是“约翰牛”，犟，好面子，“海鹰”号一通折腾把牛脾气逗上来了，弄得航线上满是英国军舰，还不时向“海鹰”号发信号——你们碰上过德国的海上袭击舰么？

见多了，伯爵对这些大牛倒也司空见惯，只是英国海军的大牛们几个月一无所获，快气成疯牛了。 麻烦的是 400 个铺位渐渐被俘虏占满了，以后还怎么打仗呢？再抓了敌船，船员往哪儿放呢？

于是，卢克纳尔就和俘虏的几个船长商量：“要不，放你们回家？腾出铺位来放新的俘虏？”

那几个船长脑袋摇得和拨浪鼓一样：“尊敬的伯爵，这可不行，按照法律，如果释放我们，只要到达港口，我们就有义务向本国海军汇报贵舰的行踪和情报，贵舰航速太慢，那样您肯定被英国牛牛抓去啦。”

双方都够绅士的。

伯爵毕竟脑子快，他看好目标，一个突袭，活擒了法国“康布伦”号。

这是一艘帆船，正在横渡南大西洋途中。卢克纳尔上船看看，发现这艘船一没有蒸汽机，二没有发报机，伯爵很满意。

倒霉的法国船长壮着胆子问伯爵：“您准备击沉我的船吗？”

伯爵微笑道：“不，我只准备阉了它。”

（4）短暂的假期

这位法国船长听到卢克纳尔伯爵的话，感受恐怕只有天晓得。一艘船怎么能阉？会不会伯爵大人的法语水平有限，把对象说错了？如果要阉的不是船，难道是……这种事，想问，还不敢问，真是欲说还休。

晚餐会上，卢克纳尔把这位十五个吊桶打水的法国船长介绍给“船长俱乐部”的其他成员们，语重心长地告诉大家：“送君千里终有一别，我准备和各位说再见了，希望各位很快就可以顺利回家。我准备释放船上的‘客人’们，但是有一个条件——你们将乘“康布伦”号离开，开往最近的巴西海岸，请你们在到港之前，不要主动向协约国方面通知我舰的行踪。”

船长们发现伯爵这个条件很有意思，当时的国际公法对于遭到敌人袭击俘虏之船员有如下的要求：返回本方或中立国控制港口，或者获救的同时，有尽快报告袭击者情况的义务。然而，这个要求有个漏洞正好被伯爵利用——在大洋中放大家乘“康布伦”号走，到岸之前尚未进入港口，当然也就没有报告的义务，同时“康布伦”号是一艘排水量 1830 吨航行稳定安全的船，由船员们自己驾驶，路上也没有需要救援的地方，“获救”无从说起。

每一位船长都宣誓不在路上主动“和陌生人说话”，同时保证获释后“康布伦”号将直驶里约热内卢。事实上，他们的确遵守了自己的诺言。

得到这样的承诺以后，伯爵还有两件事情要做。

第一，他要求“船长俱乐部”选出一位船长指挥“康布伦”号，这是因为他要释放的船长有十几位，哪国的都有，这要是放到一艘船上大家都指挥起来，肯定和桃谷六仙给令狐冲治病一样各有各的高招，不打起来才怪呢，所以先要明确指挥权。船长们认为伯爵说的有理，他们选出资格最老的“平摩尔”号船长穆兰为总指挥。

第二，他下令搬运足够数量的食物和饮水上“康布伦”号。船长们对此有些疑惑，因为“康布伦”号开往最近的里约热内卢，按照他们的估算，两天足够了，德国人搬上船的东西显然有些过多。直到第二天，伯爵送263名获释男女乘客登上“康布伦”号的时候，船长们才恍然大悟——这“康布伦”号怎么看怎么别扭，原来昨天夜里，卢克纳尔的部下把这艘帆船三根桅杆的第二节以上部分全都砍掉了。

这样的结果就是“康布伦”号虽然依然可以航行，但是靠仅剩下的帆会慢得像头牛，到里约热内卢恐怕要十几天——原来船是这个阉法啊！ 法国船长可以安心了。

双方依依惜别以后，毕竟有十几位船长盯着，被阉了的“康布伦”号还是顺利到达了巴西，而且，一上岸就按照惯例立即通知英国海军关于“海鹰”号的情况。

如梦方醒的英国海军不能不佩服卢克纳尔的狡猾和周到。

佩服归佩服，英国皇家海军的战舰立即扑向了南大西洋。这次，该轮到所有的帆船船长倒霉了，英国人不分青红皂白，对每艘没有烟囱的船都严加盘查。

英军搜索“海鹰”号的阵容包括装甲巡洋舰“兰开斯特”号、“奥贝塔”号、辅助巡洋舰“奥兰多”号、“斯特本孙”号、“亚马孙”号等，在南大西洋上撒开了一张严密的罗网。

然而，这一切都是白忙活，气势汹汹的英国舰队折腾得晕头转向却一无所获，“海鹰”号又失踪了。

就在英国皇家海军调兵遣将的时候，冯·卢克纳尔伯爵却在祭奠他的一位老朋友。

被“阉掉”的“康布伦”号毕竟“手术”后动作不够灵活，晃荡了半个月才到达里约，“海鹰”号已经利用这段争取到的时间，全速南下，经过福克兰群岛直奔南美洲最南端的合恩角。

福克兰群岛，又名马尔维纳斯群岛，主要由东西两大岛组成，是一片泥炭和山峦满布的荒僻土地，因为气候寒冷，交通不便而人烟稀少。但是，在20世纪里，围绕着这片荒凉的海岛，先后爆发了两次激烈的海战。

第一次世界大战时的德国东方舰队，主力是两艘装甲巡洋舰“沙恩霍斯特”号和“格奈森诺”号。1914年12月，刚刚在科罗内尔海战中击沉了英国装甲巡洋舰“好望角”号和“蒙默斯”号的德国东方舰队在这里自投罗网。它们试图突袭福克兰群岛首府斯坦利港，却正撞入来截击的英国海军舰队阵中，一场恶战，拥有两艘战列巡洋舰“无敌”号和“不屈”号的英国舰队无论吨位、火力还是速度都占有绝对优势，干净利落地为“好望角”号上的克拉多克将军报了仇。德军除轻巡洋舰“德累斯顿”号冒死突围外全军覆没。由于福克兰群岛海域气候严寒，风浪猛烈，德国海军名将，舰队司令斯佩中将以下的两千余德军官兵落水后绝大多数未能获救，葬身鱼腹，一度辉煌的德国东方舰队灰飞烟灭。

1982年，另一场战斗再次映红了南大西洋冰冷的海水，这一次，是一直和英国争夺该群岛主权的阿根廷，它在得知英国最后一艘大型航空母舰“皇家方舟”号退役的消息以后，和老牌的英帝国摊牌了。阿根廷突击队一夜之间攻占马尔维纳斯。消息传来，大不列颠震怒了，争论不休的议会多少年来第一次发出了一个共同的声音——战争！“铁娘子”撒切尔夫人调动大英帝国几乎所有的战舰，远征万里，收复福克兰。她赌赢了，英国人指着斯坦利港的米字旗宣布：狮子虽然老迈，依然能够咆哮……

但是，狮子毕竟老了，60年前，大英帝国的舰队只要伸出一个指头，就可以压垮一个海军强国，而英国和阿根廷的战争中，可怜的英国海军航空兵甚至无力覆盖自己舰队顶上的天空。假如长眠大海的斯佩伯爵看到安德鲁王子开着直升机冲向阿根廷人的导弹，来引诱它偏离目标，不知道老将军的心情又是如何？

十年河东，十年河西，英国、德国这些大陆的老牌帝国都衰落了，星条旗的光芒正在大洋上闪耀。

斯佩伯爵正是卢克纳尔的良师益友，当“海鹰”号经过这片曾经被双方炮火染红的海面时，卢克纳尔下令减速，举行了一个庄重的悼念仪式，来纪念在海战中阵亡的德国海军官兵。

海军中将冯·格拉夫·斯佩伯爵，德国东方舰队司令官，在福克兰海战中，他犯了一个致命的错误——当他突袭斯坦利港的时候，英国舰队尚未生火，假如他果断杀入港中，英国人的重型战舰将如同死鸭子一样任其屠宰。然而，这位沙场老将一发现对方有两艘远胜于己的战列巡洋舰，便惊慌失措，率队撤逃，终于在无遮无掩的大洋上被速度更快的英国军舰追及，遭到灭顶之灾。实际上，德舰发现英舰是在 7 点 30 分，而“无敌”号能够驶出港口，还要到 9 点 45 分呢！这一战，斯佩伯爵在“格奈森诺”号上的长子、在“莱比锡”号上的次子同时战死。而英国舰队指挥官斯特迪将军则以他的勇气和镇定获得了好评。当部下报告德舰已经逼近的消息，他立即下令各舰加煤生火——那时的烧煤锅炉要一个多小时才能真正有足够蒸汽开动军舰，这期间英舰无异靶标。千钧一发之际，看看自己已经没有其他事可做，将军下达了第二条命令：各舰按时开早饭……

祭奠仪式的高潮，是“海鹰”号的船员把一个巨大的十字架沉入大海，这个十字架，是用“海鹰”号猎获的敌船材料制造的。

仪式之后，卢克纳尔长出一口气，下令“海鹰”号继续南进，绕过合恩角，前面就是世界第一大洋——太平洋。此时在欧洲发生的激战对这里的大多数而言还仿佛另一个星球一样遥远。

让英国人在大西洋继续折腾吧。伯爵的目光，投向了太平洋辽阔的海面。

4 月 18 日，进入太平洋以后的冯·卢克纳尔转而率舰向北航行，开往太平洋中部的贸易航线。

让我们从“海鹰”号上暂时移开目光，升上云端看一下当时世界的全景吧。

1917 年的欧洲正打得如火如荼，西线，德军退守兴登堡防线，英法联军发动狂攻，伤亡惨重却毫无进展。值得一提的是为了避免法国单独与德国议和，每当西线稍有平静，英国人总是主动挑起疯狂的混战。因为英国

德国远东海军舰队司令官斯佩伯爵，在海战中壮烈战死。卢克纳尔在福克兰水域曾专门吊唁他。

人原来有个外号叫作“约翰牛”，于是，这一段在西线大家就给异常好斗的英国人起了个更响亮的绰号——“疯牛”。不过当时的英国兵想不到这独特的词汇将在80年后大放光彩。

1917年，欧洲激战正酣。

东线，俄国袭击德奥西南战线，斗到酣处，双方把重炮装在装甲列车上，如同古代骑士一样对开狂轰……最终俄军失利，伤亡33万人。

中东，沙特阿拉伯（汉志）对德宣战。

东方，中国等国卷入战争，北洋军阀政府下令对德参战。

世界在流血和呻吟。

然而，“海鹰”号的水兵们在这个时候却过着悠闲的日子，吃吃热带水果，钓钓鱼，弟兄们的体重普遍增加了。此时的太平洋依然是一片和平景象，英国人的舰队还在南大西洋如没头苍蝇般到处搜捕一条“三根桅杆的格拉斯哥造纵帆船”，没人打搅水兵们平静的生活。

但是，这里也绝少英法商船的踪影——英法船只这时都在大西洋上奔忙，往欧洲跑运输呢。卢克纳尔觉得有些落寂。瞭望哨伸长了脖子，好容易在天边发现一片挂着英国旗的帆影，铆足了劲儿追上去，对方却毫无惧色迎上前来，细看之下原来是当地土人的一条大独木舟，挂面英国旗纯属喜欢它花花绿绿的颜色，还需要发炮、升旗吗？人家举着椰子来换烟抽呢。

做完交易卢克纳尔颇为懊丧，一个多月里面有两次看到汽船的影子，又发现是属于美国的定期班轮，只好放过——不能打中立的美国船，这一点海军高层曾经反复强调，因为假如美国参战，德国人将更加被动，而在中立国的船只前面，伯爵也不愿意抛头露面，毕竟“海鹰”号是出来捕猎的狐狸，万一把尾巴露出来不是玩的。

喜欢凑热闹的却不请自来。6 月 14 日，航行在圣诞岛附近的“海鹰”号发现一艘挂着星条旗的船大大咧咧迎面开来，船上发出的信号是：“有什么新闻吗？”

卢克纳尔不想多事，不改变航向地回答：“没有。”

那条船却改变航向，亲热地凑了过来，没办法德国人只好装模作样地表示友好。来的是美国船“约翰逊”号，上面的老美站在船舷上大声喊着问：“嘿，老哥，有啥小道消息没有？自从参战以来我们还没有看过报纸呐！”

参战？美国参战啦？!

（5）“海上幽灵”的陨落

卢克纳尔吃了一惊，不动声色地应付着美国佬，一边旁敲侧击着，几下子就弄明白了真情——美国已经在 4 月借口抗议无限制潜水艇战对德宣战。

真是一个不幸的消息，如此，德国打赢战争的可能更加微乎其微了。

然而，对卢克纳尔来说，这消息也有好的一面，那就是“约翰逊”号马上成了德国海军在太平洋抓到的第一个美国战利品。

把无限抓狂、眼睛瞪得跟铜铃似的美国水手们送进俘虏的住舱，卢克纳尔马上开始追杀新的目标。第二天，截获美国商船“斯拉德”号。7 月 8 日，再次捕获美国商船“马尼拉”号。

有了新的战果，伯爵顿时振奋起来。这个地方英国人鞭长莫及，简直是袭击舰的理想战场，卢克纳尔准备大干一场。

航行到社会群岛附近，水兵报告伯爵舰上的淡水储备需要补充了，伯爵看看海图，决定选择风平浪静又没有敌人驻防的莫比拉环礁靠岸补给。

太平洋上的珊瑚环礁，是美丽的观光圣地。

8 月1日，“海鹰”号驶进莫比拉环礁的礁湖入口，深浅不一的礁盘把海水变幻出碧绿、浅蓝、鹅黄等种种奇妙的颜色，小鱼在船边嬉戏，一连串的小岛环绕礁湖，如同翡翠和珍珠，在和平时期，这里大概会是亿万富翁理想的度假胜地。“海鹰”号的水手们心旷神怡，伯爵一面老练地操纵“海鹰”号，轻灵地避开水下的礁石，一面愉快地对俘虏们宣布：莫皮拉据说是一个无人岛，但是盛产椰子和海龟，明天，我们将一起在岛上来一次 BBQ（烧烤大会），享受美好时光。

水手和俘虏们一同欢呼起来。

但是伯爵并不知道，也许就是这阵欢呼，惊醒了一个睡在海底的恶魔，它在 2000 米深的海底，已经等待“海鹰”号好久了。

这个恶魔，远比伯爵小心躲避的英国皇家海军可怕得多。

8 月2日清晨，卢克纳尔指挥着“海鹰”号，巧妙地避开礁石，抛锚在莫比拉环礁的礁湖中，荷枪实弹的德国水兵在大副克宁上尉的率领下登上莫比拉岛——上尉发现岛上除了几个土著的卡纳克人在抓海龟以外，一无人迹。满意的卢克纳尔开始让船上的摩托艇运送人员上岸，准备 BBQ……

就在这个时候，一个意料不到的突变发生了。

上午 9 点 30 分，太平洋平静的海面忽然发出一阵疯狂的喧嚣，剧烈地震荡起来，一道六米高的巨浪腾空而起，直奔毫无戒备的“海鹰”号。正在驾驶摩托艇运送物资的德国水兵只觉得一道水墙直追上来，不等反应，已经连人带艇被甩上了珊瑚礁的岸边。

卢克纳尔的机智可以对付强大的英国海军，但是在大自然的伟力面前却变得毫无用处——他碰上了一次剧烈的海底地震！

2004 年 12 月 27 日，所有电视台、电台都在紧急播放着一则恐怖的新闻：印度洋苏门答腊海区发生一次海底地震，由此引发的剧烈海啸在瞬间席卷孟加拉、斯里兰卡、印度、马来西亚、印度尼西亚、肯尼亚、马尔代夫等国，仅在印尼一国，就造成 22 万人的死亡……

卢克纳尔碰上的，就是这个魔鬼。

因为“海鹰”号太传奇，太出色了，当它走到好运的尽头，上帝实在舍不得把它送到任何一艘英国人的战舰炮口下面，所以他只好自己来摧毁它了。

这样说来，用海啸中止“海鹰”号的故事，还是上帝对“海鹰”号的溺爱吧。

好在卢克纳尔遇到的这次水下地震比苏门答腊地震还是要小一些，所以，只是把“海鹰”号高高抬起，然后重重地抛上了礁盘，幸运的是没有造成人员伤亡。

倒霉的德国人惊魂稍定，连忙检查损失，发现“海鹰”号已经高高的搁上了礁盘，等到伯爵下到底舱，他马上就认识到自己的船已经不可救药——“海鹰”号的龙骨已经在这一击之下断成了两截。

船的龙骨折断，就如同人的脊梁骨断掉了，属于致命伤。

据说，战后卢克纳尔伯爵回到柏林汇报“海鹰”号的损失时，当局无论如何也不能相信他的解释，一条纵横万里的袭击舰，居然会被地震给摧毁了，天下哪里有这样巧的事？！这不是跟奥运会射击冠军打错靶一样天方夜谭吗？

为此，伯爵受到了不少非难。

但是，1976 年，一位研究欧洲战史的法国人达尔蒙特博士通过研究资料证实，1917 年 8 月 2 日早晨，太平洋东南部社会群岛附近，的确发生了一次水下地震，它造成的海啸到达 500 公里以外的斐济时，依然造成了两米多高的大浪。

看来，卢克纳尔并没有说谎，“海鹰”号的确是被上帝中了彩。

没办法，“海上幽灵”只好暂时当救灾队员了，好在这场灾难中人员无一伤亡，摩托艇虽然损坏，还有两条 10 米长的小艇可以使用。

在将大部分食物、弹药等物资移上岸后，卢克纳尔伯爵下令焚毁了“海鹰”号。

于是，所有的人员——德国水兵和战俘——都转移到了莫比尔环礁，这里虽然无人，但是物产丰富，饿，是饿不死的。

卢克纳尔审视情况，下达了命令：自己率领一队人马，乘坐小艇划往

“海鹰”号残骸

战争结束后的卢克纳尔爵士

500 公里以外的斐济，希望在那里截一条船回来搭救其他的弟兄们，大副克宁上尉负责岛上剩余的人员。

伯爵一行于 8 月 20 日离开，他们历经风雨，坚韧地划过了茫茫大海，在经过一些岛屿的时候，德国人声称自己是正和人打赌划桨横渡太平洋的丹麦海员，从而获得了热烈的帮助，遗憾的是当他们接近目的地时，却被斐济警察局一位大胆的希尔警官看出了破绽，率领海上警察包围小艇，迫使伯爵做出了投降的决定。有趣的是当伯爵缴枪投降以后，双方都大吃一惊，因为希尔警官把他们当作了德国潜艇上的遇难艇员，没想到他们有这样好的装备，而卢克纳尔感到万分沮丧的是他发现希尔警官手里居然除了警棍手铐并无其他武器。

伯爵的战争结束了。

值得一提的是留在岛上的克宁上尉一行。这位克宁上尉也是个富有想象力的家伙，伯爵走后，这位大副日夜举火求救，引来一艘法国船“鹿特斯”号，结果“鹿特斯”号的船员稀里糊涂地成了克宁上尉的俘虏。上尉把人员转移到“鹿特斯”号上，继续他的旅程。不幸，因为没有伯爵掌舵，这条船在美洲海岸触了礁。这一次他不再有活捉“鹿特斯”号的好运，全体人员成了俘虏……

战后的冯 · 卢克纳尔成了一名周游世界的旅行家。当希特勒掌权，德国走向第二次世界大战的时候，这位老船长却悄然远离了军队，伯爵高尚的人格使他无法接受纳粹的理念。因为营救被纳粹迫害的人士，希特勒冻结了伯爵的账户。但这不能让精力充沛的伯爵“安分守己”，当盟军的轰炸机开始轰炸德国本土的时候，他却利用在盟军中的老朋友——他当年的俘虏有的已经身居高位——使盟军承诺不轰炸他的故乡哈勒尔。这种“里通外国”的行为被纳粹觉察以后，伯爵只好选择了流亡。

当二战结束后，伯爵返回他的故乡，这时，他发现盟军也以那种早已被人忘却的骑士精神恪守了对伯爵的诺言，他看到的是一座完整无损的哈勒尔城。哈勒尔的居民在街道两旁排成队伍，欢迎他们的英雄和恩人回家。

1966 年，耄耋之年的冯 · 卢克纳尔在故乡哈勒尔悠然辞世，这位对

“海上幽灵”的外号自鸣得意的老船长，在暮年最为欣慰的就是自己在战功赫赫的征途中，最大限度的减少了双方人命的伤亡。冯·卢克纳尔率领“海鹰”号在8个月的征战中击沉了14条敌船，俘虏了462名敌人，却只有1人在他的作战中死亡，而他的部下，无一伤亡。在战争日益残酷的世界，这样的战绩既空前，恐怕也将绝后。

斯人已逝，留下的，只有一段老船长的传奇，和后人记忆里最后一艘神出鬼没的古老风帆战舰——冯·卢克纳尔伯爵的“海鹰”号。

三、命运，在38年的空白里迷航

有一些令人心跳的史实，会隐藏在历史的角落里，许久，许久不为人知。

(1) 周游世界

1942年2月28日，一艘四烟囱平甲板的老式驱逐舰孤零零地从圣诞岛飞鱼湾起锚，开往正遭到日军猛攻的荷属东印度。这艘已经有些过时，然而依然威严整肃的老舰，就是美国海军“英格索尔”号驱逐舰，它此行的目的地是位于爪哇北部的特杰拉特杰普，运送一批飞行员和机械师去增强那里的空军力量。

不幸的是，这条战舰从此如杳然黄鹤，一去不返，永远没有抵达目的地，也永远没有回到飞鱼湾。它的下落，成了美国海军历史上的一个谜团。

美国海军驱逐舰“英格索尔”号的命运，在很久以后才被历史学者们发现，它的经历，是一段海战史上早已为人忘怀的故事。

10年以后，美军才知道“英格索尔”号最后的命运。它在3月1日被日军击沉在爪哇以南的印度洋深处，但是从2月28日出发，到3月1日沉没之间这一天半里，该舰的详细情况依然不得而知。直到38年以后，“英格索尔”号遇难的详细情况才被从日军旧档案中发现，揭示了它最后一战的真实场面。

“英格索尔”号驱逐舰，是为了纪念美国海军的英雄诺曼·英格索尔而命名的。

诺曼·英格索尔1873年出生于费城，1899年4月1日，在萨摩亚群岛登陆战中，因为营救战友而牺牲，死后就埋葬在那里。说起来萨摩亚群岛登陆不是什么光荣的战斗，对手不过是拿着矛枪的暴动土著，英格索尔少尉在愚人节那天被打死在这里多少有些窝囊，不过，美国海军部认为他的死是因为营救战友，作为军人来说颇有纪念意义，因此，决定用他的名字来命名一艘新驱逐舰，以示表彰。

1920年7月29日，“英格索尔”号驱逐舰在费城船坞下水，诺曼·英格索尔少尉的姐姐布蕾西·英格索尔为它在船头打碎了香槟酒瓶，那个时候没有人想到它的命运竟和它的教父一样，也要在热带的大洋中找到自己的归宿。

初期服役的“英格索尔”号就像雄姿英发的少年，它的白色舰身优美整洁，而四座高大的烟囱又赋予其一种和其吨位不相称的庄重。作为一艘驱逐舰，它比那些总是跟在航空母舰边上当配角的同伴运气要好得多，经常被派到一些关键的岗位。

完成了炮术和航海训练后，1922年，“英格索尔”号奉命开往欧洲，加入美国的地中海分舰队。当时，土耳其和希腊的争端正山雨欲来，“英格索尔”号马上就当上了国际警察，当土耳其军队向伊兹密尔发动进攻时，“英格索尔”号撤出了大量外国侨民，并成为当地国际救难舰队的旗舰——当然，那时候还没有联合国，更没有联合国维和部队的概念，不过“英格索尔”号的使命和责任与之相似。美国在东欧并没有基地，于是，整个东地中海的通讯中心就设置在“英格索尔”号上。它时而开往克里特，时而开往亚历山大，也有的时候开往突尼斯、叙利亚或者意大利，在这个地跨三洲的多事之地忙碌地履行自己的使命。

1925年，随着欧洲局势趋于缓和，美国海军开始腾出手来经营亚洲，1月3日，“英格索尔”号奉命调往远东，它途径关塔那摩、圣地亚哥、珍珠港，绕了半个地球，于6月22日到达上海，加入亚洲舰队。此后，它一直在远东服役，在中国内战、“一·二八”淞沪抗战的硝烟中“保护当地的美国利益”，“英格索尔”号主要活动的范围是中国南方和泰国、菲律宾

美国海军“英格索尔”号驱逐舰

“英格索尔”号的舰员合影

各港口，甚至到达大洋洲。值得一提的是它还是战前很少几艘访问过日本的美国军舰之一。当然，如果它能够算出自己未来的命运，很难说会不会干出炮击神户之类的事情来。

在第二次世界大战之前，“英格索尔”号几乎周游了世界，对于一艘驱逐舰来说，这个经历相当辉煌。

（2）大出风头

1941 年 12 月 7 日，日本偷袭珍珠港，太平洋战争爆发。12 月 8 日，日军空袭克拉克基地，全面南进。“英格索尔”号和其他亚洲舰队的舰艇一样，顿时成了和日军离得最近的盟军战舰，美丽的太平洋上，战云密布。

“英格索尔”号当时正在南婆罗洲的巴腊巴板，隶属于第 57 驱逐舰分队。和咄咄逼人的日本海军相比，这时的它和其他平甲板四烟囱的一战型驱逐舰都已经变得有些过时。

让我们来重温一下“英格索尔”号的参数吧。

“英格索尔”号排水量 1150 吨，航速 35 节，没有装甲，装备 127 毫米炮 4 门，20 毫米高射炮 4 门，13 毫米机枪 2 挺，深水炸弹投放架 2 座。它的航速与当时最新的日本驱逐舰不相上下，要命的是它的武备已经十分落后，无论射程还是射速都落伍不少，“英格索尔”号的官兵们只能希望速度和灵活可以在战斗中弥补这个不足。

太平洋战争爆发的时候，威力最大的水面舰艇是航空母舰，其次是战列舰，再其次是巡洋舰，论战斗力，就是全新的驱逐舰也排不上号呢。在大兵压境之下，这艘老式驱逐舰的战斗力几乎对战局产生不了什么影响。然而，一开战，“英格索尔”号就“幸运地”接连赶上大场面。

第一个大场面就是 1941 年 12 月 10 日，英国海军“威尔士亲王”号战列舰和“反击”号战列巡洋舰被日本轰炸机击沉。那时候“英格索尔”号正和第 57 驱逐舰队的其他舰只一起全速北上准备反击日军的登陆，接到噩耗，它急速进入新加坡港，装上了一个英国联络官，四个水兵，匆匆赶往马来亚海域，打捞两艘战舰的幸存者。这项任务进行得有点儿马后炮，因为英国人的军舰早已经开始干同样的事情。但是“英格索尔”号也没有白去，它在路上截住了一条日本执行侦察的拖网渔船，把其抓进了新加坡，立下了一个不大不小的功劳。盟军形势严重，此时当然还顾不上论功行赏，“英格索尔”号马上奉命加入“休斯敦”号重巡洋舰领衔的护航队，护送从苏拉巴亚撤退的盟军船只前往澳大利亚的达尔文港。

如果说第一个大场面中“英格索尔”号只是看了个尾巴，这第二个就轮到它出风头了。1942 年 1 月 20 日拂晓，在达尔文港以西 60 英里处，“英格索尔”号舰长尼克斯上尉接到它护卫的油轮“特立尼达”号发来电报，报告说两枚鱼雷刚刚擦过它的船舷。

尼克斯上尉长着一张娃娃脸，但如果因此小瞧这个来自西部的年轻军官就大错特错了，尼克斯是田纳西人，印第安纳玻立斯海校的优秀毕业生，一个性格冷静到近乎冷峻的海军军人。他当即下令“英格索尔”号转舵，迎着鱼雷发射的方向猛扑过去。声呐（利用声波导航与测速的设备）开始工作，“英格索尔”号的僚舰“阿尔登”号也投入了战斗，两艘战舰像跳着小步舞，向目标之字形前进。

“英格索尔”号舰长尼克斯

“英格索尔”号的对手是奉命在达尔文港执行封锁任务的日本潜艇“伊 –124”，袭击“特立尼达”号之前，它已经在港口布下了 26 枚水雷。这艘德国技师指导建造的布雷潜艇水下排水量

1738吨，1938年在神户川崎造船厂建成，装备533毫米鱼雷发射器4门，140毫米炮1门，可以携带50枚水雷。当时的编号是“伊－21”，开战后才改为“伊－124”，这种潜艇日本海军共造了4艘，原来被寄予厚望，而实际使用中却发现它进行布雷时因为后部重量减轻而总是往海底栽，采取海水配平阀门又总是关不好，它的这个毛病，直到开战也没有完全解决。“伊－124”的指挥官岸上幸一艇长发觉自己处境危险，试图转向逃离，加速引起噪声的增加，立刻被美军驱逐舰的声呐发现了。

两艘驱逐舰开始投掷深水炸弹。“英格索尔”号的水兵既兴奋又紧张，要知道自从美日开战以来，美国海军只在珍珠港击沉过日本袖珍潜艇，还从来没有打沉过一艘日本的正规潜水艇呢。

深水炸弹的爆炸腾起一道道白浪，但是“伊－124”保持沉默，声呐里，目标消失。水面上，没有任何敌人被击中的迹象。5个小时过去了，“英格索尔”号和“阿尔登”号锲而不舍地继续往来搜索。

他们做对了。反潜战中，往往就是有耐心的一方获得胜利。整个太平洋战争中日本海军古川大将的反潜部队只打沉了有数的几艘盟军潜艇，一个重要原因就是日军反潜从来没有耐心，时间稍长就会厌倦而去，给水下的狐狸以逃生的机会。美国人在这方面耐心得多。下午1点35分，澳大利亚海军巡逻舰“多洛雷恩”号赶来增援，三艘战舰摆成品字形，像一张大网投向“伊－124”。

艇上氧气的消耗和敌舰的逼近拉紧了日本人的神经，“伊－124”沉不住气了，岸上幸一艇长决定反击，他下令潜艇慢慢转向，对准侧面暴露的“多洛雷恩”号发射了一枚鱼雷。

午后的水面上阳光灿烂，“多洛雷恩”号的瞭望哨立刻发现了飞驰而来的雷迹，他大声报告：“左舷100度，鱼雷！”该舰立即左满舵，同时开足全部马力。岸上幸一的鱼雷被避开了。

但是，这次鲁莽的反击却暴露了它的位置，美军立刻锁定了它。目标在“多洛雷恩”号左侧2500码处。

“英格索尔”号投入一排深弹，爆炸的巨浪掀动了舰体。尼克斯舰长确信他这次一定命中了目标，为了保证击沉这条敌艇，他下令再进行一次齐射。

非常不幸的是，因为太紧张，美军士兵在操作深水炸弹时定时出错。一声巨响，不等投入水下，一颗深水炸弹在“英格索尔”号的舰尾发射架上就爆炸了，后甲板上浓烟骤起，“英格索尔”号航速锐减。尼克斯舰长挂出“我舰失去控制”旗号，退出战斗就近灭火。

这时，另外两艘澳大利亚巡逻舰也赶来参战了。“多洛雷恩”号完成了“英格索尔”号没有发动的攻击，随着又一排深水炸弹的爆炸，水面下冒出连串的气泡，骤然间，“伊－124”艇浮出了水面，正好在“多洛雷恩”号的前面，它显然已经遭到重创，不等惊慌的澳大利亚炮手瞄准，就又像一块石头一样沉了下去，这一次，它再也没有浮上来。

美军修理舰“黑鹰”号的潜水员当天晚些时候发现了“伊－124”号的残骸，他甚至听到日军幸存者在残骸里拼命地敲打船壳。但是“伊－124”的救生舱门已经被破坏，潜水员爱莫能助。岸上幸一和他的 50 名部下全部随艇阵亡——日军击沉珍珠港时，440 名美国海军官兵同样被闷死在“亚利桑那”号战列舰里。“伊－124”是美军在太平洋战争中击沉的第一艘日本正规潜艇。

“英格索尔”号为美国海军刺出了“第一滴血”。

（3）“兰利”号的最有一役

战局不容许“英格索尔”号进修理厂，2 月 26 日，它被和“威伯尔”号驱逐舰一起派往特吉拉特吉普港，去迎接即将赶来增援的“兰利”号航空母舰。结果，“英格索尔”号又目睹了一个历史性的场面，那就是世界第一艘全甲板航空母舰的最后一战。

“兰利”号是美国、也是世界上第一艘正规的全通甲板航空母舰，它获得这个荣誉多少有些侥幸，它的前身是一条运煤船，因为美国海军改烧油了而无所事事，正好需要一艘航空母舰，所以就……这个幸运的家伙此时

“兰利”号航空母舰被击中起火，被迫放弃，这是从“英格索尔”号上拍摄的照片

被改造成水上飞机航空母舰的“兰利”号，前部飞行甲板已经被拆除

已经老朽不堪，被改为水上飞机母舰使用。因为日军奇袭克拉克机场，美军的航空兵力遭到极大的削弱，故此派它从澳大利亚运送 28 架陆军航空队的 P-40 战斗机前往荷属东印度。这样一批急需的装备和一艘重要的战舰居然只有两艘驱逐舰护航，美军在东太平洋战线上捉襟见肘的情形可见一斑。

日军没有浪费美军提供的机会，在这支小小的舰队航行到特吉拉特吉普港外 80 海里的时候，日军陆军航空兵的双引擎轰炸机发动了强攻。因为改装水上飞机母舰的时候截取了一部分飞行甲板，P-40 战斗机无法从“兰利”号上起飞迎战。航空母舰本身就是一种攻击力极强又非常容易受损的大型目标。“兰利”号的舰长把“英格索尔”号和“威伯尔”号摆在右舷，通过几次漂亮的机动，使日军前两次的攻击都落了空，但是他的招数用尽以后，第三次攻击中日军的九架轰炸机命中了五颗炸弹。优质北美枞木制成的飞行甲板被炸得四分五裂，“兰利”号上顿时烈焰沸腾。这并不是致命的，致命的攻击是两发近失弹直接破坏了它老旧的水下部分。对一艘船来说，最致命的打击总是来自水线以下。“兰利”号无可挽救地倾斜在水面上，成了一个燃烧的大火炉。

“英格索尔”号和“威伯尔”号抢救了“兰利”号的幸存者，向西南方向的圣诞岛锚地撤退。其中“英格索尔”号救上来 177 人，然而有 16 名官兵已经不需要救护了。“英格索尔”号发射了两枚鱼雷，把这个大火炉送到了海底，作为给“兰利”号这个老兵的葬礼。

这也是太平洋战争中美军被击沉的第一艘航空母舰。

2 月 27 日，“英格索尔”号和“威伯尔”号与补给舰“皮克斯”号会合，他们冒着日军的空袭，带着救起的“兰利”号官兵，惊魂未定地逃到了位于圣诞岛的飞鱼湾。在这里，“兰利”号的残余人员被转到较大的“皮克斯”号上去。尼克斯舰长接到一条令人目瞪口呆的命令。美军亚洲舰队命令“英格索尔”号立即携带“兰利”号上幸存下来的 26 名飞行员和机械师，重返特吉拉特吉普，希望这些人员可以“增强当地部队争夺制空权的能力”。

这时，盟军在印度尼西亚的抵抗正在全面崩溃中，所有能够逃离的舰艇都在拼命逃向澳大利亚、新西兰和天知道的什么地方。此时美军亚洲舰队却命令“英格索尔”号开回去，还带着宝贵的飞行员——没有飞机的飞行员！

看到这个近乎自杀的命令，尼克斯舰长作了一件不寻常的事情，他发电报给舰队司令部，要求司令部对自己的命令作确认，否则他将拒不执行。

一个小时以后，司令部的回电到了。要求“英格索尔”号按照命令继续执行任务。

2 月 28 日，尼克斯舰长下令起航，“英格索尔”号和它的 185 名乘员们安静地驶离了飞鱼湾，他们挥舞着海军帽向岸上的人们告别，场面颇有些像“泰坦尼克”号沉没时在甲板上演奏大提琴的音乐家。和新式的单烟囱驱逐舰不同，老旧的“英格索尔”号带有四个烟囱，这使它显出了一种略带过时的贵族气。这艘孤独的战舰驶出港口，直向北方的大海深处。

一天以后，美军亚洲舰队发出一条紧急命令，要求所有在荷属东印度或者正在驶向那里的美军舰艇立即以最快的速度向澳大利亚撤退。2 月 28 日，盟军的四国联合舰队在爪哇海战中失利，两艘巡洋舰战沉，司令官杜尔曼上将阵亡。3 月 1 日，日军在爪哇北岸登陆，前进的步伐已经不可阻挡。

美军舰艇纷纷遵命南下，有的逃出了生天，有的在路上撞上了日本舰队。“英格索尔”号没有回电，因此无人知道它是否收到了这条紧急命令。它此后一天半的航程在 38 年里一直是一个谜。但是，从它被击沉的位置看，它正在圣诞岛的东南方向，而不是北方，据此判断它当时正在遵命撤往澳大利亚。这可以让亚洲舰队的指挥官们稍稍减轻些把“英格索尔”号送入死地的内疚，毕竟，“英格索尔”号在最后时刻还是在遵循着上级的命令来拯救自己，可惜它的命运太不好。

（4）命运，命运

“英格索尔”号的命运，在 3 天前就决定了。

2 月 25 日，日本海军南云忠一中将指挥的机动舰队从苏拉威西岛的锚地出发，突入了印度洋，他的使命就是“拦击一切逃往澳大利亚的盟军舰只，将其消灭在途中”。南云的舰队是一支可怕的力量，它包括两艘 3 万吨以上的航空母舰“赤城”号和“加贺”号，它们的护航编队，和两支掩护突击舰队。一支是包括两艘“金刚”级战列舰的第 3 战列舰支队——“雾岛”号、“比睿”号和它们的僚舰，一支是包括两艘万吨级重型巡洋舰的第 8 巡洋舰分队——“筑摩”号和“利根”号。整个舰队都是日本海军的精华，袭击珍珠港部队的老底子，纵横两洋，锐气正盛。

“英格索尔”号不幸和这支编队撞个正着。

1942 年 3 月 1 日下午 3 点 15 分，“利根”号重巡洋舰首先发现“英格索尔”号，距离 15 海里，地点圣诞岛东南 250 英里，12 分钟以后，“筑摩”号也发现了“英格索尔”号，并且立即转向扑向这艘运气不好的驱逐舰。下午 5 点 30 分，“筑摩”号的八门 203 毫米主炮射出了第一排炮弹，距离 21000 米——“筑摩”号拿过日本海军夜间射击炮术冠军的奖旗。

这应该是一场没有悬念的战斗。一艘“利根”号的吨位就相当于 10 艘“英格索尔”号，一艘“金刚”级战列舰呢？等于 30 艘。

可是“英格索尔”号竟然和这支巨无霸一样的舰队激战了 1 小时 45 分钟！

也许，当尼克斯舰长发现南云舰队的时候，他对自己的命运就不再抱有幻想。“英格索尔”号的尾轴被深水炸弹爆炸事故损坏了，他根本跑不出 35 节的最高航速，也就不可能甩开敌人。援军更根本没有指望，盟军在东太平洋的所有舰只加在一起也不是南云的对手。他唯一可以做的就是拖延“英格索尔”号覆灭的时间。

从当时的情况看，尼克斯舰长的想法也许是希望和日军的战斗拖入夜间，这样就可以利用夜暗逃出生天？如果尼克斯指望这个，那么日本海军是公认的夜战高手，这可是个连百分之一的可能都没有的奇迹。

“英格索尔”号也许为了一个奇迹而奋战着，也许，根本不为什么，只为了让日本人知道想吃掉自己并不那样容易。

因为距离太远，“筑摩”号的第一排炮弹落了空。尼克斯舰长当即命令布下了一道烟雾，然后就开始施展他的机动战术，和南云捉起了俄罗斯轮盘赌般的迷藏。

下午 5 点 47 分，“比睿”和“雾岛”两艘战列舰开炮了，它们的 14 英寸主炮在 27000 米的距离上也没有打中目标。

尼克斯勇敢地进行了一次牛仔式的尝试，他没有掉头逃走，而是转舵冲向“筑摩”号发动反击，因为它的武器射程太短，所以，只有逼近这个庞然大物，才能用得上它的鱼雷和老式 127 毫米炮。遗憾的是“英格索尔”号的攻击也没有奏效——假如一艘被包围在铜墙铁壁里的驱逐舰击沉了“筑摩”号，只怕南云当场就要跳海自杀。

“英格索尔”号掉头向远处驶去，庞大的日军舰队在后面紧追不舍。

“筑摩”号在下午 6 点被迫停止了射击，因为“英格索尔”号巧妙地躲进了一片积雨云的下方，瓢泼的暴雨和它释放的烟雾遮住了驱逐舰。但是，四艘日本重型战舰很快就重新开火了——这片积雨云太小，暴雨只持续了几分钟就骤然消散，把“英格索尔”号赤裸裸地暴露出来。但是，在这个距离上，“英格索尔”号依然全力支撑，尼克斯舰长观察着日舰炮口的闪光，只有日舰炮弹出膛，他才开始机动，天上飞的炮弹没法改变方向，日军炮手瞄得再准，也只能徒呼奈何。“英格索尔”号的机动打出了高水平，它每分钟都在改变方向，时而从 30 节的最高速度忽然停车，时而大幅度回旋，甚至达到 360 度。

在灵活的“英格索尔”号面前，日军的重炮打起根根水柱，却全然无济于事，仿佛是一群醉汉在射击一条灵巧的狐狸。实际上，战列舰这东西是一种自相矛盾的武器，为了能够在射程外消灭敌人，每一艘战列舰都追求超远的射程，而海战简单地证明了在远程上重炮几乎只能浪费炮弹，因为 10000 米的距离上炮弹要飞行 1 分钟才能到达目标，而这 1 分钟里对方可以移动 1 公里！再好的炮术也难以保证命中——“英格索尔”号就是一个绝好的例子。按照日军自己的官方纪录，四艘日本战舰在 1 个小时中一共朝“英格索尔”号倾泻了 1400 发重型炮弹，炮弹的重量几乎赶上了“英格索尔”号吨位的一半，可是居然只命中了一发！“英格索尔”号的前桅中弹折断，但是并没有负重伤。“筑摩”号上的纪录和官方稍有不同，它记录“比睿”号在下午 6 点 24 分命中一发，“利根”号在下午 6 点 35 分命中一发。就算“筑摩”号记录是正确的，这也是一个相当可怜的命中率了，莱特湾大海战栗田中将的“大和”号命中率只有 1.3%，被骂得狗血喷头，南云的武士们在这一仗里命中率只有莱特湾海战的十分之一！

这也从一个侧面表现了尼克斯舰长和“英格索尔”号官兵的规避是何等出色。

（5）悲歌绝唱

炮战进行到 1 个小时，南云实在无法忍受了。他开始认为“英格索尔”号是一艘诱饵，现在看来根本就是漫天大网只网住了一条小鱼，而这条小鱼还怎么也抓不住。他下令“赤城”号和“加贺”号的轰炸机队投入战斗。

“加贺”号上的九架俯冲轰炸机起飞了，“赤城”号上起飞了八架。从下午 6 点 27 分到下午 6 点 50 分对这艘已经中弹的小舰狂轰滥炸。

“英格索尔”号的末日到了，太平洋战争中，被击沉的战舰中沉没原因比例最大的就是空袭，空袭珍珠港宣告了战列舰时代的结束，海战已经进入海空战的立体阶段。“英格索尔”号是上一个时代的舰艇，这种对抗，就像义和团用大刀抵抗洋枪一样可悲。

“英格索尔”号顽强地放出了最后一道烟幕，但是它的防空火力太差，日军的炸弹还是在舰上连连爆炸。已经无法统计究竟有多少发炸弹命中目标了，按照日军统计，他们一共投射了九枚 1100 磅和 16 枚 550 磅炸弹——中途岛海战中，两枚 1000 磅炸弹就结果了 30000 吨的“赤城”号！

当炸弹的烟雾散尽，日军惊奇地发现，“英格索尔”号还没有沉没，它已经倾斜，但是尼克斯舰长做出了最后一个英勇的举动，他把军舰掉过头来，直朝日军猛冲过来，直到被打得瘫在海面上。也有一种看法是“英格索尔”号的操纵系统恐怕已经被破坏了，所以才演出这不可思议的一幕。

在日军炮火下，“英格索尔”号最后的影像

“筑摩”号巡洋舰，“英格索尔”号的终结者

日军的战列舰和巡洋舰一拥而上，主炮副炮齐发，对这艘已经不能动弹的“死鱼”猛轰。“英格索尔”号的舰桥被一发大口径炮弹炸飞，尼克斯舰长来不及发出弃舰的命令就当场阵亡，晚上 7 点整，在挨了无数炮弹之后，这艘顽强的老舰向右倾斜，终于头朝下地沉入了印度洋的深处。

“筑摩”号捞起了五名幸存者，南云命令对他们进行详细的审讯，在审讯中，他们说明了尼克斯舰长怎样采取巧妙的机动和日舰周旋，也说明了他们怎样利用烟幕逃避日军的炮弹。直到这时候日军才确认了“英格索尔”号是一艘1000吨的驱逐舰，而“利根”号巡洋舰的观察员曾经坚持他们击沉的是一艘5000吨的轻巡洋舰。日军根据他们提供的情况在横须贺海军基地进行了一系列试验，结果被迫对海军条令作出了不少改变，比如把巡洋舰对敌开火的最大距离从17000米改为12000米，远距离的射击不再追求精确命中，而采用面积射的办法，使双方都更指望运气帮助自己。但是，日军糟糕的英语发音把“英格索尔”号记录为“埃多索鲁”号，因此，研究日军史料的专家们有38年的时间根本没有想到这是关于“英格索尔”号的命运的最后记录。

这些俘虏无一例外地被送往苏拉威西的“死亡集中营”，没有一个能够活过这场战争。

美国海军保留了“英格索尔”号的舰名，在中国海军“郑和”号练习舰访问珍珠港的时候，为“郑和”号担任引导舰的就是一艘全新的斯普鲁恩斯级导弹驱逐舰——“英格索尔”号。

这或许是对“英格索尔”号最好的纪念吧。

四、小牛、猎狗和两头熊的决斗——科科斯岛海战

“这就像看着一头大象甩着大鼻子冲过来，你扔了一块砖头，大象就被打翻在地，死了。”

——“奥德纳”号炮手 C·格里戈利

“中国人的这位关公，一定是个了不起的人物。”

——“奥德纳”号大副 雷文科尔

(1) 第 24 特种巡洋舰

英国和德国的战舰在大西洋上像恐龙一样恶战，北极航线上盟国水手的鲜血染红了北冰洋的千年冰雪，相比之下，作为世界第三大洋，印度洋似乎是第二次世界大战中最为太平的一个大洋了，叫作太平洋的那个地方反而打得血腥而惨烈。1942 年的秋天，轴心国在印度洋上已经基本销声匿迹。一度猖獗的德国水面袭击舰，在大英皇家海军的围追堵截之下，要么被消灭了，要么逃走了。日本人 4 月曾经进入印度洋大闹一场，不过他们的战略似乎一直对运输线比较忽视，只顾打击敌方的战舰，因此，对于盟国的海员来说，印度洋航线可说是和风劲吹。

盟军并不知道，日本海军正在逐步加强对于印度洋航线的威胁，一个原因是印度洋航线作为盟军的输血大动脉作用越来越强，数不清的油船把

中东的石油从这里运往澳大利亚和一切盟军需要这种黑色黄金的地方。日本人虽然死板但并不是傻子，当然要考虑切断它。另一个原因是德国巧妙施加压力的结果，日本人在战略上颇有些目空一切的狂妄，他们把太平洋当作自己的前院，而把印度洋当作自己的后院，因此当德国人表示要向印度洋派出更多的水面袭击舰的时候，日本人就坐不住了，他们不希望德国人的手伸得太长，提出由日本的袭击舰担任这方面的作战。轴心国之间的相互了解和信任从来没有达到盟国方面的水准，可以说从一开战德国和日本的关系就充满狐疑和猜忌。实际上，当时德国根本就没有力量插手印度洋，这样的表示无非是要日本承担更多的作战任务，日本人就傻乎乎地吞掉了诱饵。

但是，利用水面袭击舰攻击海上运输线可不是日本海军拿手的战法。经过第一次世界大战的锻炼，德国人在这方面经验丰富，而且战绩辉煌，日本人对这一行是菜鸟级的新手，实际上整个第二次世界大战日本在使用水面袭击舰方面始终是外行。

派谁去呢？

大本营的目光放在了武田少将的第 24 特种巡洋舰支队身上。

日本海军第 24 特种巡洋舰队，主力是两艘万吨级的改装巡洋舰：“报国丸”号和“爱国丸”号。

这两艘巡洋舰，本来都是三井造船所为大阪商船社定造的远洋班轮，1940 年前后下水，同级别的还有一艘“护国丸”，考虑到其主要用途为运送移民，三等舱设置特别多，预定行驶于日本—东非航线，和走南美航线的“阿根廷丸”、“巴西丸”同样是日本战前最优秀的远洋客船。

但是，法西斯战争的阴影笼罩亚洲，这些优秀的船只从一开始就注定了悲剧的命运，配合日军的南进政策，“阿根廷丸”被改装为航空母舰“海鹰”号，“礓原丸”还没有竣工就被改建为航空母舰“隼鹰”号。1941 年 8 月 31 日，“爱国丸”竣工，第二天就被海军征用。等它再次驶出造船厂，已经被武装到了牙齿。日军在它上面加装了平射炮、高射炮、鱼雷发射器和水上飞机，将其改装为海军特种巡洋舰。它的两条姊妹船也同样被改装。

改装成巡洋舰前的日本“爱国丸”号汽船

“爱国丸”号特种巡洋舰

改装后的“报国丸”和“爱国丸”号规格如下：

排水量10438吨，长160米，宽20米，吃水8.8米，采用12600马力的柴油主机，航速21节。

武备：十一年式40倍口径140毫米炮8门；九三式12.7毫米高射机枪8挺；533毫米双联装鱼雷发射器2座；九四式水上侦察机1架。

该舰采用英式战时迷彩，在视觉上可以产生很好的迷惑效果，据说就是日本海军人员也经常分不清这两艘船的脑袋和屁股。为了更好地让敌人糊涂，日本海军还要求为两舰安装了帆布做的第二根假烟囱，这个改动令他们的设计师十分不满，多年以后还抱怨这个别扭的烟囱把两条船的漂亮线形全毁了。

它们的武备对轻武装的运输船具备压倒的优势，而它们的速度和水上飞机又使其能够有效地控制大片海域，日军把这两艘特种巡洋舰加上另一艘“喜代丸”编成了第24特种巡洋舰队，专门从事水上袭击任务。

虽然从吨位和火力上它们比德国同行都要好一些，但是战绩却差强人意。这是因为日军顽固地要求袭击舰必须成双成对地出击，认为这样才能减少损失的概率，而德国袭击舰都是“孤狼”，且它们在港的时间也远比在海上执行任务的时候多。

尽管如此，因为印度洋—澳大利亚一线盟军的软腹部缺乏保护的目标比比皆是，这两艘袭击舰还是连连取得成果——这简直是老鼠掉进米舱里么。

1941年12月13日，开战不久“爱国丸”就击沉了第一个猎物——美国运输船“文森特”号。接着，1942年新年那天，两舰联手又击沉美国船“麻拉马”号。1942年3月，两舰为活跃在印度洋的日本潜水艇提供补给——这次补给的结果比它们截击运输船的意义更大，吃饱喝足的第8潜水战队一口气干掉了10万吨的盟军商船，还派出搭载的袖珍潜艇，在马达加斯加重创了英国战列舰“拉米雷斯”号。

两舰继续它们的好运气，1942年5月9日，它们俘虏了荷兰油轮“赛诺达”号；6月30日，为赴德国的潜水艇“伊－30”提供补给；7月13日，

日本海军的袖珍潜艇，曾在“爱国丸”、“报国丸”支持下进入马达加斯加海域活动，重创英国战列舰“拉米雷斯”号

被日军潜艇重创的“拉米雷斯”号战列舰

俘虏了新西兰武装商船“霍拉吉”号，并把它带回日本，改装为布雷舰“伯耆”号。

到 1942 年 10 月，不到一年时间里两艘特种巡洋舰共击沉和俘获盟军船只五艘，合 31300 总吨，日军中它们算是效率最高的水上袭击舰了。

11 月 5 日，它们离开新加坡海军基地，再次开向印度洋，这次行动的指挥官是“报国丸”的舰长今里博大佐，他是长崎大村人，江田岛海校 45 期毕业，曾经担任过第 20 潜水艇支队的支队长，属于一步一步干上来的职业海军军官。

同一天，在新西兰的弗里曼敦，荷兰油轮“奥德纳”号悠悠然驶出了港口，它属于壳牌石油公司旗下，按照当时的标准属于比较快，而且比较新的一艘船。因为战争的缘故，“奥德纳”号尾部加装了一门 105 毫米炮，几门高射炮，作为自卫武器。它这次出海是为了到波斯湾的阿巴丹港装运盟军战争机器急需的原油。爱好军事的朋友记得这个地方吗？当年两伊战争，围绕阿巴丹曾经展开过激烈的战斗。它的指挥官是经验丰富的威廉 · 赫斯曼船长。考虑到油船是相当宝贵的物资，盟军勉勉强强地给“奥德纳”号派了一艘护航舰，就是属于英属印度军区的扫雷舰“孟加拉”号，它正好当时也在弗里曼敦，而且没有其他任务。不过，“孟加拉”号战斗力相当有限，只有一门 100 毫米炮、一门 76 毫米炮，这个标准还不如当时一艘潜艇的水面火力，因此用它护航，更多的是一种心理作用。

“奥德纳”号排水量 6340 吨，长 130.5 米，最快可以跑到 12 节。“孟加拉”号快一些，可以跑到 15.5 节，但是排水量只有 735 吨，和中国海军 1974 年打沉的南越海军“怒涛”号差不多大。

两条船结伴起航弗里曼敦，开始了一次水手们认为“乏味的长途航行”。

（2）不吉利的科科斯岛

11 月 11 日 11 点 45 分，弗里曼敦的海军通信处忽然接到“孟加拉”号发出的SOS紧急呼救信号。从断断续续的电文中，可以看到它和“奥德纳”号在东经93.5度，南纬19.38度的地方遭到两条日本袭击舰的攻击。

海军人员急忙展开海图，找到交战的地点，在一片海洋蓝中间，不远处有几个褐色小点，标着“科科斯群岛”的字样。

科科斯群岛，是印度洋上一组不起眼的小岛，但是对于熟悉海军的人来说，这却是个不吉利的名字。在第一次世界大战中，纵横半个世界、德国水面袭击舰的骄傲、人称“东方白天鹅”的“埃姆登”号巡洋舰，就是在这里被“悉尼”号击沉，结束了它传奇的征程。今天，“奥德纳”号和“孟加拉”号的命运又会怎样呢？

其实，尽管这次海战被称为科科斯岛海战，但“奥德纳”号和“孟加拉”号的官兵们根本就看不见科科斯岛，海战的地点是在离陆地200海里的大洋中，虽然地图上只有几厘米。

最先发现敌舰的是“奥德纳”号桅杆上的瞭望哨格里戈利下士，他发现270度方向上，出现了一条不明国籍的船只，距离12000米，接着报告后面还有一艘同样的船也正紧追过来。按照赫斯曼船长掌握的情况，周围没有盟军舰船活动，所以它们只能是敌舰。格里戈利显然是吓昏了头，他报告敌人是两艘日本航空母舰。这当然是发昏，但它们的确是敌人的水面袭击舰！

“孟加拉”号的瞭望哨发现敌情晚了几分钟，这艘迷你型的护航舰在战斗之初表现了相当不错的骑士精神，它转向90度，笔直地向日舰冲了过去，希望牺牲自己，换取“奥德纳”号的逃脱。12点，“孟加拉”号在距离3200米处向日舰开火。

12点05分，“奥德纳”号也开炮了！对“奥德纳”号来说，转向撤离是最合乎逻辑的做法，但它是一艘荷兰船，赫斯曼船长是一个荷兰船长，“海上乞丐”的后代，血洗泰晤士河的路特勋爵的后代，所以他的选择也非常傲慢而富有激情。他下令“奥德纳”号转向，冲向日本袭击舰。毕竟，“奥德纳”号无论吨位还是火力，都比“孟加拉”号还强一点点呢。另外，赫斯曼船长看出，来者的航速大大超过“奥德纳”号的12节最高速度，

科科斯岛海战油画

“孟加拉”号上的主炮只是聊胜于无

跑，是跑不掉的，干脆拼它个鱼死网破！

来的，正是“报国丸”和“爱国丸”，后者的舰长是42岁的大石保大佐，曾经长期在第1航空舰队担任高级参谋，但并不是一个纸上谈兵的人物，他有相当不错航海经验。早晨，“报国丸”就发现了在科科斯群岛西南航行的“奥德纳”号，接着招来了“爱国丸”一同追击。两艘日本特种巡洋舰在12点也射出了它们的第一排炮弹，两艘全副武装的10000吨级巡洋舰对一艘6000吨的油轮和一艘700吨的小炮舰，它们根本就没有把对手放在眼里。

果然，日舰很快就取得了压倒性的优势。

“奥德纳”号挨的第一发炮弹炸断了它的主桅，只给它留下一个残桩。荷兰人的还击也毫不客气，它的第3次齐射击中了“报国丸”的上层建筑，但显然丝毫没有影响日舰的速度和火力。日舰像打靶一样把“奥德纳”号的上层建筑打开了一排大舷窗，浓烟烈火从弹洞里冒了出来，损管队员立即投入灭火。

这简直是持刀的大人和挥舞竹枪的孩子在战斗，又像是一头小牛和一条猎犬在拼命抵抗两头熊的进攻。

但是荷兰人还没有认输，赫斯曼船长大声叫喊，命令炮手集中注意力，不要去管火灾。炮手们绝望地射击着。几分钟以后，奇迹发生了。一发幸运的炮弹穿透“报国丸”号的右舷舱壁，刚好命中正在待发的鱼雷发射管！一声沉闷的巨响，“报国丸”号上腾起了一道血红的火焰，接着，棕黄色的浓烟就覆盖了整个船体。

当“报国丸”从浓烟中再次冒出来，它已经面目全非。这艘巡洋舰严重地向右舷横倾，同时也在向尾部纵倾，鱼雷的爆炸把舰尾炸得四分五裂，两条救生艇被气浪扔进大海。火焰从四面八方包围着它的舰桥。“报国丸”设计的时候并没有按照军舰的标准，所以隔舱根本抵挡不住爆炸的冲击，要知道日本的钢产量本来就不足，好钢都用到航空母舰、战列舰上面去，“报国丸”这样的民用船只都是偷工减料，谁想到要靠它打海战？火焰穿透隔壁，点燃了原来准备补给给潜艇的50枚鱼雷，引起一连串的大爆炸，把水手像玩具一样抛上半空。日本水兵凭着不要命的顽强和大火搏斗着，但是无济于事，有报告说机舱也着火了，全舰的电力顿时中断。无奈之下，今里大佐博下令弃舰。

“爱国丸”本来正在对付像猎狗一样纠缠不清的“孟加拉”号，见此情景立即把8门主炮转向“奥德纳”号，马上为战友报仇。“爱国丸”准确的炮火在“奥德纳”号上连连开花。幸运的是“奥德纳”号是一艘空船，一连串水密舱和空油舱为它提供了巨大的储备浮力。日舰的炮弹把它打得千疮百孔，等硝烟散尽，“奥德纳”号却还是像一只鸭子一样浮在水面上。

“孟加拉”号可没有这样的好身板，但是“爱国丸”错误地在2200米的近距离使用穿甲弹对付这条小舰，结果炮弹穿透了它的瞭望台和船体还来不及爆炸，如果它使用榴弹，“孟加拉”号早就沉到海底去了！“孟加拉”号拼命地用自己的火炮还击着，而且确实几次打中了“爱国丸”，可是对这个庞然大物全然无济于事。12点45分，“孟加拉”号最后一发炮弹打光了，这时候它的舰长作了一个合乎逻辑却不那么仗义的决定，他看看船身上那一大溜透明窟窿，觉得自己已经干得够意思了，再待下去干什么？和“奥德纳”号一块儿煮饺子么？“孟加拉”号放出一道烟雾，在“爱国丸”炮弹的追逐下全速转舵奔逃而去。一颗日本炮弹追上了它，像开罐头一样撕开了它的后甲板，但这对它的逃跑并没有什么影响。“孟加拉”号的水兵最后看到的场面就是“奥德纳”号在一片弹雨中踉跄地躲避着致命的打击，他们看到一发炮弹击中了“奥德纳”号的舰桥后方，猛烈爆炸；稍远的地方，“报国丸”上面的弹药不分点地爆炸，正在下沉。在逃出这一片火海以后，“孟加拉”号给最近的海军基地迭戈加西亚发报，报告说“奥德纳”号和一艘敌军袭击舰同时沉没了。

（3）关公显灵？

“孟加拉”号的舰长只说对了一半。

“报国丸”号的确沉没了。但是在“孟加拉”号逃走之后，“奥德纳”

号还在艰难地抵抗着，开全速与“爱国丸”拼死周旋。作为一艘商船，它的弹药更少，后来的报告称它从弗里曼敦出发的时候只带了40发炮弹。只不过因为射速慢，它才能比“孟加拉”号支撑得更久。“爱国丸”已经逼近到3500米处，它的炮弹把“奥德纳”号上的起重机炸得粉碎。不在战位的水手们扑倒在甲板上，他们有一种奇异的感觉——日本人不是在想把他们击沉，而是在用炮弹把这艘船拆卸成碎片。黑色幽默显然救不了命。“奥德纳”号只剩下12发炮弹。赫斯曼船长下令把其中的四发打向“报国丸”，其余的则打向“爱国丸”。但是除了一发击中已经在下沉的“报国丸”，其余的全打飞了。

赫斯曼船长不知道，他命中的这最后一弹给今里博大佐解决了一个巨大的难题。这位深受英国海军影响的舰长命令部下把他绑在罗盘上，要与舰同沉，而水兵们拒绝从命。从“奥德纳”号飞来的这颗炮弹正落在“报国丸”的舰桥上。今里大佐痛苦地倒下了，也结束了他和部下的争执。今里博大佐在战死后被追晋海军少将，他在“报国丸”上的354名部下中，有278人被“爱国丸”救起。“报国丸”号在13点10分昂起艏部，沉入了1700米深的大洋深处。

“奥德纳”号真正彻底绝望了，它最后努力试图放出一道烟幕，但是日军的炮弹准确地把它艉部的发烟罐炸飞到半空。弹雨中，赫斯曼船长下令弃船。轮机停转了，救生艇被放了下来，船上升起了一面白旗。

但是日军丝毫没有停止射击的意思。一发炮弹命中舰桥，赫斯曼船长被弹片击中，几分钟以后就追随他刚刚击毙的对手今里博大佐而去。另外两艘救生艇和两个救生筏被抛入水中，水手们纷纷跳水逃命。因为荷兰缺少人力，除了船长和炮手，“奥德纳”号的水手大半是壳牌公司招募的中国雇员。他们都不属于军人，但是，这些水手在整个战斗中顽强而镇定，和船长一起阻止了日本人的企图，而且直到最后也不同意为了拯救船只而向日本人投降。有个水手在撤离的时候还想把船舱里供奉的关公带走，被大副强行拖走。

“爱国丸”接近到400米，向“奥德纳”号发射了两枚鱼雷，试图结果它的性命。鱼雷打得很准，在“奥德纳”号的右舷撕开了两个舱门一样大的口子。然而这艘船就像一个老顽固一样，虽然横倾达到了30~35度，但就是不肯沉没——那些没有漏水的空油舱依然提供着正浮力。“爱国丸”改变了目标，它转过舵来，炮火转向了漂浮的救生艇。刚刚爬上艇的水手又纷纷跳入水中。一名水手被打死，三人负了重伤，伤势最重的是一名从“孟加拉”号上落水的年轻英国水兵亨利，他被气浪抛入水中，好不容易爬上“奥德纳”号的救生艇，又被重伤。

“爱国丸”似乎对它的战果颇为满意，也许是急着抢救“报国丸”的落水者，它停止了射击，向“报国丸”沉没的方向开去，最后又向“奥德纳”号发射了一枚鱼雷。这一次日本水兵瞄得不准，鱼雷擦舷而过。但是“爱国丸”号不再顾及这艘垂沉的油船和它的幸存者，径直开走了，它大概认为“奥德纳”号很快就会沉入水底，所以不想浪费弹药。

荷兰人海葬了被打死的水手，眼看着日本军舰消失在天边，他们开始讨论下一步怎么办。大副雷文科尔提出返回油船上去，但几乎没有人认为这是个好主意，大家认为“奥德纳”号无疑马上就要沉没了。

在争论中，人们发现“奥德纳”号的横倾减轻了。这显然是左舷的弹洞进水反而帮助油船纠正了右倾。这增加了大家的信心。雷文科尔终于集合了一支小队伍，跟着他爬上了“奥德纳”号的甲板。

“奥德纳”号的甲板上，到处是狰狞可怕的弹洞。但是鱼雷爆炸的气浪却把炮弹引起的大火扑灭了，而且轮机显然没有受到多大损坏。雷文科尔带着水手们尽量补上可以补的窟窿，等他认为这船八成不会沉没以后，才派人把救生筏上面的水手都接回到船上来。当然，救生筏要牢牢地拴在船后，以免万一该船忽然下沉，或者“爱国丸”再返回来。他们打开舱门，第一眼就看见那尊关公雕像安静地站在神龛里，傲然挺立。雷文科尔不可思议地看看舱里，对水手们说：“中国人的这位关公，一定是个了不起的人物。”

看来一切还不像想的那样坏……

他们开始艰难地返回弗里曼敦。其实他们早就发出了求救信号，但是没人理睬。这不是英国海军不负责任，而是他们太负责任了。“奥德纳”号的求救信号是用明码发出的——这很可以理解，密码本在弃船的时候就被他们丢进了大海。而弗里曼敦的英国海军人员根据“孟加拉”号的报告，认为这肯定是日本人玩的花招。于是他们又用密码向“奥德纳”号发报，要求“奥德纳”号证实。这当然是不可能得到回音的！结果，英国人提醒所有盟国舰船，当心日本人用“奥德纳”号布下的陷阱。

幸运总是伴随着“奥德纳”号，它艰难地航行着，居然逃过了狂风和巨浪。17 日，在弗里曼敦西北 200 海里，他们碰上了一条中立国奥地利的医院船，那条船的船长还好心地主动询问他们是否需要帮助！几分钟以后，大夫已经在开始给亨利输血了，他的情况很不好，日本人的炮弹打断了他的一条腿，大夫们希望输血能够挽救他的生命。

他们成功了。

11 月 18 日，经历了这些不可思议的事件之后，“奥德纳”号终于驶入弗里曼敦港。1943 年它被彻底修复。在它到港之前，“孟加拉”号已经到达了迭戈加西亚，此后，两条船都熬过了整个太平洋战争。

“奥德纳”号上弹痕累累的部件

“奥德纳”号上弹痕累累的船头

（4）尾声

这场被称为科科斯岛海战的战斗留下了一个争论不休的问题，那就是到底是谁击沉了“报国丸”号。“奥德纳”号和“孟加拉”号都认为是他们打中了那关键的一炮。英国的海军部认定是“孟加拉”号立的战功——这显然和拉拢印度人的政策大有关系，而不能说明真情。直到战后，日本人提供的证词才证明了“奥德纳”号才是真正的英雄，它的一发 105 毫米榴弹击中了“报国丸”右舷艉部的鱼雷发射器，引起了一连串的连锁爆炸，最终终结了这艘巡洋舰。

这不仅是一场单纯的海战，而且对日本海军的战略起到了重大的影响。日本海军经过研究这次战斗的结果得出结论，那就是在第一次世界大战之后，战舰和商船的设计差异已经越来越大，几乎没有装甲的民用船只，如果改装成军舰，甚至不能抵挡驱逐舰以下的小型舰艇的攻击，在军舰经常出没的海区，更无机会取得战果。他们的结论是海上袭击舰的作战已经过时。

科科斯岛海战后，日本海军招回了全部的海上袭击舰，轴心国在印度洋上的水面作战至此走到了尽头。

1944 年 2 月，“爱国丸”在特鲁克海军基地被盟军飞机炸沉，那时，它已经不再是一艘特种巡洋舰，而是一艘运输船了。

图书在版编目（CIP）数据

我们从沙场归来／萨苏 著. —北京：东方出版社，2014.3

（萨苏故事汇）

ISBN 978-7-5060-7330-1

Ⅰ.①我… Ⅱ.①萨… Ⅲ.①故事-作品集-中国-当代 Ⅳ.①I247.8

中国版本图书馆 CIP 数据核字（2014）第 042256 号

我们从沙场归来
（WOMEN CONG SHACHANG GUILAI）

作　　者：萨　苏
产品经理：刘晓立
责任编辑：杨　颖　刘晓立
出　　版：东方出版社
发　　行：人民东方出版传媒有限公司
地　　址：北京市东城区朝阳门内大街 166 号
邮政编码：100706
印　　刷：北京智力达印刷有限公司
版　　次：2014 年 4 月第 1 版
印　　次：2014 年 4 月第 1 次印刷
印　　数：1—8 000 册
开　　本：710 毫米×1000 毫米　1/16
印　　张：15.75
字　　数：225 千字
书　　号：ISBN 978-7-5060-7330-1
定　　价：36.00 元
发行电话：（010）65210056　65210060　65210062　65210063